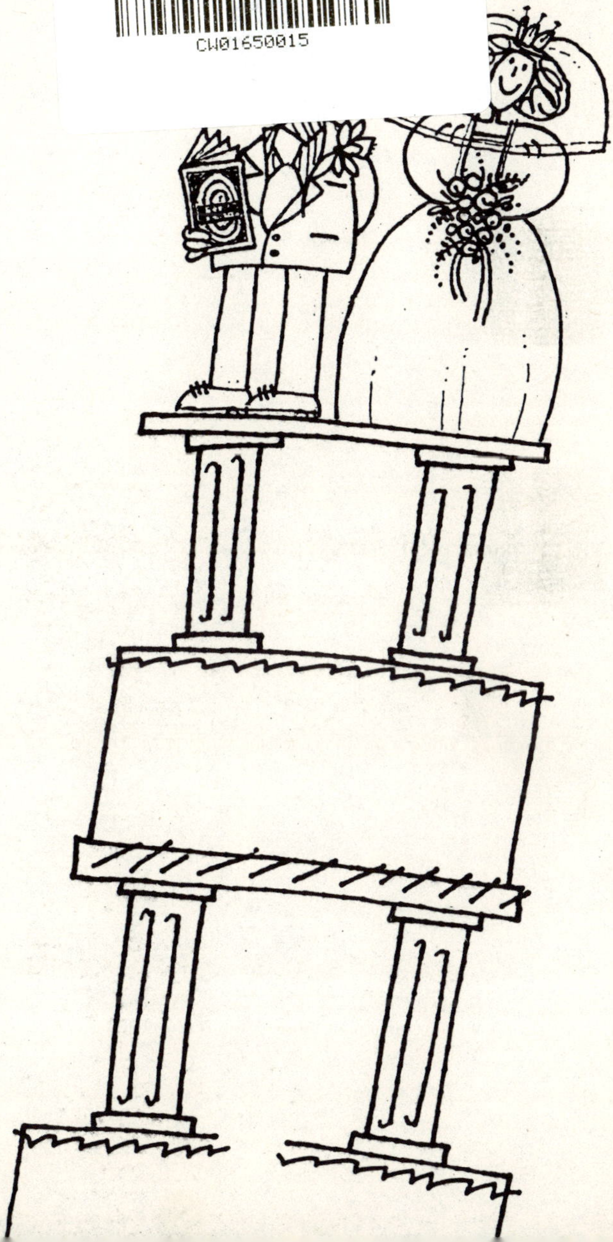

UN PETH 'DI PRIODI PETH ARALL 'DI BYW

NOFEL GORONWY JONES

Gan Dafydd Huws.

y Lolfa

Argraffiad cyntaf: Awst 1990

Dymuna'r awdur gydnabod ei ddyled i Gyngor Celfyddydau Cymru am resymau a ddaw'n eglur maes o law. . .

Cymeriadau ffug yw pob un a bortreadir yn y nofel hon ac y mae unrhyw debygrwydd rhyngddynt ag unrhyw berson/au byw neu farw yn gwbl ddamweiniol.

Rhif Llyfr Safonol Rhyngwladol:
0 86243 221 9

Clawr: Cen Williams
Hawlfraint llun clawr ôl: *Golwg*

Argraffwyd a chyhoeddwyd yng Nghymru
gan Y Lolfa Cyf., Talybont, Ceredigion SY24 5HE;
ffôn: Talybont (0970 86) 304.

CYNNWYS

Denig rhag ei dynged

SCENE 1 (AIRPORT DEPARTURE LOUNGE INT. LATE NIGHT)

Eisteddai Goronwy Jones yn yr ystafell aros ym 'Maes Awyr Cymru Caerdydd' yn darllen y *Reader's Digest*. Roedd newydd gwblhau holiadur *Are You An Alcoholic?* ac wedi penderfynu nad ydoedd. Nid oedd ar fwriad ymateb i'r hysbyseb *How To Develop a Super-Power Memory* gan Harry Lorayne; roedd yn cofio gormod am y flwyddyn aeth heibio fel roedd hi. Digwyddodd cymaint iddo mewn cwta flwyddyn. Does dim dwywaith mai dyma *annus mirabilis* y Cofi o Gaernarfon: gwnaeth ei nyth a chafodd fwy na'i siâr o sylw a golud bydol. Ac eto, yn ei farn ef, drwodd a thro *annus* efo un 'n' fu hi. Dechreuodd gnoi ei ewinedd unwaith eto. Roedd wedi dechrau poeni o ddifri yn ddiweddar ynglŷn â'i allu i reoli dim ar ei fywyd ei hun.

SCENE 2 (AIRPORT CHECK-IN DESK INT. LATE NIGHT)

Wrth y ddesg i lawr grisiau roedd gwraig wrthi'n dadlau gyda swyddogion *Inter European* parthed ei bagiau hi a'i gŵr. Roedd ganddynt ormod o stwff o beth coblyn ym marn y llygaid profiadol wrth y glorian. Ond roedd Siân Arianrhod wedi hen arfer. Mesurodd i'r gram y pwysau a ganiateid iddynt ar yr awyren. Mae'n syndod cymaint o ddillad sydd eu hangen wrth fynd dramor am dri mis dros y gaeaf.

Digon pîg oedd yr hen swyddog yn wyneb ei gaff gwag; teimlai fel pigo ar y teithiwr talog am alw'i hun yn Ms Arianrhod ar ei dogfennau yn hytrach na Mrs Goronwy Jones, ond penderfynodd mai'r peth doethaf oedd brathu ei dafod. Cyfeiriodd ei ddirmyg yn hytrach at y CAERDYDD a brintiwyd ar labeli'r cesus.

'Can't you write English then love?' meddai yn lled gellweirus.

'Oh! I'm sorry,' meddai Siân. 'What is MALAGA in English?'

SCENE 3 (AIRPORT DEPARTURE LOUNGE INT. LATE NIGHT)

Rhoddodd Goronwy Jones ei gylchgrawn Americanaidd i lawr ar y soffa wrth ei ymyl. Roedd wedi sgorio dau allan o ugain ar yr *It Pays To Increase Your Word Power,* ond perswadiodd ei hun drwy sbecian ar yr atebion ei fod mewn gwirionedd yn gwybod tri arall. Yr oedd, wedi'r cwbwl, yn awdur.

Dan ei fraich, mewn *briefcase* lledr du, cariai ein harwr ddau gopi o lawysgrif anorffenedig—dogfen a oedd gyn bwysiced â'i basport yng nghyswllt y trip hwn i Sbaen. Gwasgai y bag yn dynn bob hyn-a-hyn i wneud yn siwr ei fod yn dal yno. Dyma'i ymdrech lenyddol gyntaf ers *Dyddiadur Dyn Dwad* (1978) ac roedd ei ofal yn dyner amdani. Ac eto difarai weithiau ei fod wedi dechrau ar y gwaith o gwbwl. Roedd meddwl am ddiwedd y nofel yn boen enaid iddo, yn stwmp gwirioneddol ar ei stumog. Ni feddai Goronwy ar ddychymyg: yr unig beth a sgwennodd erioed oedd yr hyn oedd yn digwydd iddo. Paranoia'r gŵr priod: doedd wybod i ble buasai'r stori hon yn ei arwain. . .

Byddai rhai yn galw'r trip hwn yn ddihangfa, yn

enwedig o ystyried athroniaeth arferol Goronwy Jones mai'r hyn y dylid ei wneud ar awr dywyll oedd ei g'leuo hi. Ac eto ni allai neb wadu bod ei amgylchiadau personol ar hynny o bryd yn gwarantu rhywfaint o frêc.

SCENE 4 (AIRPORT DEPARTURE LOUNGE. LATER)

Cododd Siân Arianrhod ei chopïau o *Marxism Today* o'r bwrdd coffi a'u gosod yn ôl yn ei bag llaw. Pigodd y *Reader's Digest* i fyny gyda'i bys a'i bawd fel petai'n lwmp o faw. Gwaredai mai dyma hoff gylchgrawn ei gŵr a llygad ffynnon llawer o'i syniadau—hyd yn weddol ddiweddar beth bynnag. Cipiodd Goronwy ei gylchgrawn yn ei ôl: nid oedd wedi gorffen gyda *Laughter: The Best Medicine* eto.

Daeth galwad ar i'r teithwyr i Malaga fod yn barod i esgyn i'r awyren. Syllai Goronwy gydag edmygedd wrth i'w wraig ledio'r ffordd tua'r fynedfa. Peth ddel oedd hi—biti ei bod hi wedi mwydro'i phen. 'Ond dyna fo,' meddai Gron wrtho'i hun. 'Ma priodas fatha holides-ha; ma gofyn i chi dderbyn y *package*.'

(ADD Gron v/o)

SCENE 5 (PASSPORT GATE INT. LATE NIGHT)

Roedd y swyddog pasport swta wrthi'n archwilio dogfennau Siân a Goronwy pan glywyd bonllef groch o gyfarchiad yn atseinio o rywle. Pranciai gŵr ifanc o Ddwyrain yr Almaen fel ffŵl hurt tuag atynt gyda bagiau plastig yn llawn trugareddau o'r *Duty Free* yn ei law. Tybiai Goronwy am funud mai arf i'w hyrddio oedd y fricsen yn ei law arall ond buan y sylweddolodd mai cri o lawenydd oedd y floedd. Roedd hi'n amlwg bod rhywun, beth bynnag, wedi llwyddo i ddenig rhag ei dynged.

'Souvenir from Berlin Wall!' meddai Heinz yn nhwll clust Siân cyn troi at Gron a'i gyfarch fel hen gyfaill. 'You are so free!' meddai wrth y Cofi Gwalltgoch. 'You are so free!'

'Dyna be wyt ti'n feddwl!' meddai Gron o dan ei wynt gan syllu ar y llawysgrif yn y ces. Ond mae cynnwys y tudalennau hynny yn gyfrinachol. Nid oes wiw i ni ar hyn o bryd ddatgelu un dim oedd ynddynt. Yn swyddogol, nid oeddynt wedi cael eu hysgrifennu o gwbwl eto. . .

SCENE 6 (HEOL-Y-DERYN RADYR INT. EARLY HOURS). . .

Caethiwed

Be wyddoch chi be ydi neb? Pwy ydi'r fodan 'ma sy'n cysgu ar y pulw wrth yn ochor i? Be wn i amdani go iawn? Dyma fi yn troi a throsi am un o'r gloch bora a 'mhyjamas i'n laddar o chwys oer amdana fi. Ma'n stumog i'n corddi fatha sment-micsar, ma'n nyrfs i'n racs a dwi'n cachu brics. Ydw i wedi gwneud smonach ohoni? Ydw i wedi cael ail go iawn?

Dyna ydi'r trwbwl efo priodi'n sydyn. Mae o dipyn bach fatha prynu trowsus yn *Marks & Spencers*. Chewch chi mo'i drïo fo yn siop a dydach chi ddim yn gwbod os neith o'r tro nes ewch chi â fo adra a'i wisgo fo. Waeth i fi gyfadda ddim, dwi 'di cael amball i sgeg digon hegar ers pan dwi 'di priodi. Ma'r fodan yn iawn ond be wyddoch chi be sy'n dŵad yn ei sgîl hi?

Chwe mis yn-dôl o'dd gin i ddim ceiniog ar yn elw nes euthwn i i lle dôl bora dydd Iau. A dyma fi rwan yn cysgu dan *duvet* mewn semi yn Radyr efo bob mod con (wel, efo un 'fod' deud gwir, 'de con'!) Fysa pawb call yn meddwl bo fi wedi landio ar 'y nhraed ond pan ma'n nyrfs i'n sensitif fel hyn fedra i feddwl am ddim ond y gwaetha.

'Priodi ar frys, dyfaru am oes pys! Ti'm wedi clwad honna o'r blaen?' medda'r hen go wrtha fi un diwrnod yn rar' wrth iddo fo blannu pys cynnar. 'Biti ar diawl na fyswn *i* wedi chlwad hi!' medda'r hen fod oedd yn digwydd bod yn cael ffag ar y bog yn cwt cefn ar y pryd a ninna'm yn gwbod. O'dd y bîb ar Nain Nefyn ers dyrnodia a fysach chi'n meddwl na hi oedd pia'r lle chwech yn llofft.

'Waeth i ti briodi'n sydyn ddim,' medda'r hen fod o'r cwt rhwng smôc signals. 'Drw gicio a brathu ma cariad yn magu sut bynnag gnei di.'

Cysur Job i foi ifanc o'dd newydd ddiweddïo, ia? Fysach chi'n meddwl bysan nhw'n falch 'mod i'n traffath ar ôl bygwth bod yn hen lanc ers blynyddoedd.

'Oes 'na doilet rôl o gwmpas yn rwla?' medda hi wedyn.

'Deud wrthi am sychu'i thin efo'i *Rizla,*' medda'r hen go.

Os ydi cicio a brathu rwbath i neud efo'r peth, ddylsa rheina fod fatha Romeo a Juliet erbyn hyn myn uffar i.

O'n i wedi picio adra i dre i ddeud wrth bawb am y briodas. O'dd gin Siân ormod ar ei phlât i ddŵad efo fi. Medda *hi*, ia. 'Trïo dy drapio di ma hi!' medda Sam Cei'r Abar yn mêt pan glywodd o bo fi'n mynd i briodi. Dydi Sam ddim yn trystio neb ers i ryw fodan o Lerpwl drïo dal ei frawd o ddwy flynadd yn-dôl. Ddim ond dau ddiwrnod cyn y briodas ffendiodd o bod gynni hi dri o blant yn West Kirby a 'na'r cwbwl oedd hi isho oedd tŷ cownsul ar blât a gŵr oedd wedi setlo lawr am oes ar y sosial, ia.

'Be ma hi isho? Toi-boi?' medda Sam pan glywodd o bod Siân bedair blynadd yn hŷn na fi.

'Sbïa adra'r cont!' me fi.

Iesu bach! Un da'n siarad, ia? Mae o wedi bod yn trin gwraig Twm Huws Twrna yn dre 'cw ers blynyddoedd a ma honno'n tynnu am ei ffiffti!

'Ma 'na fyd o wahaniaeth rhwng godro'r fuwch a'i phrynu hi!' medda Sam yn llanc.

Ond uffar ots gin i. Maen nhw'n deud bod dynion dros y top yn ugian oed, ond bo fodins ddim yn cyrraedd y pinacl nes bo nhw'n bymthag ar hugian. Felly pwy o'n i i gwyno, ia?

'Dwi'n ddeg ar hugian oed ag arna i chwant priodi.' Dwi'n cofio fel 'sa hi ddoe Selwyn Frogit y stiwdant clên yn canu cân y Bob Tei Felyn 'nw yn y New Ely stalwm. Ma Frogit yn byw ar ochra'r Wyddfa 'na rwla erbyn hyn ond fydda i byth yn ei weld o chwaith. Mae o'n foi cefnog iawn bellach meddan nhw. Bia fo gannoedd o dai—Cymdeithas Tai'r Gogledd ne rwbath. Coc oen, ia? Ond ma'i gân o'n dal yn wir eniwê. Os nag wyt ti wedi gneud dy nyth erbyn y deg ar hugian 'ma, ma petha'n mynd yn draed moch os ti'n dal i fyw adra.

O'dd byw yn tŷ ni yn Sgubor Goch fatha byw mewn tun *sardines* rioed dwi'm yn deud, ond oedd hi'n saith gwaeth ers i'r hen go riteirio'n gynnar ar ôl cael hartan yn gwaith. Fama oedd o dan draed yn cicio'i sodla drw dydd yn flin fatha cacwn am bo fo mor bôrd. Roedd Nain Nefyn yn byw efo ni ers tair blynadd ers pan a'th hi'n dw-lali, ac oedd hynny'n gneud yr hen go'n fwy pigog byth. Pan ddesh i'n-dôl o Awstralia mi ffendish i bod Nain wedi cael yn llofft i a bod raid i fi rannu efo Joni Wili 'mrawd. Ma bob dim yn newid yn nhrefn naturiol petha, yndi? Ond digon du o'n i'n gweld y dyfodol yn tŷ ni pan ddoth Siân i'n achub i.

'Pryd gawn ni weld y fodan 'ma?' medda'r hen fod.

'Diwrnod briodas ma siwr, ia,' me fi a nelu am y ciando lle oedd Joni Wili 'mrawd yn rhochian cysgu ers oria ar ôl sesh pnawn.

'Be 'di hyn dwi'n glwad am gnebrwn coc?' medda Joni Wili wrth bwr' brecwast bora wedyn. 'Wedi cael clec ma hi, ia?' Mochyn o foi ydi Joni Wili—meddwl fatha siwar. Ma lot o bobol yn synnu bo ni'n ddau frawd. Dydan ni ddim byd tebyg ran pryd a gwedd heb sôn am ddim byd arall—fo efo'i wallt du bitsh syth fatha pin a finna fatha cochyn India, ia? Ma'n beryg bywyd rhannu gwely efo fo eniwê. Mae o wedi mwydro'n ei gwsg cyn heddiw a meddwl na fi ydi fodan o a finna'n gorod rhoid hergwd iddo fo lle ma hi'n brifo rhag iddo fo fynd i'r afal â fi.

'Cau dy geg y sglyfath,' medda fi. 'A golcha dy dafod! Dwi'n priodi am bo fi wedi ffendio'r fodan iawn, O.K.?'

Dyma Joni Wili yn piso chwerthin ar ganol ei *Corn Flakes*. Meddwl 'mod i'n uffar o sis yn deud ffasiwn beth ma siwr. Mi a'th y *golden flakes of corn* i lawr ffordd groes a fuo jest i'r cwd dagu. Mi geuodd ei geg o fatha cragan gocos, mi droiodd yn biws ac mi ffrwydrodd ei drwyn o. Peth nesa welwn i o'dd sneipan werdd, dew yn llifo'n ara deg bach fatha cnonyn i lawr y botal lefrith. Bob tro bydd gin i hirath am adra mi fydda i'n trïo meddwl am betha fel'na a buan iawn bydda i'n dŵad ata'n hun.

Lle fel'na oedd tŷ ni. Lympia o fenyn yn y pot jam a briwsion tost-wedi-llosgi yn y menyn. Yr hen fod yn stwffio'i hun efo sosej, ŵy a bîns i frecwast, ddigon a chodi pwys ar ddyn oedd yn sâl-lysh fatha o'n i jest bob bora. O'dd hi'n sglaffio brechdana *Mother's Pride* digon mawr i weiddi 'chi' arnyn nhw wedyn a llnau'r saim 'ddar ei phlât. Bechod wastio, ia? O'dd hi'n byta achos bod hi'n anhapus ac oedd hi'n anhapus achos bod hi'n dew. O'dd biti gin i weld yr hen fod fel hyn. O'dd hi'n fodan handi stalwm cyn i droeon yr yrfa ddechra'i rhygnu hi lawr, ia?

Ond dyna ydi'r trwbwl yn dre 'cw. Does 'na neb yn dysgu dim o un genhedlaeth i'r llall, nag oes? Cymwch chi Brenda'n chwaer—ma powb arall wedi gneud. Gynni hi dri o blant yn barod cyn bod hi'n bump ar hugian. Ma hi'n byw rownd gongol efo Jim Bara Saim—ei gŵr hi, os na dyna fysach chi'n alw fo.

'Be am Pegi Wyn 'da?' medda hi pan ddeudish i'r niws wrthi.

'Be amdani?' me fi.

'Arglwydd Iesu! Ti'n hiwman, d'wad?' medda hi wrtha

fi. 'Fedra i'm meddwl am ddim byd mwy cachwraidd i neud i neb!'

Dyna ni, ia! Run hen stori. O'n i'n disgwl iddi daflyd hynny yn 'y ngwep i. Ers pan ddoish i'n-dôl o Awstralia o'n i wedi bod yn ryw hyw-fynd efo'r fodan 'ma o Maesincla. Dim byd siriys. Bechod bo fo wedi para mor hir â nath o. Y diawl ydi bo nhw'n meddwl bod arnoch chi rwbath iddyn nhw os ydyn nhw'n hongian o gwmpas yn ddigon hir.

'Wyt ti wedi deud wrthi?' medda Brenda.

'Naddo,' me fi.

'Gna'n saff bo chdi'n gneud heddiw 'ma 'ta cyn iddi glwad gin rwbath arall!'

'Sgin i ddim calon deud,' me fi.

'Nag oes mwn! Mynd lawr i Gaerdydd am interfiw a dŵad yn-dôl yn bigejd. Ma isho sbïo dy ben di Gron bach—a'r fodan wedi byw i chdi ers tair blynadd!'

'Cau dy geg! Dwi'm isho clwad chwanag am y blydi peth!' medda fi.

Trwbwl oedd bod Brenda'n ffrindia penna efo Pegi Wyn ac yn cymyd ei phart hi bob gafal. Mi fysa hi wrth ei bodd tasa ni wedi priodi ac oedd hi'n amlwg yn mynd i ddechra hefru. Ond yn ôl yr ogla uffernol o'n i'n glwad yn dŵad o'r cot, oedd y babi wedi gwllwng ei din a roth hynny jans i mi ei g'leuo hi heb orod gwrando ar fwy o'r sob-sob stori 'ma. O'n i'n gwbod ar ôl tri diwrnod bo fi isho priodi Siân, ac ar ôl tair blynadd o Pegi Wyn o'n i'n gwbod bo fi'n ben-dant ddim. Iesu Grist! Chwara teg, ia. Geuthwn i ddigon o sterics gin Pegi ei hun, ceuthwn?

Bora dwutha o'n i adra ddoth yr hen go i mewn i'r tŷ fatha taran, yn barod ei dafod a'i dempar o'n fain. Roedd ei bys cynnar o wedi cael eu lladd gin y barrug. Ma'r con' gwirion yn eu plannu nhw allan yn rhy gynnar bob blwyddyn run fath.

'Llna'r ffycin tŷ 'ma nei di ddynas?' medda fo wrth chwilio am ryw dŵls o'dd o'n gadw ar ben seidbord.

'Fyswn i'n medru sgwennu'n enw yn y llwch 'ma wir Dduw!'

'Llna fo dy hun y basdad!' medda'r hen fod a gwasgu *No 6* arall i mewn i'r ashtre o'dd yn orlawn fel o'dd hi. 'Sgin ti'm byd arall i neud drw dydd!'

Dwi'n hogyn reit sensitif yn y bôn, ia, ond dwi 'di byw ar hyd yn oes efo pobol yn arthio ar ei gilydd fel hyn. O'dd y lle wedi bod ar gychwyn rioed ac oedd hi'n hen bryd i minna neud run peth. Fysach chi'n meddwl byswn i'n falch o gael denig o 'na, bysach? Ond o'dd 'na lwmp yn 'y ngwddw fi wrth feddwl bo fi wedi cysgu yna am y tro dwutha un. Fyswn i byth bythoedd yn medru dŵad â Siân i aros fan hyn hyd yn oed tasa 'na le 'ma, ond y co sy'n cael ei fagu yn uffar, yn uffar mae o isho bod, ia?

Dyma Siân yn rhochian yn sydyn a throi yn ei chwsg. Ond fedra i yn 'y myw setlo. Bob hyn-a-hyn dwi'n codi ar yn ista yn gwely a chymyd golwg iawn ar yn hun yn y gwydyr. Jest i neud siwr na fi ydw i. Duw a ŵyr pam, ond be sy ar y dresin-tebl wrth yn ochor i ond y cardyn priodas *Nid mis ond oes o fêl* geuthon ni gin Nain Nefyn. Jôc dda, ia?. . . *Pob dymuniad da i Goronwy a Belinda.* Iesu! Peth dyfara nes i rioed oedd mynd â Belinda—y fodan buesh i'n byw talu efo hi yn Grangetown stalwm—i weld Nain. Nath yr enw lynyd fatha *Superglue* yn ei cho' hi, a ma hi wedi galw bob fodan fuesh i efo hi wedyn yn Belinda, dydi? Nain wirion yn mwydro—ond o leia ma hi'n naw deg a dau. Dwi drosd drigian mlynadd yn fengach na hi a dwi'n dechra myllio'n barod.

Codi o 'ngwely a newid 'y mhyjamas. Taswn i'n rhoid rhein drw mangl fysa 'na alwyni o chwys yn piso allan ohonyn nhw. Ych-â-fi. Dwi'n eu plicio nhw odd' am dana a nelu'n noethlymun am y bog ar ben grisia. Wrth biso'n y pan dwi'n gweld llond ffenast o'r blydi Castell Coch 'na'n serennu arna fi fancw dan y fflydleit.

'Dos i dy gwt, y diawl!' Blydi castall smal fatha bob dim arall yn y rydi Radyr 'ma. Ma 'nwylo fi'n crynu fatha jeli a ma hi'n uffar o job nelu 'mhidlan i'r lle iawn. A dim ond piso dryw ydi o eniwê. Taswn i wedi cael lysh fysa gin i fin dŵr iawn a mi fyswn i'n ffrydio mewn i'r pydew 'na. Ond heno am y tro cynta ers tua pymthang mlynadd chesh i ddim tropyn o gwrw, naddo? O'n i rioed yn meddwl byswn i'n byw i weld y dydd, ond ma'r misus wedi'n nadu fi fynd allan. . .

Mi ddechreuodd petha'n ddigon clên. 'Beth am aros miwn heno?' medda Siân wrtha fi.

'Ti'n siriys?' medda fi.

'Odw i. Ni wedi bod mas bob nos ers wythnose. Ma'n bryd i ni gal noson dawel.'

Fydda i ddim yn meindio noson ddistaw yn hun bob hyn-a-hyn. Pum peint a gwely cynnar, ia. Ond nos Sadwrn oedd hi heno, noson ora'r wythnos, y noson ma pawb call allan yn selibretio'r ffaith bo nhw wedi syrfeifio wythnos arall. Aros i fewn ar nos Sad? Oedd y fodan ma'n gall, oedd?

O'dd hi'n amlwg wedi planio hyn tu nôl i 'nghefn i. O'dd hi wedi bod i lawr i nôl fideo o'r siop yn Park Road pnawn 'ma pan o'n i yn y bwcis. *Room with a View*. Sothach gwirion am ryw ddau gariad yn malu cachu yn Itali.

'Ffilm gachu ydi hon,' medda fi tua naw 'ma.

'Mae'n grêt w. Fydd Cân Doretta mas o *La Rondine* arno mewn cwpwl o funude. . .'

'Be uffar ydi hwnnw?' me fi.

'Puccini achan! 'Na i gyd wy'n gofyn i ti neud yw gwrando!'

A fanna nesh i ddechra panicio go iawn. O'n i wedi sylwi o'r munud gnesh i seinio'r llyfr yn festri'r capal na fysa petha byth run fath—y byswn i'n gorod newid—ond roedd nadu dyn gael lysh ar nos Sad a gneud iddo fo wrando ar ryw *Italian lovers* yn nadu y tu hwnt i jôc, doedd? Yr unig *Italian* o'n i'n wbod o'dd *Mama Mia!* ag o'n i'n teimlo fatha'i sgrechian o o ben to'r tŷ yr eiliad honno, ia.

'Peint fysa'n dda,' medda fi yn trïo ffalsio.

'Wel wel!' medda Siân. 'Ti'n acto'n gwmws fel alcoholic!'

'Pwy ydi dy alci di?' me fi. 'Ches i rioed ddim trwbwl o gwbwl efo lysh. Dwi'n medru ddal o yli!'

'Profa gelli di neud hebddo fe. te,' medda hi. 'Dere mlân Gogs—er yn fwyn i.'

Pan ma Siân yn galw fi'n Gogs dwi'n mynd yn rhyfadd i gyd. Ma 'nghoesa fi'n dechra sigo dana fi a dwi'n teimlo ryw wendid lawr yng nghrombil 'y nghwd. Dwi fatha pwti'n ei dwylo hi, a ma'n amlwg nad oedd 'na run o 'nhraed i'n mynd i'r pyb heno. . .

'Tybed o's fideo o *Gianni Schichi* i gal? Ma'r aria agoriadol 'na mor hyfryd,' medda Siân ar ddechra'r ffilm. O'n i'n meddwl bysa hi'n cael orgasm wrth wrando ar y Kiri Take Away 'ma'n canu, a mi drïodd bob dim i 'ngneud inna'n ffan, do.

'Nage rhwbeth i'r crach yw opera twel. Mae'n well 'da'r werin yn yr Eidal fynd i operâu nag i geme pêl-drod!'

'Mm. Wedi cael gormod o haul maen nhw, mwn,' me fi.

Ond do'dd 'na ddim byd yn mynd i nadu Siân rhag cael noson romantic. Fanna ro'n i, a 'mhen ar ei glin hi ar y soffa yn sbïo ar y ffilm. O'n i'n benderfynol o ddangos iddi gallwn i fyw heb lysh taswn i isho, ond y trwbwl oedd bod yn holl gorff i'n sgrechian erbyn hannar awr wedi naw: 'Hei cwd! Lle ma 'mheint o meild i?' Erbyn deg o'n i'n operetio ar rimôt-control. Ddim fi oedd isho mynd am lysh ond 'y nhraed i!

'Ffilm reit ddifyr deud gwir,' me fi'n palu clwydda wrth ddiffod y fideo ar frys gwyllt.

'Beth wedes i?' me Siân yn llancas.

'Neis cael noson mewn weithia—ti'n iawn! A'n ni allan am neit-cap bach rwan 'ta, ia?'

Chwara'ch cardia'n iawn sisho yn y busnas priodas 'ma dwi 'di sylwi. 'Do' laen, Gron bach,' me fi wrtha'n hun, 'gei di dy ffordd os ti'n ddigon o lwynog.' Ond heno, o'dd nacw mor dynn â thwll tin chwadan ar drana.

'O! A finne'n drychid mlân am noson gynnar heno. . .' medda Siân a rhoid o-bach i 'ngherrig i.

'Dos di fyny 'ta,' me fi. 'Joinia i di mewn ryw awr. . .'

Ond doedd hynny yn da i ddim a dyma hi'n dechra pwdu. Dwi wedi hen arfar efo'r tric yna erbyn hyn hefyd a dyma fi'n dechra gneud 'y mhwynt.

'Sa ddim sens nag oes?' me fi. 'Gwres calonnog 'ma mlaen trw gyda'r nos. Ma 'ngwddw fi fatha cesal camal efo chdi. . .'

'Cymra wydred o ddŵr os oes syched arnot ti. . .'

'Isho diod ydw i, ddim bathio 'nhu mewn!'

'Elli di ddim neud hebddo fe, elli di?'

'Fyswn i'n medru taswn i isho. Ond be 'di'r iws sbeitio dy hun?' me fi.

'Ti'n gaeth iddo fe!' me Siân.

'Be uffar ti'n fwydro?' me fi. 'Malu cachu. Dim ond blydi peint dwi isho. Fysat ti'n meddwl wir Dduw bo fi'n gofyn am y ffycin lleuad!'

'Paid â rhegi. . .'

O'dd 'na amser pan fyswn i ddim yn rhegi fel hyn o'i blaen hi ond ma isho mynadd weithia, does? Ddeudish i ddim gair arall o 'mhen dim ond nelu am y drws a 'mryd ar y pyb.

'Lle ma'r goriad? *Come on!*' medda fi wedi gweld bod drws wedi cloi.

'Sa i'n gwbod ble ma fe. . .'

'Babïaidd ydi rei, ia?' medda fi a nelu am y gegin. 'Ma drws cefen ar glo 'fyd. . .'

Ffycin-hel-bels! Ffyc-mi-pinc!! Ffyc-mi-a-Ray!!! Be o'dd hyn, y? O'dd yr ast slei wedi 'nghloi fi mewn, doedd? Doedd gin i ddim gobaith mul mewn *Grand National* o ddenig! Ma 'na glo hyd yn oed ar ffenestri yn y *Fort Knocks double-glazed* 'ma sgynnon ni a doedd dim dwywaith amdani, o'dd hi wedi gneud yn saff Dduw bo fi ddim yn cael tropyn heno 'ma! Fedra i ddim diodda lysh yn tŷ—'di o ddim yr un lliw rwsut—ond oedd petha'n despret erbyn hyn. O'n i'n cael panics piws ac o'n i'n crefu efo'n holl enaid am dropyn o rwbath dros y galon. Cyrradd y cwpwr-lysh a 'ngwynt yn 'y nwrn ond—O! Rarglwydd laswn i feddwl—toedd hwnnw wedi'i sbydu hefyd, toedd?!

'Be ti'n drïo neud i fi'r gotshan uffar?'

'Er dy les dy hun wy'n neud e, Gogs!'

Dwi'n foi digon addfwyn, ia. Gin i lot o fynadd. Ond pan dwi'n colli 'nhempar dwi'n gneud go iawn. Dwi ddim yn foi feiolent chwaith ond o'n i rioed wedi teimlo'n fwy ffrystreted nag o'n i neithiwr. Fyswn i wedi medru manglo'r Siân 'na. Pa hawl o'dd gynni hi i drin dyn fel hyn? Dyma fi'n dechrau cael y gwyllt na welwyd rioed ffasiwn beth. Sôn am fynd i stêm! O'n i'n rhuo fatha tarw gwyllt o gwmpas y lle. Roish i gic i'r radio yn erbyn y wal nes o'dd hi'n wirioneddol weiar-les. Roish i ddyrnad i ddrws y pantri nes o'dd o'n hongian ar un hinj. Mi ddechreuodd Siân grïo a mi nath hynny fi'n saith gwaeth. Mi esh i i'r gegin i ddechra smashio'r llestri *Willow Pattern* yn deilchion, a dim ond ar ôl i mi lwyr ymlâdd y rhoish i'r gora i falu a mynd i'r llofft.

Hon oedd yr wythfed noson ar hugian i mi fethu codi min. O'dd Siân yn methu dallt be o'dd arna fi. Do'n inna ddim callach na hi. Chesh i rioed drwbwl fel hyn yn 'y mywyd o'r blaen a doedd o ddim yn beth braf, alla i ddeud wrthach chi. Wyddoch chi fel bydd ych pidlan chi'n mynd i'w gilydd i gyd yn bath, yn crebachu nes bod hi'n ddim byd ond pry genwar mewn croen? Fel 'na dwi 'di bod ers wythnosa, a ma gin i gwilydd ofnadwy. Finna wedi gaddo petha mawr yn y briodas. 'Fy ngwialen a'm ffon a'th ddilynant holl ddyddiau fy mywyd,' a ballu. O'n i'n gweld yn hun yn cael yn halio o gwmpas holl gaea sioe'r Greadigaeth a 'nangos mewn caets i bobol. *The Incredible Shrinking Man,* ia?

'Beth sy'n bod 'te, Gogs?' medda Siân wrtha fi ar ôl tri diwrnod ar ddeg—anlwcus i rei—o fyw fatha mynach.

'Dwi'm yn gwbod, nadw!' medda fi. Ond ar ôl mis cyfa o ddiodda ma'n amlwg ei bod hi wedi penderfynu na'r lysh sy wedi gwywo 'ngwialen i—bod y cwrw wedi troi tu min. Ond dydi hynny ddim byd newydd. Ma Siân yn beio lysh am bob dim. O'n i'n gwbod bod hi wedi gneud blwyddyn o T.T. yn Aberystwyth—ond o'dd hyn tu hwnt i hwntw, doedd? Beth bynnag o'dd y rheswm am yn llipryn llipa fi, o'n i'n gwbod yn iawn na ddim Brewer's Troop o'dd o. Fodins, ia!

Gorfadd fan hyn ar wastad 'y nghefn yn chwythu ar yn migyrna bach i sy'n gig noeth ar ôl dyrnu'r drws 'na gynna. Troi a throsi. Waeth i mi heb â bustachu—chysga i ddim bellach. O'dd gin i ddau fideo call lawr grisiau, *Conan the Barbarian* a *The Man with the Golden Gun*—waeth i mi sbïo ar rheiny ddim. Mewn i'r gegin am joch o *Corona* ne rwbath i iro'r pwmp. O! Mam! O'dd golwg ar y lle fatha tasa 'na fom wedi hitio fo. O'dd 'na lai o lanast ar doman byd! Mwya sydyn dyma fi'n dechra teimlo cwilydd ofnadwy bo fi wedi racshio'r nyth buo ni'n ei rigio mor ddel ers misoedd. Mi ddechreuish inna grïo a theimlo biti dros Siân. Ond dyna fo—ryw bechadur fel 'na ydw i. Dyfaru bob tro tan tro nesa, ia. Ond o'n i'n teimlo'n uffernol ddiawledig o isal, teimlo bod 'y mywyd i ddim gwerth ei fyw. Ac wrth gropian ar 'y mhedwar i chwilio am y fideo James Bond dyma fi'n penderfynu bysa rhaid i mi newid—o'dd Siân yn haeddu gwell na hyn. . .

Helo? Be o'dd yn llechu fanna dan focs fideo *Room With a View?* Goriad y blydi drws ffrynt con'! Stag syd ar yn watsh a gweld na dim ond chwartar wedi un oedd hi. Peint! Allan â fi i'r nos, neidio mewn i'r car a throi ei drwyn o am y dre lle bysa 'na glybia'n dal ar agor. A'r unig beth o'n i'n wbod oedd na fyswn i ddim mewn unrhyw stad o gwbwl i ddreifio fo'n-dôl adra.

Dechra Cofi-dia
(Pwy oedd y Merthyr ym Merthyr Tydfil?)

O'n i'n reidio ar y bys Cymru Cenedlaethol am adra o dwll-din-byd Caerdydd yn meddwl peth mor stiwpid oedd bildio'r Castell Coch 'na i fyny fancw ar ochor dibyn pan welish i gang o fodins yn rhedag fel diawlad ochr arall i'r Masons Arms Rhiwbeina. Oeddan nhw'n cario polion a fflagia du a bob math o geriach ag o'dd rwbath yn deud wrtha fi bo nhw'n trïo dal y bys. O'dd gynnyn nhw ddim gobaith mul mewn *Ever Ready Derby* tan i'r fodan 'ma efo bronna balŵns faglu ar ei hyd ar lawr ar un o'r slabia rhydd ar y pafin. Mi ddaliodd hynny lygad y dreifar, a fedar hyd yn oed ecspres-coitsh Cymru Cenedlaethol ddim ignorio corff sy'n gorfadd yn lledan ar draws lôn.

Dyma'r genod yn parêdio drw'r bys fatha tasa nhw pia'r lle. Fuo ond y dim i un ohonyn nhw 'y nghopio fi yn yn llygad efo'i pholyn. Be ddiawl oeddan nhw'n neud, dwi'm yn gwbod. Do'dd hi ddim yn bell o Dolig ag o'dd hi dipyn bach yn oer i gampio. Mewn cachiad dyma rai ohonyn nhw yn dechra rhannu pamffledi i'r pasinjyrs. O'n i wedi dechra ama na *religious maniacs* oeddan nhw. O'dd gin i go' plentyn o'r rheiny'n mwydro pawb ar draeth Nefyn stalwm, a ma *Mormons* a *Jehova Witness* yn bridio fatha cwningod yn dre 'cw bellach. Ond mi gymish i bamfflet achos mi gofish yn sydyn nad oedd gin i ddim byd i sychu 'nhin yn y bog yn Brecon ar y ffor' lawr.

'Say No to Trident!' medda ryw bladras o rwbath o'dd wedi'i gwisgo fatha hipi.

'Go back to Russia!' medda ryw hulpan mewn cot ffyr o 'mlaen i.

Ond yn sydyn dyma fi'n clwad rei ohonyn nhw'n siarad Cymraeg. O'n i wedi cael uffar o ail tra o'n i'n Gaerdydd. O'dd bob dim da yn cael ei gnocio lawr fatha walia Jericho o'ch cwmpas chi, ag o'dd 'na lot llai o Gymraeg nag oedd yno ddeng mlynadd yn-dôl. Fethish i eto â ffendio'r hogia felly o'dd hi'n braf clwad y genod 'ma'n siarad yr hen iaith hyd yn oed os na Cymraeg Sowth o'dd o. O'dd un ohonyn nhw yn gwisgo barthodyn 'Grŵp Heddwch Rhiwbeina'. O'n i'n ama braidd. . .

'Mormons ydach chi, ia?' me fi.

'Beth?' medda'r hipi.

'Saesneg ydi bob gair gin. Mormons dre 'cw, wchi.'

'C & D y'n ni, w!' medda'r Bronna Balŵns.

Yr unig C & D o'n i'n gwbod amdano fo oedd *Caernarfon & Denbigh* a digon o waith bysan nhw'n gwerthu hwnnw lawr fan hyn, ia? Ddechreuodd yr hipi chwerthin.

'Wy wedi cal 'y ngalw'n lot o bethe yn yn amser!' medda hi, 'ond tro cynta rioed i neb feddwl taw criw Duw o'n i!'

'Grŵp gwrth-niwclear y'n ni!' medda ryw fodan arall wrtha fi. 'Ti'n gwbod, *ban the bomb,* w!'

'O!' me fi yn teimlo'n dipyn o grinc. 'Wel—ma powb isho dipyn o heddwch, yndi?'

'Sefwch funud,' medda'r hipi a finna'n sefyll yn barod. 'Sa i'n nabod chi o rwle?'

'Ddigon posib,' me fi. 'Dwi wedi trafeilio dipyn, 'de.'

Ond yn sydyn dyma fi'n cael cip gwahanol ar y fodan. O'dd ei gwallt hi dipyn hirach amsar hynny ag o'dd y *625-lines* 'na ddim ar ei gwynab hi ond o'n i'n gwbod na'r Gwenan 'na nesh i gwarfod yn Papajios stalwm oedd hon. Miss Welsh Nash 1976!

'Chdi o'dd yn mynd i achub Cymraeg yn Gaerdydd, 'de?' me fi. 'Job go giami nest ti ohoni—os ti'm yn meindio imi ddeud.'

'Goronwy Jones!' medda hi. 'Esgyrn! Ti wedi newid!'

Dyma fi'n sbïo yn *wing-mirror* y bys, ac o'dd rhaid i fi gyfadda 'de, bo fi'n dechra colli'n lwcs. O'dd 'y ngwallt i'n arfar bod yn un twmpath mowr fflyffi pan o'dd gwallt hir yn ffasiwn, ond t'on i fatha dafad wedi ei chneifio ers y cyt-cronji 'ma gesh i gin Bob Barbar tro dwutha, a'r gwaetha oedd bo fi'n dechra tyfu trwyddo fo. Ac ella byswn i *yn* edrach yn well taswn i'n tyfu mwstash trendi unwaith eto. Ond diawl, o'dd y jacet ledar brynish i yn Gaerdydd yn '78 yn dal i edrach yn smart. Ma jacedi ugian punt fel hyn yn para am oes, yndyn?

'Siân! Dere 'ma!' medda Gwenan. 'Ti'n cofio'r rhacsyn hyn?'

'Pwy ydi dy racsyn di'r gotsan glai?' medda fi wrtha'n hun. O'n i ar fin deud wrthi 'fyd pan ddoth Siân draw i siarad. Dim ond dwywaith o'n i rioed wedi gweld hi o'r blaen ond Tair Gwaith i Gymro! *Love at third sight,* ia! O, o'dd hi'n dipyn mwy soffisticêted erbyn hyn fel bysa chi'n meddwl, efo strîcs melyn yn ei gwallt, masg-ara a lipstic piws a ballu. O'dd ei sbectol *National Health* hi wedi cael fflich ac oedd hi'n gwisgo rei *Dan Dare* fatha Miss Burgess Standard 4 stalwm. Ond hitiwch befo'r paent, y peth pwysig i fi oedd bod y fodan ei hun ddim wedi newid.

'Shwt ma hi, 'te, slawer dydd?' medda hi a'i dannadd *pearl-drops* hi jest a 'nallu fi.

'Su' ma hi, del?' me fi ddim yn gwbod be i ddeud. Y rheswm bod ei dannadd hi'n edrach mor wyn o'dd bod gynni hi liw haul fatha ffilm star. Dim ond tyrcwn sgin hawl i edrach mor frown â hynna mor agos at Dolig.

'Dwi'n licio dy liw haul di,' me fi.

Nath hi ddim byd ond giglo'n swil—y peth gora o'n i'n licio amdani o'n i'n cofio'n iawn.

'Ar yn ffordd i'r rali ym Merthyr y'n ni,' medda hitha'n methu gwbod be i ddeud chwaith.

'Dyna chdi beth rhyfadd,' me fi yn rhaffu clwydda. 'Dyna lle ro'n i'n mynd hefyd!'

O'dd y bys wedi stopio tu allan i ryw fflatia o'r enw *Minavon*. Ond o'dd dim dowt o gwbwl na *Crossroads* o'dd y lle yna yn 'y mywyd i.

'Pwy bynnag grëws y byd 'ma,' medda Stan Crossroads yn y New Ely stalwm, 'alle fe byth a chreu rhech mewn ffactri bys!'

A mi oedd 'na adag pan fyswn i'n cytuno i'r carn efo fo. Ar hyd 'y mywyd gesh i ddim byd ond un siom ar ôl y llall. Un munud 'dach chi'n canu 'Mae'r darnau yn syrthio i'w lle' efo Dafydd Iwan yn Clwb Tan Bont a'r munud nesa ma'r jig-so i gyd ar lawr achos bod ryw ddiawl wedi ysgwyd ych bwr' chi. Pan fydda i yn y felan—bob nos Sul fel arfar—fydda i'n teimlo i'r byw bod 'na rwbath i fyny fancw sy'n barod i wllwng llond trol o gachu ar ych pen chi bob tro ceith o jans. Ond chwara teg i ddiawl, o'n i yn meddwl na rhyw fath o wyrth oedd y ffaith bod Siân a fi wedi cwarfod y ffordd neuthon ni.

Peth rhyfadd oedd bo ni'n nabod yn gilydd ers dros ddeng mlynadd, os na nabod fysach chi'n galw cwarfod ddwy waith pan o'n i'n byw yn Gaerdydd stalwm. O'n i wedi ei ffansïo hi pan welish i hi yn Papajios ryw nos Iau—y noson honno gesh i'r thril o siarad efo Dewi Pws am yr unig dro rioed.

'Hei pwrs!' medda fo wrtha fi yn y bog.

'Be?' medda fi a thynnu'n llgada 'ddar 'y narn am eiliad i weld pwy oedd 'no.

'Ti'n pisho ar dy sgitie!' mo.

Tric budur, ia? Sa fo ddim yn selebriti fyswn i wedi leinio fo, ond achos na fo o'dd o nesh i ddim llnau'n sgidia-platfform am flwyddyn, naddo?

'Ti'n gweld y sboncia 'na ar yn sgidia fi, 'de con'. . .' O'dd hi'n stori fowr lle bynnag o'n i'n mynd, doedd?

Erbyn heddiw ma Dewi Pws wedi gneud ei ffortiwn

wrth falu cachu fel 'na ar *Torri Gwynt*—jest abowt yr unig beth fydd yr hogia'n stagio arno fo ar S4C. . .

Trïo mynd efo selebritis fel hyn oedd y rhan fwya o fodins Cymraeg yn Papajios ond oedd Siân yn wahanol. O'dd hi'n hogan ddistaw neis. O'dd hi ddim yn Miss World dwi'm yn deud, ond Iesu dw inna ddim yn Charles Atlas chwaith, nadw?

'Fysat ti'n licio dawnsio, del?' me fi.

'O!' medda hi.

A dyna'r unig sill glywish i o'i phen hi cyn i mi gael 'y nhaflyd allan am chwdu ar y mat. Ychydig o fisoedd wedyn o'n i i fod i gael swpar yn nhŷ ei mam a'i thad hi ond gesh i 'nhaflyd allan o fanno hefyd am na fi o'n i. Ond stori arall ydi honno i gyd. . . Dydi dau ddêt chwinciad chwannan mewn deng mlynadd ddim yn rhoid lot fawr o jans i bobol ddŵad i nabod ei gilydd, nadi? O'n i'n gwbod bod gin i jans yn fanna, ia, ond be o'dd yr iws? O'n i byth bythoedd yn disgwl ei gweld hi eto, nag o'n?

I dorri stori hir yn fyr, o'n i wedi bod i lawr yn Gaerdydd yn chwilio am job. Gesh i interfiw, ia, ond ail gesh i siwr Dduw. Run fath bob tro os oes 'na rwbath arall yn trïo. Dwn i'm yn iawn pam, ond yr unig rei sy byth yn cynnig job i fi ydi pobol despret. O'dd gin i gwmpeini ar yn ffordd i lawr sef llwch yn ffrind Fferat bach fuo farw'n sydyn un noson yn y Black Boy wrth chwara darts. Pan-creosote-itis ne rwbath. Dwn i'm Duw, ond lysh oedd yn ca'l bai. Dim ond thirti-sics oedd y diawl ond 'na fo. O'dd o wedi deud bob amsar na sbredio'i lwch ar yr Arms Park fysa fo isho ar ôl iddo fo gicio'r bwcad. O'dd rwbath yn morbid yn Fferat ar ôl ugian peint o lagyr. Ond os na dyna oedd yr hogyn isho peth lleia fedrwn i neud o'dd talu'r gymwynas ola iddo fo, chwadal Taid Nefyn.

Tro dwutha fuesh i yn Merthyr o'dd i gofio Dic Penderyn efo Sam Cei yn 1981. O'dd y Gweriniaethwyr yn goron-deithio drw dre. Dwrnod da hefyd nes i'r slobs wllwng eu bwystfilod *Alsatians* i frathu'r hogia gyda'r nos. Bechod na fyswn i wedi medru setlo lawr yn y Merthyr Tydfil 'na. Fyswn i wedi medru gneud yn iawn efo rafins Cyfarthfa a Pen-y-dre. O flaen eu Town Hole oedd gynnyn nhw statiw o Dic Penderyn gath ei grogi ar gam gin y Sais yn Gaerdydd. Chydig iawn o Gymraeg glywish i yno ond fedar tre sy'n bildio moniwments i'r 'hogia' ddim bod yn ddrwg i gyd, na fedar? Gneud i chi feddwl be ma statiw Lloyd George yn da ar Maes yn dre 'cw, yndi?

Pan gyrhaeddon ni'r brotest o'dd 'na ryw foi gwallt gwyn efo atal deud yn myllio ar ben bocs sebon. O'dd o'n deud bysa'r byd yn chwthu fyny ar y rêt hyn a bysan ni gyd yn cael yn bomio i Abar-gofiant. Cwbwl o'n i'n wbod o'dd byswn i wedi marw o sychad yn bell cyn hynny. Fuesh i'n cario polyn y C.N.D. am filltiroedd trw'r dre a wyddwn i ddim be oedd 'y mreichia fi, ond chwara teg i Siân, mi gymodd hi'r hint.

Yn y pyb geuthon ni jans i ddal i fyny efo'r ddeng mlynadd dwutha.

'Benidorm, ia?' medda fi rêl Robin busnes isho gwbod lle cath hi ei lliw haul.

'Nage,' medda Siân. 'Geso i lond bola ar Gaerdydd ac eso i ddysgu Saesneg i Abu Dhabi.'

'Pwy uffar ydi hwnnw?' me fi.

'*Lle* yw e! Ar bwys Saudi Arabia.'

'Arglwydd! Byd yn fach, yndi?' me fi. 'Bashish i heibio'r 'nialwch yna ar yn ffordd i Awstralia!'

'Felly o'n i'n gweld wir. . .' medda Siân.

'Y?' me fi.

'Weles i dy straeon di yn *Curiad*.'

Pwy fysa'n meddwl, ia? O'dd y fodan wedi bod yn cadw tabs arna fi trw'r amsar! O'dd y boi 'ma, Hefin Hapus, wedi bod yn talu dipyn o bres baco i fi sgwennu am be o'n i'n neud *Down Under* i ryw fagasin o'dd o'n redag. Ar un adag pan o'dd o'n gweithio i'r *Cymro* o'dd yr hogia'n ama na fo oedd wedi sbragio wrth Vaughan Hughes a rheiny yn HTV bod yr hogyn yn sgwennu straeon budur i'r papur bro. Ond un peth amdana fi, dwi'm yn dal dig. Dwi'n madda reit sydyn i unrhyw un sy'n cynnig mags cwrw i fi.

Denig i Sydney nesh i. Ei g'leuo hi o 'ma i uffar pan gesh i'n siomi gin Belinda yn Grangetown. Ond yr Arglwydd! Fedrwn i ddim coelio 'nghlustia. O'dd yr un peth yn union wedi digwydd i Siân! O'dd hi'n mynd efo ryw gwd dŵr o bregethwr am flynyddoedd nes i hwnnw benderfynu bod yn well gynno fo briodi'r Arglwydd ne rwbath a mynd yn fynach i Guatemala. Blydi homo, 'sa chi'n gofyn i fi. O'dd o ddim yn Gristion eniwê yn cadw hogan am hydoedd fel 'na a'i gadal hi lawr yn diwadd siot. O'dd hi'n teimlo fatha'r Enath-Gath-ei-Gwrthod 'no oedd Frogit yn canu amdani stalwm. A bora trannoeth cafwyd hi yn trïo mynd i'r Ci Bwtsh yn Israel, ia? Ond ail gafodd hi—trwbwl cael pres o'r West Bank ne rwbath. A lle landiodd hi ond yn Nigeria yn slafio dros y dynion duon i neud i fyny am yr holl flynyddoedd o slafio nathon nhw droston ni.

Pam bo powb sy'n colli'i gariad isho bod yn Samaritan Trugarog? Peth cynta nesh inna rôl cael yr hwi gin Bel oedd mynd i lawr i'r docia i rannu 'mhres dôl efo Harri Begar Dall a John Henry Bee yr alcis. Ond o'dd 'na ddim byd yn sentimental am Nigeria medda Siân. O'dd dim posib eu dallt nhw i ddechra. Sut ma dechra dallt pobol sy'n siarad wyth cant o ieithoedd? Dwi'n cael digon o draffath efo dwy. A'r morgrug, was bach—peidiwch â sôn! O'n i'n meddwl bod y pla o grachod lludw sgynnon ni yn bog cwt cefn yn Sgubs yn ddigon drwg nes clywish i am y diawlad bach yma. O'dd coes bob dodrefnyn yn tŷ yn nofio mewn bowlan o ddisinffectant i nadu'r 'ffernols rhag dringo i fyny a cymyd y lle drosodd. Ma hi'n ddigon posib na morgrug fydd yn rhedag y byd ar ôl rhyfal niwclear—felly gnewch yn siwr bo gynnoch chi ddigon o *Harpic* jest rhag ofn i chi syrfeifio.

'Ti'n dal yn singl, 'te?' medda Siân.

'Yndw,' medda fi'n swil, ond sonish i'm gair am Pegi Wyn.

O'dd gin Siân ddigon i ddeud. Wrthi'n bordio eroplên o Lagos i Abu Dhabi o'dd hi pan sylwish i o gongol yn llygad ar y boi 'ma oedd yn potio *Guinness* wrth y bar. O'dd ei wallt o wedi britho ac o'dd o wedi torri'i locsun, ond Iesu, ia! Y fo oedd o, saff i chi!

'Marx Merthyr, y con'! Su' mai?' me fi.

Mi gymodd hi ryw eiliad ne ddwy i Marx ffocysio'i sbectol Lenin, ond wedyn dyma fo'n rhoid clec i'w beint ar ei dalcian a chamu'n fras tuag atan ni.

'Goronwy Jones you old bastard! Beth ti'n moyn i ifed?'

'Neith hi beint o meild, ia?' me fi.

'You don't change do you? Beth mae cariad ti'n moyn?'

Edrychodd Siân a fi ar yn gilydd yn swil ond neuthon ni ddim gwadu chwaith.

'Haven't seen you for donkeys, mun. Ble ti wedi bod yn cadw? Ten year hangover or what?'

O'n i mor falch o weld Marx fyswn i wedi medru'i hygio fo. Fatha'r hen go a Ken Crawia yn dŵad ar draws ei gilydd ar ganol Sahara stalwm pan oeddan nhw'n trïo bomio Hitler allan o'r Aifft. Y ddau yn gafal am ei gilydd yn dynn, ia. Dynion mawr cry o'dd ddim tamad o ofn y bwleti o'dd yn sgimio'u clustia nhw yn beichio crïo gyntad byth gwelson nhw un o'r hogia. Ken Crawia ddeudodd wrtha fi. Fysa'r hen go byth bythoedd yn cyfadda. . . Ond o'n i'n gwbod yn iawn sut oeddan nhw'n teimlo. Ma'r Sowth 'ma'n ddigon o ddiffeithwch weithia, yndi?

Fuon ni'n malu cachu gymaint am yr hen ddyddia yn y New Ely nes o'dd Siân wedi laru dwi'n meddwl. Dyma hi'n llyncu ei 'sudd oren'—chwadal hitha—a deud ei bod hi'n mynd yn-dôl at y C.N.D.

'Ti yn C.N.D.?' medda Marx wrtha fi a dechra mwydro am Peris Troica a gofyn os na Meical Gorbachoff o'dd wedi 'neffro fi a ballu.

'Glas-nos myn uffar! Fydd hi'n ddu nos os na watshwn ni!' me fi i drïo gneud argraff ar Siân.

'Beth ti'n meddwl o Gwyn Alf 'te?' medda Marx.

O'n i'n meddwl am funud na sôn am un o griw'r hen Ely oedd o a dyma fi'n crychu 'nhalcian mewn penbleth. Co' fatha gogo sgin i, ia!

'Fe o'dd yn siarad ginne fach,' medda Siân i drïo'n helpu fi wrth hel ei phacia at ei gilydd.

'O ia. Dwi'n meddwl ella bo fi wedi weld o ar telifishyn,' me fi.

''Na fe. Dowlaish lad Gwyn twel,' medda Marx.

'Pwy oedd y Merthyr yn Merthyr Tydfil, Marx?' medda fi. 'Y Dic Pen Pethna 'na, ia?'

'Ddim Dic o'dd y cynta,' medda Marx. 'A ddim fe fydd yr ola chwaith!'

O'dd Marx wedi cael llwyth erbyn hyn ac o'dd o'n dechra swnio fatha *Old Moore's Almanac* a'r Proffwyd Eseia wedi rowlio'n un. O'dd Siân wedi mynd ac o'n i'n cael 'y nhynnu bob ffordd. Fyswn i wrth 'y modd yn mwydro fan hyn drw'r pnawn a'r êl yn llifo megis afon ond doedd fiw i mi golli gafael ar Siân eto a finna newydd gael y ffliwc o'i ffendio hi. Dyma Marx yn straffaglu yn ei chwildod i roid nymbyr ei ffôn ar fat-cwrw a dyma finna'n ei sodro fo'n saff ym mhocad 'y nhin.

'Trysto ti i dod i'r Lamb!' mo.

'Pam?' me fi.

'Hen dafarn yr FWA, ife!'

'FWA?' medda fi. 'Iesu Gwyn! O'n i'n meddwl na *heddwch* oeddan ni isho?'

O'dd Siân wedi cael pum munud go lew o start a dyma fi'n rhoid uffar o wib ar ei hôl hi lawr yr allt i ganol dre.

Ond ma'n rhaid bod hi'n mynd fatha malwan mewn tar achos ddalish i fyny efo hi ar ôl dwy stryd. Ac ar y ffordd yn-dôl i'r C.N.D. dyma fi'n magu digon o blwc cwrw i afael ynddi hi a snogio efo hi. Nath hi ddim gwrthod chwaith!

'Bechod na nesh i mo hynna yn Papajios ddeng mlynadd yn-dôl!' me fi.

'Diolch na wnest ti ddim,' medda hitha. 'Se ti wedi bod yn sic drosto i!'

'Chdi ydi'r fodan i fi,' medda fi yn coci.

'O ie? Wedest ti yn *Dyddiadur Dyn Dwad* bo dim lot o siâp arno i!'

'Wedi dal hi o'n i, ia, a'r Papajios 'na fatha bol buwch!'

Nath hi chwerthin ac o'dd hi'n amlwg wedi hen fadda i fi eniwê.

'Wyt ti isho mynd yn stedi?' me fi a dyfaru'n syth bo fi wedi agor 'y ngheg fowr. O'dd hi'n amlwg wrth ei gwep hi bo fi wedi rhoid 'y nhroed ynddi.

'Wela i,' me fi. 'Dwi'm digon da i chdi, nadw?'

'Ddim 'na beth yw e,' medda hi.

'Be ta?' me fi yn dechra llyncu mul.

'Sa i'n gwbod os weithith e, Gogs. . .'

Mi stopiodd am funud nes i ryw ddynas bach oedd yn ddigon hen i gofio Crawshay groesi'r ffordd efo'i ffon a rhoid gora i rythu arnon ni.

'Ti'n werth y byd. Sa i ishe dy newid di.'

'Paid â poeni del. Neith neb yn newid i!' me fi.

'So ti'n moyn potshan 'da fi 'ta beth,' medda hi. 'Sa i'n ddim byd ond pac o drwbwl.'

A dyma fi'n sbïo arni hi'n codi'i hwd rhag yr eira oedd yn dechra pluo. Os na peth fel hyn oedd trwbwl o'n i'n fodlon neidio drosd 'y mhen a 'nghlustia i mewn iddo fo!

* * * * * *

Ers pan ddoth hi'n-dôl o Abu Dhabi oedd Siân wedi bod yn byw efo'i ffrindia mewn fflat yn Rhiwbeina. Tair ohonyn nhw—Gwenan a Meryl a Donna Bronna Balŵns. Pan fuesh i'n byw mewn fflat efo'r hogia stalwm oeddan ni'n gneud yn iawn. Oeddan ni ddim yn golchi llestri nes o'dd na ddim plât i fyta arno fo. A hyd yn oed wedyn, os oeddan ni'n wirioneddol despret, oeddan ni'n byta allan o'r tynia. Oeddan ni'n gadael y llnau nes bysa mam rywun yn dŵad lawr. Ac un tro oedd Mam Nowi Bala wedi cael uffar o sioc wrth llnau dan ei wely fo. O'dd y diawl gwirion wedi gadael gweddillion ei stêc yn bun wrth ei wely ryw noson ac wedi anghofio bob dim amdano fo. Ar ôl mis o wres ganol ha '76 oedd o wedi troi'n rwbath blaw stêc a ddaru mam Nowi chwdu'i gyts yn y bog ar ôl llnau y llanast. O'dd Frogit yn meddwl na'r syniad o'i mab hi'n cysgu am wsnosa uwchben miloedd o gynrhon drewllyd roth y tro tyngedfennol yn ei stumog hi. . .

Atgofion melys sgin i am fflatia ma'n rhaid i mi ddeud ond ma fodins yn fwy o eist rwsut, yndyn? O'dd genod Rhiwbeina jest-so, siwr Dduw, efo'u rota hyn a'u teimtebl llall, ond fanno oeddan nhw'n bitshio'i hochor hi bod hon-a-hon heb hwfro ne rwbath arall yn hwyr yn blîtsho'r bog. Powb drosto'i hun a Duw dros bawb, ia? O'dd petha'n saith gwaeth medda Siân 'ddar i fi symud i mewn i rannu'r singl bed efo hi.

'Odi *fe'n* moyn cino?' medda Gwenan amdana fi fatha 'swn i'n lwmp o faw.

'Gofyn iddo fe—ma gyda fe dafod!' medda Siân.

'Fydda i'n iawn del bach,' me fi. 'Dwi 'di dŵad yn dipyn o fêts efo Gino Siop Jips yn ddiweddar 'ma.'

Allan i'r *chippie* o'n i'n ei g'leuo hi bob tro oedd hi'n dwrn Gwenan i gwcio. Dwi'm yn meddwl bod ots gin Donna Bronna Balŵns 'mod i yno achos o'dd hi'n rhy brysur yn byta dwywaith gymaint â phawb arall eniwê. O'dd Meryl Llgada Llo byth yn deud dim byd wrth neb dim ond ista fanna fatha iâr dan badall. O'dd drwg deimlad yn dew drw'r fflat ac o'n i'n teimlo'n giami uffernol meddwl na fi o'dd wedi greu o. *Give Peace A Chance* medda'r fflag yn twll-dan-grisia. Sgwn i o'dd y genod 'ma wedi ddarllan o?

Ond ar wahân i'r cega yn y fflat, dwi'n meddwl ella na'r gaea hwnnw o'dd amsar hapusa 'mywyd i. O'dd hi wedi bod yn aea cynnas—y cynhesa rioed ond un medda Michael Fish. Rwbath i neud efo'r gwasgu uchal oedd yn dŵad i fyny o'r Canaries medda S4C. Fuo Siân a fi yn rhedag ar hyd traetha yn Barri a Penarth fel tasa hi'n ganol ha a ninna'n ddeunaw oed unwaith eto. Bob wîc-end oeddan ni'n mynd i rwla romantic fatha Captain's Wife yn Sully ne'r Fox & Hounds yn Llancarfan. Bro Morgannwg, ia? O'dd y lonydd bach cul a'r cloddia uchal yn atgoffa fi o'n holides ha efo Nain a Taid yn Nefyn. O'n i'n meddwl weithia na yn Ben-Llŷn o'n i nes i'r crach oedd yn byw yno ddechra agor eu cega Seisnig.

O'dd y tafarna yn addysg go iawn, ia. O'dd enw bob un yn meddwl rwbath. Gwraig ryw gapten llong gath ei lladd gin ei gŵr pan o'dd o'n chwil oedd y Captain's Wife 'ma. A ryw hogan nath ddiwadd ei hun am bo raid iddi brodi ryw foi yn erbyn ei hewyllys oedd y Maid of Sker. Does gin i ddim syniad be 'di'r stori tu nôl i'r Black Cock ar fynydd Caerffili ond yn fanno gnesh i ofyn i Siân briodi.

'Arian ac aur nid oes gennyf,' me fi fatha nath Miss Foulkes ddysgu i ni yn rysgol Sul, 'ond yr hyn sgin i, buaswn yn ei roddi i ti.'

O'dd o'n swnio'n romantic iawn i fi ond nath o ddim gweithio—ddim yn syth eniwê.

'O Gogs bach,' medda hi wrtha i. 'Ti mor swît, ond prin bo ni'n nabod yn gilydd.'

'Dwi'n gwbod bob dim dwi isho,' me fi yn gwbod yn iawn na hon oedd y fodan i fi.

'Sa i'n gwbod beth i weud ymbytu priodase cymysg. . .'

'Priodas gymysg be?' me fi. 'Be ti'n feddwl ydw i? Dyn du?'

'Ma'n cefndiroedd ni mor wahanol—sa i'n gwbod beth ddele ohonon ni.'

'Yli,' me fi. 'Dwi'n gêm i rwbath. Os ti isho mi newid, mi wna i. . .'

Y petha ma dyn yn ddeud yn ei wendid, ia? A dyfaru am weddill ei oes. Ddeudon ni ddim mwy am y peth dim ond sipian yn diodydd a gwatsiad y dynion mewn oed cyfoethog 'ma o Gaerdydd yn dŵad â'u mistresi i rwla o'r neilltu fel hyn. Fyswn i ddim wedi ama dim fwy na'u gwragedd nhw—Siân ddeudodd wrtha fi. Ella na dyna pam ma'n nhw'n galw'r lle yn Black Cock.

Ychydig o ddyrnodia wedyn a'th petha'n chwilboeth yn y fflat. O'n i wedi bod yn cicio'n sodla yn tŷ drw'r dydd yn sbïo ar *Young Doctors* a rasio ceffyla pan ddoth Gwenan a Meryl i mewn yn cega dan eu gwynt yn y lobi. Yn sydyn dyma fi'n clwad Meryl yn beichio crïo ac yn rhedag i'r llofft a dyma Gwenan yn llechio drws y lownj ar agor a swagro i fewn fatha cowboi yn entro salŵn.

'Be ti'n dishgwl arno, Cannon?' medda hi wrtha fi.

'Disgwl am Siân, ia?' me fi.

O'dd 'na uffar o olwg arni i feddwl bod hi wedi bod yn dysgu plant drw dydd, ac oedd hi'n amlwg wedi darllan yn meddwl i.

'Ti'n meddwl bod *mess* arno i, wyt ti?'

O'n i jest iawn a deud bod hi'n edrych fatha drychiolaeth ond o'n i'n meddwl bod well i mi gau 'ngheg.

'Dillad *casual* ydi gora gin inna 'fyd,' me fi.

'Hy!' medda hi yn amlwg ddim yn coelio gair o'n i'n ddeud. 'Pam ddylsen i neud yn hun yn bert i ddynon?'

'Dwn i'm,' me fi. 'Pam ddylswn *i* neud yn hun yn ddel i ferchaid?'

'Idiot! Sa i'n gwbod beth ma Siân yn ei weld mewn mwlsyn fel ti!'

Deud y gwir yn onast o'n i wedi bod yn pendroni'n hun be o'dd hogan glyfar fatha Siân yn ei weld mewn ryw dwp-dôl fatha fi, ond ma cariad yn chwalu bob math o furia, yndi? Cofio'r Samson 'nw'n chwalu muria Jericho stalwm. Toedd o gyn gryfad â holl J.C.B.s Caerdydd efo'i gilydd jest am bod Delilah wrth ei ochor o. Nes i honno droi'n gachwr a shefio'i gedors o pan oedd o'n cysgu. . .

'Moyn ei harian hi wyt ti, yndefe?'

'Be?'

'Ti ar beth da man hyn on' dwyt ti? Llety, bwyd a. . . phob dim arall. . . ar blât yn rhad ac am ddim!'

'Paid â poeni del, dwi'n talu'n ffordd!' me fi'n dechra colli'n limpin braidd. 'Dwi'n ca'l pres dôl a pres rent a gesh i *Desert Orchid* yn Cheltenham pnawn 'ma yli.'

Ond nath hi ddim byd ond chwerthin am 'y mhen i a chario mlaen i asasinetio 'nghymeriad i bob sut a bob siâp. . .

'Saith mlynedd fuo Siân yn Abu Dhabi. . .'

'So what?' me fi.

'So, ma hi'n rowlo ynddo fe on' dyw hi!'

O'dd Siân a fi rioed 'di sôn am bres. Pwy sisho siarad am fags pan 'dach chi'n caru'n chwilboeth? Ond gesh i'r jen i gyd gin hon, do, licio ne beidio. Yn Abu Dhabi gewch chi ddwbwl y mags gewch chi fan hyn. Does 'na ddim tacs. 'Dach chi'n cael holides am ddim. Does 'na ddim dropyn o lysh yno felly 'dach chi'm yn gwario sentan. Biti na fyswn i wedi clwad am y lle'n gynt, fyswn i yno fatha siot yn hun, ia. Ddigon hawdd neud cwrw cartra efo cit yn bath, fatha nath George Cooks pan a'th o i fyw i ben-draw-byd Cwm Croesor am sbelan. . .

'Paid â becso,' medda Gwenan drw'i dannadd. 'Ma Siân wedi syso ti mas gwd boi.'

'Ma Siân a fi yn dallt yn gilydd,' me fi.

'O ie? 'Na pham ma hi wedi celu popeth wrtho ti, ife?'

Do'n i ddim yn coelio gair o'dd yr ast yn ddeud, nag o'n? Ond fedrwn i ddim gwadu'r ffaith ei bod hi wedi gadael ogla drwg ar ei hôl. O'dd gin i asgwrn i grafu efo Siân rwan, doedd?

'Ddim yn 'y nhrystio fi wyt ti ne be?' medda fi wrthi hi yn y Plough nes mlaen.

'O'n i ddim moyn i'r arian ddŵad rhynton ni, 'na i gyd,' medda Siân yn nyrfys.

'Be 'di mags i mi? Ti'n nabod i'n well na hynna, siawns?'

'Odw—nawr. Ond wy wedi cael gormod o siomedigaethe, Gogs. Wy'n dri deg pedwar a sa i'n un dim sbeshal i ddishgwl arni, wy'n gwbod yn iawn. O'dd rhaid i fi neud yn siwr tro hyn. . .'

O'n i ddim yn licio sŵn y 'siomedigaetha' 'ma o gwbwl. O'dd o'n swnio fatha gair budur uffernol i mi. Saith mlynadd yn ganol anialwch Arabia heb dropyn o lysh. Be arall neutha neb yno ond cael 'siomedigaetha'? Siân oedd y fodan i fi—neutha dim byd newid hynny ond fysa petha byth yn hollol run fath o'r noson honno mlaen. O'dd yr ast Gwenan 'na wedi hau amheuon yn 'y meddwl i na fyswn i byth bythoedd yn medru cael gwarad arnyn nhw go iawn. Uffar o beth ydi gneud i ddau gariad ddechra ama'i gilydd, ia?

'Be sy'n cnoi'r Gwenan 'na?' me fi.

'Wel,' medda Siân yn ddigon cyndyn i ddeud, dwl'n meddwl. 'Run man i fi weud y cyfan sbo. Sa i ishe i ti glywed e o unman arall. . .'

'Ia?' medda fi fatha cnonyn ar flaen yn sêt, 'tyd 'laen 'ta!'

'Ma'r merched wedi dod mas twel.'

Dyma fi'n troi rownd a sbïo at y drws ond welwn i ddim golwg o neb wrth y bar.

'Lle maen nhw?' me fi.

'Ti'n gwbod beth wy'n feddwl,' medda Siân yn flin. 'Maen nhw wedi cyfadde yn agored wrth bawb beth y'n nhw. . .'

'Be, tîtshyrs?' me fi.

'Maen nhw wedi neud datganiad beth y'n nhw'n rhywiol. . .'

O'dd hi'n mynd yn ddyfnach a dyfnach efo bob gair o'dd hi'n ddeud ac o'n i mewn twllwch mwy na'r peint o *Dark* o'dd o 'mlaen i.

'Deud eto,' me fi. 'Yn Gymraeg tro 'ma.'

'Lesbians y'n nhw!'

'Iesu Gwyn!' me fi yn cael panic sydyn run fath yn union â taswn i wedi bod yn rhy agos at y biwbonic plêg. 'Pryd ti'n symud allan?'

'Paid â bod yn fabïedd Gogs. . . Mater o emosiyne yw e.'

O'n i'n teimlo'n ddigon emosiynol yn hun, ella i ddeud wrtha chi, i feddwl bod yn fodan i'n byw mewn tŷ fel 'na! O'n i wedi clwad am y merchaid Coman 'na yn Greenham, ia, yn codi dau fys ar ffalic symbol y *Cruise Missiles* ond do'n i fowr o feddwl bo nhw'n campio dan yr un to â fi!

'Wyt *ti* ddim, nag wyt?' medda fi wrth Siân mewn ffit arall o banic piws.

'Beth?'

'Wel, run fath â nhw, 'de!'

'Na. . .' medda hi mewn llais oedd ddim cweit ddigon pen-dant at 'y nhast i.'O'dd Gwenan a Meryl yn byw'n hapus 'da'i gilydd nes symudes *i* miwn. . .'

'Dwi'm yn siwr bo fi isho clwad chwanag. . .' me fi.

'O'dd Gwenan a finne'n ffrindie ers blynydde fel ti'n gwbod yn iawn, ond beth o'n i rioed wedi sylweddoli oedd bo fi'n fwy na ffrind iddi—os ti'n gwbod be sda fi. . .'

'Yndw,' me fi. 'Ma gin i ofn 'mod i! A wedyn oeddach *chi'n* byw'n hapus efo'ch gilydd nes symudish *i* mewn, ia.'

'Ddim yn gwmws. Ond 'da fi oedd hi'n moyn bod rownd-a-bowt ag oedd Meryl yn teimlo'i bod hi wedi cal ei bradychu. . .'

Arglwydd Iesu! Am blydi meri-go-rownd! O'dd 'y mhen inna'n troi fatha top erbyn hyn hefyd. O'dd 'y myd i wedi cael ei droi â'i ben i lawr. Sut bysach *chi'n* teimlo 'sa chi'n gorod rhannu'ch fodan efo fodan arall? O'n i'n dallt rwan pam oedd y Gwenan 'na mor ddiawledig o hyll efo fi pnawn. . .

'So ti'n gwbod *dim* ymbytu Siân!' medda hi wrtha fi.

'Dwi'n gwbod y cwbwl am Abu Dhabi, os ti isho gwbod!' me fi a dechra cwffio mor ffyrnig â ffurat mewn ffau i gadw'n hunan barch efo hi. 'A'r V.S.O. a'r Ci Bwtsh. . .'

'Bwtsh?' medda hi'n gynddeiriog. 'Pwy wyt ti'n alw'n bwtsh?' A dyma hi'n dechra nelu Karate Chops ata fi fatha'r Emma Peel 'no ar *The Avengers* stalwm. O'dd hyn i gyd yn ormod i'n nyrfs i a dyma fi'n ei heglu hi am y drws. Ond mi gyrhaeddodd o 'mlaen i a blocio'r ffordd.

'Sa i wedi cwpla 'da ti 'to!' medda hi a dyma fi'n dechra poeni am yn iechyd go iawn. 'So ti mor dwp a dy olwg wyt ti? Ti wedi bod yn iwso menwod ar hyd dy o's!'

Dyma'i llgada hi'n dechra tanio'n ei phen hi a mi dynnodd gopi tipia o *Dyddiadur Dyn Dwad* allan o bocad ei thin. O'r Arglwydd! O'n i'n dyfaru'n enaid sgwennu'r blydi thing—ches i ddim byd ond trwbwl efo fo rioed.

'Wy wedi bod yn mam-ansoddi dy racsyn llyfyr di!'

'Ddim fi nath o,' me fi'n trïo arbad 'y nghroen.

'Beth?'

'Ma corff pawb yn newid bob saith mlynadd! Croen ryw sarff arall o'dd amdana i'r adag hynny, yli!'

'Cachu blydi tarw!' medda hi nerth ei phen. 'Ca dy ben, nei di? Sdim lot o fenwod yn dy fyd *macho* pathetig di. . .'

'Sori, ond gesh i rioed lot o lwc efo fodins, yli!'

'Ond ma saith deg pedwar pwynt tri o'r menwod sda ti un ai'n hwren ne'n buten ne'n far-forwyn!'

'Sgin i'm help nag oes os na dyna be oeddan nhw!'

'Pach! Ti sy'n creu dy stereoteips pathetig i siwto dy bwrpas dy hunan, yndefe?'

A dyma hi'n dechra mynd yn gynddeiriog ac yn dechra rhwygo pejis allan o'r llyfr fesul un.

'Hei ara deg, rwan!' me fi. 'Ma rheina wedi mynd yn betha prin, sti.'

'Ma bob yn ail dudalen o hwn yn secsist! Heb sôn am enllibus. Papa-blydi-Jios! Paid ti â meiddio trial ensynio bo fi rioed wedi trial taflu'n hunan gerbron hwrgwn y BBC!'

Dwi'n meddwl bysa hyd yn oed hwrgwn y BBC wedi rhedag milltir tasan nhw'n gweld hon yn mynd drw'i phetha! O'n i ddim wedi teimlo fel hyn ers i'r ddwy bladras 'na o Ebenezer ddechra 'mheltio fi efo ambarel yn *Howells* stalwm. *Fi'n* camdrin merchaid, wir Dduw! Be o'dd hon yn neud i fi, 'ta?

'Yli,' medda fi pan gododd hi ganhwyllbren biwtar o ben silff ben tân a dechra ffrothio. 'Ma'n ddrwg gin i, ond fel'na o'n i'n gweld petha stalwm. O'n i'n meddwl na petha i'w grabio oedd genod. . .'

'B-a-s-t-a-r-d!' medda hi.

'Sgin i'm tamad o help. Fel'na gesh i'n magu. Ceiliogod yn neidio ar gefn ieir, hogia'n mynd i'r afal â genod ar iard Higher Grade, tits yn y *Sun*, yr hen go a'r hen fod yn tuchan yn llofft drws nesa yn Caeathro a'r parwydydd yn dena. O'n i'n meddwl bod yr hen ddynas mewn poen, d'on? O'n i'n meddwl na dyna be o'dd o. . . Dynion yn atacio merchaid!'

'Ti'n iawn!' medda Gwenan. ''Na beth yw e! Dynon whythith y ddaear 'ma lan! Dynon sy'n creu pob rhyfel!'

'Peth dwutha dwi isho ydi ffeit efo neb!' medda fi a swatio'n nes i'r gongol dan y caets byji a'r bladras yma mewn jac-bwts yn bygwth yn sbaddu fi.

'Sdim hawl 'da ti sgwennu am fenwod!'

'OK! Na i ddim eto! Wir yr—dwi'n gaddo!' me fi. 'Gei *di* sgwennu amdanyn nhw os ti isho!'

Ac yn sydyn dyma hi'n sobri drwyddi. Drwy ryw wyrth ro'n i wedi taro ar ei man gwan hi cyn iddi hi daro f'un i.

'Y fi?' medda hi.

'Ia!' medda fi a throi'r sgriw'n dynnach am funud. 'Fysa'n gneud byd o les i chdi gael o allan o dy system.'

'Ti'n meddwl bo fi ddim moyn sgrifennu?' medda hi'n sorllyd, 'ond so 'ddi'n rhwydd dod mas yng Nghymru, ti'n gwbod!'

Dyma hi'n torri lawr a chrïo fatha hogan bach. Am y tro cynta rioed oedd gin i biti drosti, ond ddim digon i hongian o gwmpas chwaith. Fuesh i rioed yn falchach o jans i ddenig.

Noson honno aeth Siân a fi ddim i'n gwlau tan berfeddion. Ddeudodd hi werth tair potal o *Mateus Rosé* o hanas ei bywyd wrtha fi. Am hanner awr wedi tri yn bora ar Ionawr 27ain 1989 dyma hi'n deud:

'Os ti'n dal ishe 'mhriodi i—wy'n derbyn.'

Fedrwn i'm coelio'n lwc! O'r diwadd o'dd y trolia o gachu o'r nen wedi stopio syrthio ar 'y mhen i. O'n i'n bigejd, con'!

Bora wedyn o'n i'n wyllt am roid yn henwa i lawr am dŷ cownsul.

'So ti'n dyall,' medda Siân. 'Er mwyn prynu tŷ eso i mas i Abu Dhabi.'

'Be? Sgynnyn nhw dai da yno, ocs?'

'Ma tŷ 'da fi yn Sblot, w!'

O'n i wedi mynd nad o'n i'n dallt dim. Be o'dd hi'n neud yn byw fan hyn os o'dd gynni hi dŷ yn Gaerdydd? Ond peth meddal ydi meddwl, ia, yn enwedig ar ôl i chi landio ar ych traed.

Mi g'leuodd y Gwenan 'na hi o'r fflat gyntad byth clywodd hi am yn newyddion ni, a welodd neb byth moni wedyn.

'Haws dod mas yn New York. . .' medda Siân.

'Haws byth cael dy fygio cyn dŵad nôl i fewn,' medda fi nabod blydi 'Merica 'na.

Ond ma'n ddrwg gin i ddeud bod hi'n dal i yrru Airmales i Siân.

Mewn llai na mis oeddan ni wedi priodi—y ddau ohonon ni'n cytuno'n llwyr na wâst ar amsar fysa gwitiad chwanag a ninna wedi wastio deng mlynadd yn barod.

‘Roedd Roald Dahl yn byw yn Radyr’

Sybyrb o Gaerdydd ydi Radyr a fanna ’dan ni wedi gneud yn nyth. Does ’na neb yn gwbod yn iawn be ma Radyr yn feddwl, meddan nhw, a mi fedra i ddeud â’n llaw ar ’y nghalon nad ydi o’n meddwl uffar o ddim i mi chwaith. Swancs sy’n byw ’ma—pobol fowr gachu. Tories. Snobs. Rwbath debyg i tua naw cant St. David’s Road Caernarfon wedi rowlio’n un. Dwi’m yn nabod neb yma, ac yn waeth byth, dwi’m isho nabod neb o’r sglyfaethod chwaith. O’n i’n ama cyn dŵad yma na twll o’dd o, ond fan hyn gafodd Siân ei magu a ma hi’n meddwl bo fo’n grêt.

Radyr. Twinned with St. Philbert de Grand Lieu medda’r sein ar y ffor’ mewn. Grand iawn, ia?

Be neuthon ni ond gwerthu tŷ Siân yn Sblot a chodi morgej ar ei ben o fel bo ni’n medru fforddio palas go iawn yn Heol-y-Deryn. Yr unig drwbwl oedd bod ’na rywun yn byw yn y tŷ teras ac yn talu rhent i Siân ar y pryd. Deud y gwir yn onest wrthoch chi doedd gin i ddim llawar o stumog mynd lawr i ddeud wrth y bobol am ei heglu hi o ’no a nhwtha ’di bod yn byw yno ers blynyddoedd. O’n i’n teimlo’n gymaint o gachwr â’r Vivian Vaynol ’nw fydda’n robio’r hen bobol ’cw bob wsnos am y cwt mochyn ’nw yn Caeathro. Ches i mo ’ngneud i fod yn bym blydi beili, naddo?

‘Lwcus bo ni wedi rhoid proffid bora coffi’r Grŵp Heddwch wsnos yma i Shelter Cymru, ia!’ medda fi wrth Siân.

‘Ma’n nhw wedi gal e am rent teg iawn ers blynydde,’

medda hitha.

Iawn iddi hi—mygins oedd yn gorod gneud y gwaith budur, ia.

'Wanna buy the house?' medda fi wrth y dyn du.

'I can't afford a fuckin' house!' mo. 'Why do you think I'm rentin'?'

O'dd 'na ddau foi bach dela welsoch chi rioed yn cuddiad tu nôl i drowsus o ag yn sbïo arna fi fatha taswn i ryw gawr mowr hyll yn eu troi nhw o'u cartra. O'n i'n teimlo rêl blydi Rachman deud y gwir wrthoch chi.

'Buddsoddiad o'dd y tŷ 'na,' medda Siân. 'Wy wedi gwitho'n galed iawn i gal e!'

Pwy o'n i i gwyno, ia? Dwi'm wedi cyfrannu magan goch i'r briodas 'ma eto, dwi'n gwbod yn iawn.

'Faint y'ch chi'n moyn benthyg, Mr Jones?' medda'r Halifax.

'Hannar can mil,' medda fi rêl llanc.

O'n i'n teimlo fatha 'swn i'n chwara monopoli myn uffar. O'n i rioed wedi gweld mil heb sôn am hanner cant! Drosd y ffordd i'r Owain Glyndŵr yn St. John's Square ma'r *Halifax Building Society*. Fuesh i mewn yn un lle am ryw awr i fagu digon o blwc cwrw i gadw apointment yn y llall. Oeddan ni ar ganol prynu'r tŷ ac o'dd rhaid i mi fynd ar ofyn rhein i weld faint geuthwn i.

'Beth yw'ch gwaith chi, syr?'

'Ar y dôl dwi ar hyn o bryd,' me fi.

'Ar y dôl?' medda'r boi a chodi'i drwyn run fath yn union â tasa rhywun wedi'i sodro fo mewn lwmp o gachu ci.

'Allwn ni byth â benthyca arian i chi os y'ch chi ar y dôl, syr!'

'Yn *fiancé* fi sy'n gweithio,' me fi'n teimlo rêl prat yn iwshio ffasiwn air. Ond dyma oedd Siân wedi ddeud wrtha fi am ddeud, achos mygins oedd yn neud y negas tra bod hi'n y gwaith, ia.

'O, wy'n gweld,' medda'r boi a dyna'r wên fuodd dan gwmwl yn dŵad yn-dôl yn wyrthiol i'w hen wep plastig o. Mi bwmpiodd o filoedd o nymbyrs i mewn i gompiwtar a ches i ddim trwbwl o gwbwl ei gael o i addo'r mags i mi ar ei ben.

'Mae Miss Arianrhod wedi bod yn safio 'da ni ers blynydde,' mo a chrafu bloryn ar ei wynab. O'dd 'na lafna o haul yn dŵad i fewn drw'r Fenishan Bleind a dwi'n siwr Dduw welish i bwff o bowdwr yn syrthio 'ddar flaen ei drwyn o. To'dd y Cadi Martha uffar yn gwisgo mêc-yp, doedd! O'n i'n ama 'mod i wedi gweld y boi yn chwara rygbi i Gymru ryw dro—ond naddo! Be fysa boi tyff felly'n ei neud mewn ryw job sis fatha hon?

Ond sôn am sisis, be o'dd yn job i, y? Neud gwaith tŷ a nôl negas tra oedd 'y ngwraig i allan yn ennill y mags. Gwarchod y nyth nes deutha Siân nôl o'r ysgol. O'n i wrthi'n llnau dipyn ar y tŷ. Fysa'n dda gin i tasa hi'n cadw'r llyfr *Halifax* 'na lle mae o i fod yn lle gadael bob dim ar ben biwro. Hel llwch ma ryw hen drugaredda fel 'na, de? Fysa hi'n fwy gofalus os na hi fysa'n gorod dystio! Mi fedrwn i fentro agor cyrtans y ffrynt 'na bellach i adal dipyn o ola dydd i mewn. Doedd arna i ddim isho risgio i neb 'y ngweld i'n hwfro, wir Dduw. Ma Grenville drws nesa wedi sylwi'n barod na tydw i ddim yn gweithio yn nunlla.

'On holiday, Jones?' medda'r sinach dros clawdd dwrnod o'r blaen.

'No. . . Working for the Queen aye!' medda fi a chario mlaen i ddyfrio'r rhosod.

'Oh really?' mo. 'Used to work O.H.M.S. myself actually. Diplomatic Corps. . .'

'What?' me fi a throi rownd nes o'dd yr hôspeip yn pwyntio i ganol ei hen wep busneslyd o. 'Rho dy ben yn dy din a rowlia'r basdad!' medda fi wrth yn hun. 'Chdi a dy blydi *actually!*'

Dwi fel matshan dyddia 'ma dwi'n gwbod. Sgin i'm tamad o help ond gesh i'n magu mewn ardal lle na'r dynion sy'n gwisgo'r trowsus.

'Dwi'n teimlo rêl hen gadi,' medda fi wrth Siân dwrnod o'r blaen.

'Sdim ishe i ti o gwbwl,' medda hi. 'Ma'r math hyn o beth yn normal yng Nghymru dyddie hyn.'

'Be?'

'Wel, menwod yw pum deg y cant o'n gweithwyr ni nawr ti'n gwbod.'

'Paid â malu nhw!'

'Ar 'y marw i ti. Ers i Thatcher fod miwn ma pethe wedi troi ben-i-waered. 'Na pham ma hi mor bwysig i ferched warchod eu hawlie. . .'

'Ia, OK. . .' me fi cyn iddi ddechra mynd ar gefn un arall o'i cheffyla a sboilio 'mheint i. O'n i yn 'y ngwaith yn rhedag i Oxfam, Anti Ap Art Aid a C.N.D efo hi. Oedd 'na ddim uffar o beryg 'mod i mynd i ladd yn hun efo Women's Rites hefyd.

'Ffeindi di jobyn cyn bo hir,' medda hi. 'Jest joia gartre am sbel. 'Na i gyd yw e yw rôl-rifyrsal twel. . .'

Rôl-rifyrsal myn uffar! Fysa'r hen go 'cw'n rowlio'n ei fedd blaw bod o'n fyw! Mi gesh i bwl reit hegar o fod yn siwgwr genod pan o'n i tua deuddag oed. Dwi'm yn gwbod pam ond o'dd yn well gin i chwara Hop-sgotsh efo'r fodins wrth wal toilet na chwara ffwt efo'r ryffians ar yr iard. Ddechreuish i helpu'r hen fod efo'r smwddio a'r brodio a ballu, a folyntîrio i warchod Brenda'n chwaer oedd yn ddim ond saith ar y pryd. Chwara teg i'r hen fod, a'th hi efo fi yn un swydd i weld Ffred yr Hed yn Higher Grade i siarad am 'y nyfodol i.

'Chef ma'r hogyn 'ma isho fod, ylwch,' medda hi wrtho fo yn ei rŵm ddrewllyd. Ogla ffags 'no, bob amsar run fath. 'Ar y *catering* yn Tec ma'i fryd o, a mi fysan ni'n reit falch tasa fo'n cael gneud rom bach o gwcio yn lle metal-wyrc yn Form Three.'

Fysach chi'n taeru wir Dduw bod rhywun wedi gofyn iddo fo dynnu'i drowsus a dangos ei din. Mi chwyddodd ei llgada fo fatha soseri yn ei ben o, mi chwrnodd fatha hen gi a mi droiodd ei wynab o'n rwbath rhwng glas a phiws.

'Mrs Jones fach,' medda'r titw uffar. 'Be ddaw ohono fe pan ddaw hi'n amser weldo dan ei gar?'

'Fydd rhaid iddo fo neud fatha'i dad,' medda'r hen fod, 'a byw heb run!'

'Ie, ond lle'r menwod yw'r gegin!' mo.

'Dynion ydi chefs mowr y byd 'ma wchi,' medda hitha. 'Chlywsoch chi rioed sôn am Gordon Blue?'

O'dd 'na ddigon o sbarc yn yr hen fod cyn iddi fynd fatha casgan gwrw o dew, ia, ac oedd hi'n gneud rings rownd y mul. Ond doedd 'na ddim troi ar Ffredo. O'r Sowth yn rwla oedd o'n dŵad ac o'dd o'n addoli'r lle. Biti ar diawl na fysa fo wedi aros yno achos cwbwl glywish i o'n neud rioed oedd lladd ar dre 'cw. Metal-wyrc i hogia, cwcyri i genod. Arno fo dwi'n gweld bai bod y deisan gri nesh i ddoe wedi troi allan fatha haearn Sbaen, ia.

Ond y noson honno pan glywodd yr hen go lle oeddan ni wedi bod mi a'th i ystyn ei felt lledar o Morocco a'n chwipio fi'n ddu las fyny llofft.

'Mi geith hynna warad o'r Meri Jên ynddo fo!' mo.

O'dd o'n meddwl bod y gweir 'di gweithio hefyd. Ond be ddigwyddodd go iawn oedd bod 'y môls i wedi dropio o'r diwadd a mi anghofish bob dim am fynd yn chef. Y locsun clust o'n i'n dyfu fuo'n poeni Ffred yr Hed am weddill yr amsar o'n i'n ysgol.

Ond dyma fi yn ddeg ar hugian oed yn wynebu yn union yr un broblem eto. Gwaetha fi'n 'y nannadd, fedrwn i ddim gweld yn hun fatha gwraig tŷ rwsut. Ma'n nhw'n deud bod pobol yn mynd yn debyg i'w cŵn, ac ro'n inna wedi dechra cael y teimlad bod bihafio fatha dynas yn 'y ngneud inna'n gwd dŵr.

'Sa i wedi cwpla to!' medda Siân wrtha fi un noson ar ganol jymp.

'Dw inna chwaith!' me fi. 'Dwi newydd gael powyr-cyt!'

Am y tro cynta rioed o'dd 'y nghoes ganol i wedi nogio ar ganol job! Mi gollodd ei hwmff rwsut, mi chwthodd ei phlwc yn union run fath ag injan Awstin 7 Bob Blaid Bach ar allt Dinas Mawddwy stalwm. Fuesh i'n ama am sbel na'r blydi *Durex* 'na o'dd yn rhy dynn am ei bôn hi yn nadu'r gwaed rhag llifo i mewn. Gesh i banics piws wedyn—meddwl na Pegi Wyn oedd yn talu nôl i fi. O'n i wedi darllan yn *Reader's Digest* am hen-fflêms yn dial ar eu dynion drw fŵdŵ a telepathi a ballu. Mwya'n byd o'n i'n boeni, gwaetha'n byd o'n i'n mynd. Ches i mo'r awydd wedyn am oes pys, a do'dd 'na ddim byd amdani ond mynd i weld y doc.

'Ydach chi wedi gneud apointment?' medda'r fodan wrtha fi pan ffonish i.

'Be 'dach chi'n feddwl ydw i, proffwyd?' me fi. 'Do'n i'm yn gwbod bo fi'n sâl dan heddiw!'

O'n i ar fin deud wrthi hi am stwffio'i hapointment pan ddoth Siân draw i fasajio 'ngwar i.

'Cer i weld e bore fory, bach,' medda hi.

'Ma'r dyn *gas* yn dŵad, tydi!' me fi.

'Fydd e 'di cwpla erbyn un ar ddeg w!'

'O, OK, rhyngtha chdi a dy betha,' me fi, pwy bynnag o'n i'n drïo dwyllo: o'dd hi'n amlwg na rhyngtha *fi* a 'mhetha oedd hi.

'Where do you want the oven an' hob, boss?' medda'r Nwy Cymru pan ddoth o.

'In the kitchen,' me fi.

'Yeah, but whereabouts, like?'

O! Mam bach! Yr unig hob gwyddwn i amdano fo oedd Hob y Deri Dando. O'n i'n cael job ar diawl côpio efo hyn i gyd. O'dd 'na gymaint o bobol yn galw'n y tŷ 'cw ers pan brodon ni o'dd 'y mhen i'n troi fatha olwyn trol. Bob dydd ers misoedd o'dd 'na rwbath gwahanol i neud. Plymar, peintar, electrishan, saer coed, landsgep gardnyr, British Telecom, SWEB, Bwrdd Dŵr, Bwrdd Nwy. . .

'I be oeddan ni'n prynu hen dŷ?' medda fi wrth Siân.

'Fyddet ti'n moyn byw mewn stad?' medda hi.

'Dwi *yn* byw mewn stad!' medda fi.

O'n i'n gweld y rigmarôl yma'n mynd mlaen hyd dragwyddoldeb a dwrnod wedyn ac o'dd o'n 'y ngneud i'n swp sâl waeth gin i pwy sy'n gwbod.

'Paid byth â 'nhynnu fi mas o'r dosbarth fel 'na 'to,' medda Siân wrtha i pan ffonish i hi yn gwaith.

'Chdi fysa'r cynta i gwyno,' me fi, 'tasa'r peipia *gas* fatha faricos feins hyd y walia. Lle tisho'r blydi stôf, deud!'

Bob dydd o'dd 'na rwbath yn rong efo be o'dd y dynion 'di neud, ond pan dwi'n ffonio i ofyn, cwbwl dwi'n gael ydi llond clust am 'y nhraffath. 'Di o ddim yn hwyl bod yn wraig tŷ, alla i ddeud wrthoch chi rwan.

Dwi'n gwbod yn iawn bod y boi *gas* yn sbïo i lawr arna fi wrth i'r ddau ohonon ni fynd o gwmpas yn petha. Mae o'n meddwl bo fi rêl dw-lal yn gwisgo brat wrth roid dillad ar y lein. Sgwn i sut bysa *fo* yn cario cant o begs o gwmpas? A dwi'n gwbod bo fo'n meddwl bo fi rêl ffys-pot misi yn tynnu rei petha i lawr a'u hail-osod nhw'n dwtiach. Ond be ŵyr o bod dillad yn rhinclo'n hawdd iawn ac yn anoddach i'w smwddio os na sychan nhw heb grycha?

Dim ond gwas bach y Bwrdd Nwy o'dd y diawl a chymish i ddim sylw ohono fo nes iddo fo ddechra chwerthin am 'y mhen i yn hollol agorad pan ddoish i lawr rôl llnau llofft.

'What's so funny?' medda fi'n filain.

'Nothing!' mo a dechra rowlio'n ei ddybla ar orcloth y gegin.

Os oedd o'n meddwl 'mod i'n mynd i dynnu'r dystar 'ddar 'y mhen i blesio fo, oedd o'n gneud uffar o fistêc. Fel 'na gwelish i'r hen fod yn gneud bob amsar.

'Your job's just a piece of piss mate,' me fi, 'compared to what I'm used to!'

Dwi 'di gneud bob math o jobs yn yn amsar, ia. Dwi 'di gweithio yn ffatri Peblic a ffatri Ferodo. Fuesh i'n torri gwair ar cownsul ac yn hoblo i Noel Corc y brici. Fuesh i'n golchi llestri yn Royal, fuesh i'n bortar yn Plas Menai a fuesh i'n gwagio bins i Gwyrfai. Fuesh i'n hel tatws yn Red Roses nes i 'nghefn i roid. Fuesh i'n hel strobris yn y Vale of Evesham a chael 'y nhalu mewn sgrympi a gwely gwair. Dwi wedi gweithio ar y tar yn Northumberland, dwi wedi palu rar' i Mrs Owen No.9. Dwi wedi gwerthu grug gwyn i Saeson ers pan o'n i'n saith. Dwi wedi bod yn hel poteli *Corona* ar domenni byd am pres deposit, hel rose-hips i'r ysgol am chwe niwc y pwys. Dwi wedi codi sgitls a hel gwydra, gneud rownd bapura a delifro llefrith. . .

Ar yr internashonal syrcit dros y dŵr dwi wedi hel grêps yn Ffrainc a'u byta nhw i gadw'n fyw drw dydd ac yfad eu gwin nhw i gadw 'mhwyll gyda'r nos. Fuesh i'n heirio *deck-chairs* ar Bondi Beach yn Sydney, fuesh i'n sgwrio decia'r llong i weithio 'mhasej drosodd. Fuo ond y dim i mi orod gwerthu 'nghorff yn Port Said. . . Ond straeon erill ydi rhein i gyd. Nath rei o'r jobsus ddim para wsnos. Nath rei ddim para dwrnod. Cwbwl dwi'n ddeud ydi na ddim gwlanan—ddim sgeifar—ydi Goronwy Jones, reit?

'OK pal. I've got the message,' medda'r boi *gas* wedi dychryn braidd.

'Fuesh i fawr o dro'n rhoid hwnna'n ei le!' medda fi

wrth yn hun, ag o'n i'n teimlo'n well wedyn.

'Fancy a cuppa?' medda fi wrtho fo.

'Yeah. Alright then,' mo.

'Well, switch the kettle on then!' me fi. 'If it's not too cissy for you!'

Ganol bora ar ôl i'r boi *gas* fynd a finna wrthi'n hwylio i fynd at y doc dyma'r ffôn yn canu.

'Hi!' medda'r fodan 'ma. 'I'm Maureen!' Mewn rhyw dri munud oedd hi wedi deud hanas ei bywyd wrtha fi ac o'n i'n dechra ama na'r *Secrets of Sexy Sadie* 'na o'dd hi'n gynnig allan o *Chatlines* y *Daily Mirror*, ond o'n i'n meddwl na chi oedd i fod i wastio'ch mags yn eu ffonio nhw. O'dd hi'n gneud i'r ffenestri P.V.C. oedd hi'n drïo werthu swnio fatha pâr o neilons oedd hi'n dynnu ffwr' ar y ffôn.

'What time would you like me to call, Gronie?' medda hi.

O'n i'n teimlo fatha taswn i wedi cael yn hypnoteisho a fedrwn i'n 'y myw ei gwrthod hi. Ond o'n i'n meddwl bysa'n well i mi aros tan bysa Siân adra ne Duw a ŵyr be fysa'n digwydd.

'Four o'clock then,' me fi mewn ryw lais bach main oedd ddim yn swnio fatha fi. A ffwrdd â fi i'r syrjyri—mewn breuddwyd.

Doedd yr un o 'nhraed i'n fodlon mynd i lle doctor. Dwi rêl babi fel 'na, ond o'dd Siân yn hwrjo, doedd? Gweld isho'r Fawr erbyn hyn reit siwr. Ond mi gesh dipyn o ysbrydoliaeth yn y syrjyri deud gwir. Mi ddarllenish *How to Make Love to the Same Woman for the Rest of Your Life* mewn un magasin a *Projecting at your Interview: a complete action kit* mewn un arall. Mi gerddish i drw'r drws yn llanc llond y rŵm yn benderfynol 'mod i'n mynd i ddeud y cwbwl lot a chael at wraidd y broblem unwaith ac am byth. . .

Ond Arglwydd bach, gesh i sioc ar 'y nhin pan esh i mewn. Doctor dynas oedd hi, ia! Fan 'na o'n i'n straffaglu'n atal-deud i gyd yn trïo cael un frawddeg gall allan o 'mhen.

'Calm down Mr Jones,' medda'r fodan, 'and tell me about it—slowly.'

Mi ddeudish i i ddechra na poen yn 'y mol oedd gin i a fuo rhaid i mi dynnu 'nghrys. Mi gesh ddigon o gyts mewn dipyn i ddeud na nes lawr o'dd o a gorod imi dynnu 'nhrowsus iddi gael teimlo 'mhendics i. Pan ddeudish i na nes lawr byth oedd y boen dyma'r fodan yn twigio na hogyn swil o'n i a dyma 'nhrôns i ffwrdd.

O'dd ei bysadd hi'n chwilota dros 'y nhrugaredda fi'n bob man. Lwcus bo fi ar streic ne fysa hi'n giami 'na! Dyma hi'n meddwl yn diwadd bod hi'n teimlo chwydd yn yr ardal rhwng 'y nghwd a 'nhin i.

'Might well be the Prostate Gland,' medda hi. 'It sometimes happens with young men of your age.'

Gesh i 'ngyrru lawr i Ysbyty'r Heath Caerdydd, yn syth bin, do, i gael X-ray ar 'y nghala, 'nghwd a 'ngherrig. O'n i'n poeni f'enaid bysa raid i mi gael shêf cyn gneud.

'Na!' medda'r nyrs bach 'ma o Meidrym. 'Ddim ond cyn opereshon ma 'ny!'

'Be uffar ti'n feddwl, opereshon?' medda fi'n cael panics piws.

Ond oedd hi'n OK. Cheuthwn i ddim gwbod dim heddiw eniwê ag adra a fi'n teimlo'n brafiach. Horwth o hosbitol ydi'r Heath 'na. Fysa'n gas gin i farw yna. Gynnyn nhw ryw simdda fawr sy'n pwmpio mwg i'r awyr ddydd a nos. Gneud i chi feddwl be maen nhw'n losgi, yndi? A sôn am barcio, ddyn bach! Os fedrwch chi ffendio lle i barcio bybl-car 'dach chi'n well boi na fi, ia. O'dd gin i ddim dewis yn diwadd mond parcio ar yr ielo-peril. Ond pan ddesh i allan o'dd rwbath wedi plastro sticar efo *Superglue* dros ffenast Metro newydd sbon Siân.

'Peidiwch â pharcio fan hyn eto neu fe glampiwn eich

olwynion. Mae'n well i chi dynnu'r papur hwn i ffwrdd yn awr neu fe gewch drafferth yn nes ymlaen—Mr Hopkins. Rheolwr Cyffredinol yr Ysbyty.'

Cedor lama uffar! Be 'dach chi i fod i neud os nad oes 'na le i barcio? G'leuo hi o 'ma a marw, ia? Fuesh i am oes yn crafu'r papur i ffwrdd a dwn i'm be o'dd 'y ngwinadd i efo nhw. Dwi'n mynd i sgwennu at yr Hopkins 'na i ddeud wrtho *fo* am fynd i grafu!

Pan gyrhaeddish i adra o'dd 'na fodan smart yn gwitiad wrth drws ffrynt.

'Hi!' medda hi. 'I'm Maureen!'

Doedd 'na ddim golwg o Siân ond doedd dim ots gynni hi o gwbwl.

'I'll just come in and measure you up, Gronie!' medda hi.

A'th hi drw'r tŷ i gyd fatha corwynt tra o'n i'n dechra plicio nionod ar gyfar y *Cottage Pie*. Ond mwya sydyn dyma fi'n clwad sgrech annaearol yn dŵad o'r llofft a'r fodan yn drybowndian fatha eliffant lawr grisia.

'You've got triple-lock triple-glazing all round the house!' medda hi.

'I know,' me fi.

'Why didn't you tell me?'

'You didn't ask!'

'I've driven all the way from Bridgend, you fuckin' time waster!'

A mwya sydyn dyma hi'n dechra beichio crïo a gofyn i fi os oedd gin i unrhyw syniad sut beth oedd bod yn *one-parent family*. Erbyn hyn o'dd y nionyn yn yn llaw i'n dechra cael effaith a mi ddechreuish inna grïo hefyd. Dyma Maureen yn dechra halio'i gwallt a chael sterics go iawn. A dyna pryd daeth nacw i mewn, ia, yn methu coelio'i llgada bo fi'n asoltio'r *dolly-bird* 'ma yn y cyntedd efo cyllath yn yn llaw!

* * * * * *

Lawr yn y Radyr Arms gyda'r nos dyma Siân a finna'n ista lawr fatha Indians ar *reservation* yng nghanol môr o Saeson. Gafodd Siân fodd i fyw wrth 'y nghlwad i'n sôn am y Doctor Dynas a'r Hwran *Double-Glazing.* Petha siriys dwi'm yn deud, ond os na chwerthwch chi ma hi wedi cachu arnoch chi, chwadal hogia Lerpwl. Disgwl yn ffrindia oeddan ni. Pobol o'dd Siân yn nabod cyn i ni briodi. *Lecturer* ydi Ben Bach, sy'n trïo bod yn un o'r hogia ond fedar o ddim. Sgrybyr ydi Luned ei wraig o sy'n trïo bod yn Lady Muck ond fedar hitha ddim chwaith. O'dd 'na gystadleuaeth ar *Radio Cymru* llynadd, ryw sioe welwch-chi-fi sbiwch-be-dwi'n wbod, ia. 'Pen Bach Cymru' oedd ei henw hi a Ben Bach fuo hwn byth ers hynny. Llanc dima os gwelsoch chi un rioed. Os na dim ond *runner-up* am y Pen Bach oedd hwn 'swn i ddim yn licio cwarfod y boi nath ennill, ia!

Chwara teg i Siân ma hi wedi gneud ei gora glas i 'nghael i i licio Radyr. Ond hôps mul mewn *Grand National!* O'n i'n cau'n glir â gwrando. Ma hi wrthi'n canmol ei *Howells School For Girls* i'r cymyla. Lle grêt i weithio yno fo a ballu. Fanno ma hannar pobol Radyr yn gyrru'u plant os fedran nhw fforddio. Ond Arglwydd! Wyddwn i rioed nes doish i i Gaerdydd 'ma bod rhywun yn medru prynu *Brains,* ia.

'O'dd Roald Dahl yn byw yn Radyr,' medda Siân wrtha fi ar ffordd lawr.

'Pwy?' me fi.

'Ti'n gwbod—y boi 'na sy'n sgwennu *Tales of the Unexpected.'*

'O ia,' me fi. 'Sgwn i 'di o'n gwbod yn stori *fi?'*

Tydi'r lle 'ma'n selebritis byw. Ma sbïo allan o *windscreen* y car yn Radyr 'ma yn union fatha gwatshad y teli. Welish i ddau yn Station Road bora wrth ddanfon Siân i'r ysgol. David Parry Jones a Barry John (ddim hwnnw sydd ar Pobol y Cwm, y llall). Be wyddan nhw 'mod i'n fanna'n eu gwatshad nhw? Fyswn i ddim balchach o fod yn enwog, wir Dduw—pawb yn stagio arnoch chi bob man 'dach chi'n mynd. . .

Sbïo o 'nghwmpas yn y pyb a gweld dim ond eilunod o 'nghylch yn bob man, ia.

'Ma'r pyb yn iawn, ma'r cwrw'n iawn,' medda fi wrth Siân. 'Biti am y cwmpeini, ia?'

'O diolch yn fowr!' medda hitha.

'Ti'n gwbod be dwi'n feddwl,' me fi.

Ond oedd hi wedi dechra laru arna fi dwi'n meddwl yn cwyno dan y 'ngwynt a sgyrnygu drw 'nannadd.

'Lle o't *ti'n* moyn mynd 'te?' medda hi.

'I chwilio am yr hogia,' me fi.

'Ble maen nhw?'

'Dwi'm yn gwbod, nadw! Dyna pam dwi isho mynd i chwilio!'

Lle oedd yr hogia yn Gaerdydd dyddia yma? Os na fyswn i'n eu ffendio nhw'n o fuan, fyswn i wedi mygu'n y lle 'ma.

'Tyf lan, Gogs,' medda hi. 'Nage 'hogyn' wyt ti rhagor.'

'Be ti'n feddwl?'

'Ti'n ddeg ar hugen o'd, w!'

O'dd hi'm yn dallt, nag oedd? O'dd Col Co Bach yn yr Anglesey yn *eighty-two* pan farwodd o, ond o'dd o'n dal yn un o'r hogia siwr Dduw. Hogia ydi pobol 'dach chi'n medru gneud efo nhw. Pobol sy ddim yn newid, ddim yn llancio, ddim yn trïo rhoid eu hunan yn rwbath nad ydyn nhw ddim.

'Newid y record, nei di?'

'Be?' medda fi'n flin.

'Wel, 'na i gyd wy wedi glywed 'ddar i ni briodi yw 'dre' hyn a'r 'hogia' llall. O'n i'n gwbod taw fel hyn bydde hi. . .'

'Co dre ydw i, ia.'

'Ie, ond cyfaddawd yw priodas, Gogs. Mae'n rhaid i ni i gyd newid.'

'Dwi 'di newid cymaint dwi'n dechra colli nabod ar yn hun!' me fi.

'O Gogs!' medda Siân a rhoid ei llaw ar 'y nghlun i dan bwr'. 'Peth dwetha wy'n moyn yw neud ti'n anhapus.'

'Dwi'n gwbod 'ny,' me fi yn dechra simsanu'n syth gynta byth cesh i fwytha.

'Licet ti symud nôl i Gynarfon?'

Arglwydd Mowr! Fuo jest i mi dagu ar 'y mheint. Hirath ydi hirath ond peth dwutha o'n i isho neud o'dd mynd yn ôl i fyw 'no!

'Sut medrwn ni?' me fi. 'Fan hyn ma dy job di, ia. Fedra i bigo'r dôl i fyny yn unrhyw blydi lle!'

'Beth am fynd lan dros y gwylie, 'te? So ti rio'd wedi cynnig mynd â fi lan 'na!'

'I be 'de?' me fi a dechra cochi at 'y nghlustia.

'Goronwy Jones!' medda Siân fatha tasa hi'n trin un o'i phlant yn rysgol. 'Fydde rhywun yn tyngu bo rhwbeth 'da ti i gwato!'

Esh i at y bar reit sydyn i osgoi'r Third Degree 'ma. Mewn â fi i ganol y sgrym o snobs oedd yn stelcian yno a thrïo cael yn syrfio.

'Have you got any eyes?' medda fi wrth y barman.

'Pardon?'

'Ayes for the vodka,' me fi yn trïo eto. Nath o'm byd ond sbïo arna fi fatha llwdwn cystal â deud, 'Be ma hwn yn falu?'

'Moyn iâ ti, ife?' medda'r llais 'ma tu nôl i mi.

O'dd *Relay Service* Ben Bach wedi dŵad i'n achub i, doedd.

'Naci, rhew!' me fi yn bengalad.

'Ice he wants mate,' medda'r llanc dima.

'Oh cheers!' medda'r barman. 'I dunno why but I gets a lotta trouble with tourists.'

Pwy ydi dy dwrist di'r blydi Size? Ice, eyes, ayes. . . Ma'n nhw i gyd yn swnio run fath i fi.

'Con' dwl, ia?' me fi wrth Ben.

'Ma ishe ti ddysgu *elocution* achan,' medda fynta.

'Paid â malu,' me fi. 'Dwi'n cael digon o draffath efo Susnag.'

Dyma lle oeddan ni yn *foursome* bach dela welsoch chi rioed. Cyn i fi gael eiliad i iro'r pwmp, chwadal yr hen go oedd yn arfar gweithio'n chwaral stalwm dyma Luned Bengoch yn dechra baldaruo.

'Wel shwt mae'r tŷ'n dod mlaen 'te?'

'O,' medda Siân. 'Mae 'ddi'n shapo on' dyw hi, Gogs?'

Deud y gwir yn onast o'dd 'na well siâp ar y tŷ nag arna fi. Lle i ddenig ydi pyb i fod, ia? Adra'n Black oedd tŷ a teulu yn tabŵ. Cheutha chi ddim hyd yn oed sôn am *fodins* tan i chi lyncu galwyn.

'Dim fflewj tan ddeg!' medda Robin Rafin efo'i lais fatha taran. O'n i bob amsar yn meddwl bo fo'n dipyn o Hitlar yn ordro'r hogia o gwmpas, ond dwi'n dechra meddwl na fo sy'n iawn. Ma sôn am domestics yn pyb yn cael yr un effaith ag ogla chips. Mae o'n gneud i'ch cwrw fynd yn fflat i gyd rwsut.

O'dd Siân yn trïo bildio Ideal Home Expedition ne rwbath 'sa chi'n gofyn i fi. Ma hi yn ei gwaith yn bomio mewn i Gaerdydd i ordro rwbath newydd. O'n i'n sefyll wrth ei hochr hi yn David Morgan noson o'r blaen. I feddwl ei bod hi wedi 'nwrdio fi am chwara brag yn yr Ely stalwm o'dd hi'n amlwg yn rêl giamstar ar chwara cardia ei hun. Rei plastig, ia. Sbïa ar ei walat hi ddyn bach! Access, Barclaycard, American Express, Dinah's Club, Marks & Spencers Store Card, (Peidiwch ar boen ych peth mowr â phrynu trowsus), National Westminster, Eurocheque, A.A., a Clwb Ifor Bach. Fysach chi'n medru shyfflo dwy hand o ffeif-card brag efo rheina i gyd, myn diawl.

O'dd hi fatha bob Dolig gesh i rioed wedi rowlio'n un pan geuthon ni'n presanta priodas ond, uffarn dân, to'dd petha'n dal i gyrraedd rownd y rîl am fisoedd wedyn! Byrdda a chadeiria o Albany Antiques, gwlau slat a mahogani hedbord o Jacobs Market, wardrobs walnut-satin a Chester Drawers i fatshio, carpedi 100% nylon shag pile, cyrtans Laura Ashley, teli Toshiba Telex Satellite-Compatible, fideo Sanyo stereo long-play remote control 4 year timer, Mitsubishi Compact Disc Player, Moulinex Steam Kleen Electronic, Ice-diamond fridge freezer, Hovermower, three piece Chesterfield lledar, llestri Willow Pattern. . . Fyswn i'n mynd ymlaen ag ymlaen ia ond ma 'nhafod inna isho rest weithia hefyd.

Ar hyd 'y mywyd o'n i wedi manijo heb y petha 'ma'n iawn. Os oeddan ni wirioneddol angan rwbath newydd fydda'r hen fod yn mynd â ni i giwio'n gynnar i jymbl sêls crandia dre. O'dd hi'n nabod calendyr sêl-o-wyrcs fatha cefn ei llaw. O'dd hi'n gwbod yn iawn pryd a lle bysa Mrs Huws Gweinidog yn cael gwarad o ddillad Heddwyn ei mab. O'dd Heddwyn un clas yn uwch na fi yn rysgol a bob amsar yn tyfu allan o'i ddillad ar yr union bryd o'n i isho rwbath newydd. O'dd yr hen go yn deud tasa Huws Gweinidog yn Gristion go iawn fysa fo'n rhoid y dillad i ni am ddim, ond o'dd yr hen fod yn erbyn mynd ar ofyn neb ac yn fodlon talu'r going-rêt. Deg niwc am grys, ugian am bâr o sgidia ag i fyny at chweig am ddyffl-cot os oedd y togls i gyd yn dal arni.

OK, o'dd 'y nhrowsus i ar halff-mast yn amal ac o'dd yn sgidia fi fatha carchar crydd am 'y nhraed i weithia, ond pwy oedd yn poeni, ia?

'Ystyriwch lili'r maes,' medda Miss Foulkes yn Ysgol Sul Moreia. 'Pa fodd mae hi'n cael ei throwsus?' Pan o'n i'n bump oed roedd *Please Please Me* y Beatles wedi cyrraedd *No. 1* ac, wrth lwc, oedd y mop o wallt cyrls rioed-di-gweld-barbar oedd gin i yn ffasiwn am flynydd-oedd. Pwy o'n i i gwyno os oedd Ysgol Sul yn deud bod hi'n beth da bod yn dlawd?

Meddwl am yr ochor draw oedd yn cadw Miss Foulkes i fynd dwi'n meddwl. Chafodd hi Swît F.A. ar yr ochor yma eniwê, mond cadar olwyn N.H.S. ers pan gath hi bolio yn hogan bach. Ond powb a'i ffantasi, ia? Breuddwyd gwrach wahanol oedd gin yr hen go. O'dd o'n mynd i ennill y pŵls, doedd. Y pechod mwya yn tŷ ni oedd agor ych prep pan oedd yr hen go yn codi risylts ffwtbol. O'dd y belt lledar Morocco ar bwr' wrth ochor pejan gefn y *Mirror* i warnio powb, ia? Dwn i'm sut oedd comiwniceshons rhwng Moreia a'r Nefoedd ond postman ciami uffernol oedd rhwng dre a Littlewoods. Gafodd y sglyfath Bil Bennett Ben Lôn 'na ei ddal yn rogio pan nillodd rwbath o Twthill fwy na fedra fo dalu. Doedd y fflemsan ddim wedi bod yn gyrru'r cwpons ers blynyddoedd nag oedd.

Ma'n uffar o beth meddwl am yr holl bobol yn y byd 'ma sy'n byw mewn gobaith er bod gynnyn nhw ddim. Ond dyna fo, ella dylswn i ddiolch i Dduw na nath yr hen go ddim ennill. Fysa fo wedi côpio'n waeth na fi efo crandrwydd. Do'n i ddim isho deud dim wrth Siân: o'dd hi wedi arfar cael bob dim rioed, doedd? Ei mags hi o'dd o a fysa fo'n sioc i'w system hi gorod gneud heb, fysa? Ond bob tro o'n i'n clwad Dire Straits yn canu *Money For Nothing* o'n i'n meddwl na pwyntio bys ata fi oeddan nhw. Pa fath o ddiawl gwirion ydw i na fedra i ddim enjoio mags? Y?

Jêl ydi Radyr i fi. Dwi fatha adyn ar gafaelion o gwmpas y lle 'ma. 'Dach chi'n cofio'r dyn *gas* 'nw bora? Wel, gwaetha fi'n 'y nannadd, dyma'r peth gosa i un o'r hogia welish i drw dydd. O'n i'n dal yn stowt efo fo am 'y nhrin i fatha baw. OK, o Ely o'dd o'n dŵad a dydi rheiny ddim callach ynglŷn â rôl-rifyrsal na hogia Sgubs. Ond sdim isho sbeitio, nag oes? Mi geuthon ni sgwrs efo te ddeg ac yn slo bach mi ddechreuon ni ddallt yn gilydd. O'dd Clive wedi bod yn gweithio yn nhai crach Radyr 'ma ers peth mwdral a mi ddeudodd straeon wrtha i.

O'dd 'na un hen ast sy'n siarad Cymraeg efo'i chorgi a siarad i lawr at bawb arall yn gneud i bob gweithiwr fynd i mewn drw'r *Tradesman's Entrance* yn cefn fatha ci. Ar ôl gweithio yno am bum awr heb stop fuo'n rhaid i'r hogia ofyn am banad rhag bo nhw'n tagu, ia.

'Tea comes in a while like. But she couldn't find cups that were crappy enough. We 'ad to drink outta fuckin' jam-jars, didn't we?'

Lwcus 'mod i wedi iwsho'r *Willow Pattern* medda fi wrtha'n hun rhag iddo fo feddwl bod pawb yn gachwrs yn Radyr 'ma.

Dwi'n ddiawl drwg am switsho-off pan dwi'n bôrd, ia, a mi gesh gic go hegar gin Siân dan bwr'.

'Impotens yw'r gair yn Gwmrâg 'fyd,' medda Ben Bach wrth Siân. 'Ma fe'n dod o'r Lladin *impotentia,* tweld.'

Fuo jest i mi dagu ar 'y mheint, meddwl na amdana fi oeddan nhw'n siarad. Ond sôn am gyflwr y genedl a ryw falu cachu felly oeddan nhw, ei gaddo hi'n gynddeiriog i'r Blaid Bach am ei diffyg bôls yn wynab y mewnlifio a ballu. O'dd y ffŵl Ben 'na yn trïo deud na fysa 'na neb jest yn Dre yn siarad Cymraeg erbyn diwadd y ganrif. Pen bach, ia?

'W! Ma Beti George yn dishgwl yn smart heno!' medda Luned Bengoch wrth weld y seren yn dŵad i mewn i'r pyb.

'Shwt ti'n setlo lawr yr Radyr 'te?' medda Ben Bach wrtha fi.

'Ddim yn bad sti,' medda fi cogio bach. 'Cystal ag Esgimo yn ganol Sahara, ia!'

Peth dyfara nesh i rioed. Dyma fo'n dechra pregethu eto na un genedl oedd Cymru ac ati. Fuo rhaid i mi ddiodda Hanes Cymru Drwy'r Oesoedd o Maxen Wledig tan Maxen Boyce.

'Ni yma o hyd tweld!' medda fo ymhen yr awr.

Siarada drosta dy hun co bach, medda fi wrth yn hun. O'dd o wedi 'ngyrru fi'n soldiwr.

'Mae'n wlad i mi, ac mae'n wlad i titha!' medda fo a chydiad yn 'y mhenglin i wrth ddechra canu, 'O gopa'r Wydd-fa i lawr i Rad-yr!'

Gwatwar Dafydd Iwan o'dd o, o'n i'n gwbod hynny, ia, ond fysa waeth iddo fo drïo torri glo mân yn glapia ddim na thrïo cael 'Wyddfa' i odli efo 'Radyr'! Os na'r un wlad ydi fan hyn a Dre fyswn i'n byta'n het, taswn i mor wirion â gwisgo un. Dwi 'di cerddad milltiroedd a dwi 'di methu'n glir a ffendio bwci 'ma eto!

'Sgwn i os na fan hyn o'dd Roald yn ei Dahl hi?' medda fi wrth Ben.

'Beth?' medda Ben a'i dalcian o'n crychu fatha corlwgeted croen.

A dyma fi'n dysgu dipyn o hanas yr ardal iddo fo. To'dd y coc oen yma ddim yn gwbod bob dim chwaith.

Digon yw d'Egon Ronay!

'Be ti'n feddwl ydi gŵr a gwraig?' me fi wrth Siân un nos Wener. 'Siamese blydi twins ne be?'

Na i ddiodda lot, ia, ond chwara teg i ddiawl, o'dd hi'n dri mis ers i ni briodi ac o'n i ddim wedi bod allan ar ben yn hun ddim un waith eto. Iesu Gwyn, o'n i'n dechra teimlo bo fi ar lîd, ia?

'Wy wedi addo ewn ni mas 'da Ben-a-Lun.'

O'n i bob amsar yn meddwl na ffisig annwyd i'ch cnocio chi allan oedd 'Benalin', ond dwi 'di gweld y gola, do? Yn ffrindia gora ni ydyn nhw—medda Siân. Pobol ydan ni'n licio mynd allan am noson efo nhw. Cwmni da—mewn drama, ia? Fysa rhywun yn meddwl wir Dduw na'r unig ffordd gewch chi fynd allan ffor' hyn ydi fesul pâr, fatha plismyn yn Maesgeirchen, ia?

'Siân-a-Gron' ydan ni rhag ofn bo chi isho gwbod. A ma 'na Gari-a-Carrie, Bob-a-Barbra, Les-a-Gwenda. . . Fyswn i'n medru enwi cant a mil o rei erill ond ma 'na ben draw ar Dei-a-Ria.

Dwi wedi sylwi na enw'r dyn sy'n dŵad gynta ran fwya o'r amsar ond ddim efo ni.

'Mae Siân-a-Gron yn swnio'n fwy naturiol na Gron-a-Siân, 'na i gyd,' medda hi pan agorish i 'mhrep i gwyno.

'Duw, pam?' me fi.

'Pam bod eira'n wyn?' medda hi, beth bynnag uffar oedd Dafydd Iwan i neud efo'r peth.

'Pan gawn ni hogyn,' me fi, 'mi galwn ni fo'n Al, 'ta.'

'I beth?'

'GronaSiânAl, ia!' me fi jest i ddangos iddi medra inna chwara efo geiria cystal â hitha. Sbïodd hi arna fi fatha taswn i'n myll.

'Grand National, 'de!' me fi. Dwn i'm pam dwi'n traffath. Dydi'n jôcs i byth yn gweithio.

'Mm. Ie. Ti'n hala gormod ar y ceffyle 'na 'fyd,' medda hi a sbïo'n y gwydyr i weld os oedd ei lipstic hi'n syth. 'Fydd rhaid i ni gal gair ymbytu 'na.'

Ydach chi'n gweld be dwi'n feddwl? Doedd fiw imi agor 'y ngheg am un peth nad oedd hi'n 'y nghopio fi am rwbath arall. Ffwrdd â hi i'r llofft i bowdro.

Dwi dan y fawd, dwi'n gwbod. O'n i wedi cael gair o gyngor gin Fferat Bach pan oedd o'n fyw. Nesh i ddim cymyd llawar o sylw, ma'n rhaid i fi gyfadda, achos o'dd dim byd yn bellach o'n meddwl i ar y pryd na setlo lawr.

'Rho dy droed lawr reit o'r dechra,' gesh i. 'Paid â chymyd dim malu cachu gynnyn nhw ne fydd dy fywyd di ddim gwerth ei fyw.'

O'dd gin Fferat Bach bump o blant—un bob dwy flynadd ers pan brododd o.

'Ella bo fo wedi marw'n ifanc, ia,' medda Bob Blaid Bach, 'ond mi nath yn saff bod gin Gymru ddyfodol, 'do!'

Ond porthi'r pum mil ne beidio, oedd Fferat Bach yn potio'n y Black Boy bob nos run peth yn union.

'Ydi Ann-Louise ddim yn cwyno?' medda fi wrtho fo yn y bog a dyfodol Cymru yn llaw'r ddau ohonon ni.

'Yndi weithia,' medda Fferat, 'ond buan ma cefn-llaw yn cau'i cheg hi!'

Oeddan ni i gyd yn gwbod na hen gont o'dd Fferat yn tŷ ond chwara teg i ddiawl o'dd o'n driw i'r carn efo'r hogia hyd yn oed os oeddan ni'n bryfocio fo weithiau. Cofio ni'n chwara pŵl yn yr Eagles a fynta'n brolio cystal potiwr oedd o.

'Ti'n chwara fatha brych!' medda Mimw Besda wrtho fo.

'Gura i *chdi* unrhyw amsar tisho!' medda Fferat.

'Hy! Yr unig beth elli di guro ydi dy wraig!' medda Mimw.

'Ti isho bet, con'!' medda Fferat a'i waldio fo drosd ei ben efo'r ciw fatha tasa fo'n bastwn. Lwcus bod gin Mimw ben fatha ryff-deimond ne fysa fynta'n ei fedd cyn ei amsar hefyd. Dyn gwyllt o'dd Fferat a fysa neb wedi ddofi fo tasa fo wedi byw i fod yn gant. Fysa fo wedi tynnu arna fi bob siâp tasa fo'n 'y ngweld i rwan fatha caneri bach mewn caets. Ond dyna fo, lle ma Fferat rwan, ia? Dwi'n meddwl ella bod well gin i fod dan y fawd na dan y pridd.

Tra o'n i'n disgwl i Siân orffen pincio mi steddish i lawr i sbïo ar *Blind Date* Cilla Black. Program reit ddifyr deud gwir, lle ma'n nhw'n paru boi a fodan sy rioed 'di cwarfod ei gilydd i weld sut do'n nhw mlaen. Weithia ma'n nhw'n clicio a weithia 'dyn nhw ddim. Trwbwl ydi, oedd o'n canu cloch ac yn mynd braidd yn rhy agos at yr asgwrn i foi yn yn lle fi, ia? *Blind Date* myn uffar, tasa rywun yn traffath gneud ffilm o 'mywyd i ar hyn o bryd fysa raid iddyn nhw'i alw fo yn *Colditz 2*.

O'dd Siân ar ei holides Pasg ag o'dd y dwrnod wedi dechra'n giami ar diawl. O'n i wedi deffro ers saith efo ceg fatha caets byji ar ôl lysh noson cynt. O'dd 'na gymaint o ffyr ar 'y nhafod o'n i ofn bysa'r Animal Liberation Front yn gosod bom yn 'y ngheg i. O'n i'n barod i godi ers meityn tasa dim ond am bishad a gargl *Listermint* ond to'n i'n gwbod nad oedd fiw imi. Gesh i uffar o lond ceg pan briodon ni gynta am dynnu'r tshaen a deffro Siân. Cysgwr ysgafn ydi hi, ylwch, a gesh i'n hel i Coventry am ddwrnod cyfa am fod mor hunanol â throi'r pulw drosodd i'r ochr oer un noson ar ddechra'r sentens 'ma. Ma hi'n cyfadda na cael ei sboilio nath hi pan o'dd hi'n ifanc. Dyna ydi'r gwaetha cael bedrwm i chi'ch hun ma'n siwr—fedrwch chi ddim diodda neb arall o gwmpas. Fyswn i'n hun yn cysgu drw blydi *hurricane.* Deud y gwir mi nesh i fwy nag unwaith pan oedd powb yn byw ar benna'i gilydd yn Sgubs 'cw.

Doedd fiw imi godi, felly dyma fi'n chwilio am rwbath i ddarllan—

'Wel, genod, be sgwenna i amdano fo mis yma, 'dwch? Os na sonia i am y tro bach 'nw i'r Aifft gymrish i rhwng golchi 'mlowsus a'u smwddio nhw yr wsnos dwutha.

'Ro'n i'n teimlo reit ulw isal cofiwch fel bydd rhywun wrth ddychwelyd i fwrllwch mis Mawrth yn y brif-ddinas 'ma ar ôl mis yn y Seychelles, pan benderfynish i alw ar Margiad gwraig Max Maker HTV.

Oedd Margiad druan wedi cael chwe wythnos caled iawn yn ffilmio ar location yn Bali: 'Wel, Magi bach,' me fi, 'toes 'na ddim gorffwys i gael yn dy waith di!' Mae hi'n lladd ei hun yn aberthu dros y genedl fel cynorthwywraig gynhyrchu pan nad oes dim tamad o isho iddi, a Max yn gneud cystal.

'O'dd y ddwy ohonon ni'n haeddu brêc bach llawn gymaint â'n gilydd a dyma basio mynd i weld y Sphinx. Tydi'r pyramydiau yn dirywio mor enbyd dyddia yma wir. Mae rhywun yn teimlo rhyw fath o ddyletswydd diwylliannol gneud yn fowr ohonyn nhw, tydi? Ynteu fi sy'n bod yn or-deimladol? Ond dyna fo rhei fel 'na ydan ni fel Cymry. . . Mae Stanley 'Albany Travel' mor gymwynasgar: dim ond i chi godi'r ffôn a rhoid rhif ych 'Diner's Card International'. . .'

Blydi hel! Dyna lle'r o'n i ar wastad 'y nghefn yn darllan sut oedd ryw gotsan wirion yn *Y Dinesydd* yn ei globtrotio hi drw'r byd 'ma gyn hawsad â neidio ar fys *Crosville.* Ond be arall nawn ni? O'dd 'na fwndal o betha ar ochor Siân i'r gwely ond fysa waeth iddyn nhw fod yn Tim Buck Two nag yn fanno ddim. Ar 'y mwr'-lamp i oedd 'na *Faner* oedd yn edrach yn sychach na tywod y Sahara ar ôl blow-dry. O'dd 'na gopi o *Pais,* ond be uffar 'dach chi'n feddwl ydw i? O'dd 'y mhapur i'n hun yna ia ond does 'na ddim byd cweit mor iwsles a *Sporting Life* ddoe, felly doedd 'na ddim byd ond *Y Dinesydd* crach 'ma amdani.

Does gin i ddim syniad pam, ond ar ganol darllan 'nialwch y fodan yn *Y Dinesydd* dyma fi'n cael awydd di-droi'n-ôl i wllwng clamp o rech. Does 'na ddim byd mwy naturiol na gwllwng llond cratsh o wynt ben bora rôl wyth awr ar ych hyd yn cael ych pwmpio i fyny fatha teiar beic. Ond do'n i rioed wedi gwllwng yng ngŵydd y wraig ylwch a dyma fi'n codi i fynd i'r lle chwech, meddwl na hynny fasa'r gora o ddau ddrwg. Ond, myn diawl, oedd 'na gymaint o eco yn fanno o'n i'n meddwl byswn i'n deffro'r meirw heb sôn am Siân.

'Wyt ti wedi newid dy bants heddi?' medda hi wrth y bwr' brecwast.

'Tronsia fydda i'n wisgo, yli.'

'Brawd mogu yw tagu. . . So ti *wedi,* wyt ti?'

O'dd hi wedi bod yn tryforio drw'r fasgiad Ali Baba yn llofft ac wedi methu ffendio mwy na phum pâr o dronsia. O'dd hynny'n meddwl, yn ôl ei arithmetic hi bo fi'n gwisgo run trôns â ddoe.

'Be uffar wyt ti'n feddwl wyt ti?' me fi. 'Ditectif preifets?'

'Wy'n nabod ti!'

'Ond mae o'n berffaith lân,' me fi. 'Sa ddim sbotyn o ddim byd arno fo. Fysat yn medru byta dy frecwast 'ddarno fo blaw bod ŵy yn staenio mor uffernol.'

'Cer lan lofft i newid e'n glou. Sa i'n mynd i rannu 'mrecwast 'da mochyn!'

A dyma fi'n paredio i fyny'r grisia fatha oen llywaeth. Be uffar sy haru hon? Be 'di pwynt newid dy drôns os nad oes 'na sgid arno fo? Ond ma *hi'n* newid ei nicyrs ddwywaith yn dydd fatha tasa hi ofn cael haint. Ma 'na foi yn dre 'dan ni'n ei alw'n Jim Blow Bloomar sy'n cael thril chwthu'i drwyn mewn dillad isa merchaid. Fysa fo'n cael modd i fyw yn rar' gefn 'cw efo'r dwsina sgin hon yn sychu ar lein.

Ganol bora oeddan ni ar yn ffordd i *Peacocks* Canton i brynu tronsia. Ystyr pythefnos ydi pymthag nos, medda Siân, a dyna faint o dronsia sydd angan. Peidiwch â gofyn i mi pam. Dim ond tri o'dd gin i pan briodon ni—hen ddigon yn 'y marn i. Un i wisgo tra bo llall yn y wash, ac un jest rhag ofn, ia. Ond nesh i'm traffath dadla. Dwi'm yn mynd i wastio hannar yn oes yn cega am dronsia yn enwedig pan maen nhw mor rhad â maen nhw yn *Peacocks*.

O'dd gin i apointment efo'r Doctor Dynas am ddeg i drafod be o'dd ar yr X-ray. Diolch i Dduw o'dd 'y nhrugaredda fi i gyd yn glir.

'Probably inflammation,' medda'r doctor. 'Go home and forget about it.'

Biti na fyswn i'n medru.

'Wel?' medda Siân pan esh i nôl i'r car.

'Does 'na ddim byd yn rong arna fi,' me fi.

'Ma *rhwbeth* o'i le os ti'n ffaelu cael cwnnad ers mish!'

O'dd y ffrystreshon yn dechra deud arni hi dwi'n meddwl a dyma fi'n ei siarsio i gwlio i lawr rhag ofn i Barry John ne rywun yn gweld ni. Ond doedd waeth i mi heb ddim.

'Beth wedodd hi ymbytu'r impotens?' medda hi.

A dyna lle'r a'th hi'n nos arna i. Fuo rhaid i mi gyfadda, do.

'Sonish i'm byd am hynny, sti,' me fi.

'Be?!'

'O'dd gin i ormod o gwilydd!'

'Ti'n meddwl gweud wrtha i bo ti wedi wasto pythewnos yn dishgwl am ganlyniade X-ray o'dd ddim byd i neud â dy broblem di?'

Dyma fi'n nodio'n fud a sbïo'n euog arni hi.

'Ffycin hel!' medda Siân a tydi hi *byth* yn rhegi.

'Sut bysa *chdi'n* licio cyfadda wrth Ddoctor *Dyn* bo chdi'n methu cael min?' me fi.

'Sa i'n credu, 'y ngwas gwyn i, y bydde'r mater 'ny'n codi!' medda Siân a dyma fi'n sylwi be o'n i wedi ddeud.

Fuo rhaid i mi fynd yn syth yn-dôl i mewn i'r syrjeri i neud apointment at pnawn efo Doctor Gwryw cyn bysa Siân yn byjo o'r lle. O'dd hi'n benderfynol o neud siwr y bysa'n matar *i* yn codi.

'Pryd cest ti fath?' medda hi a dechra snwyro dan 'y ngheseilia fi wrth gowntar y Dairy Produce yn *Sainsburys*.

'Echdoe, ia,' me fi. 'Ti'm yn cofio? Oeddach chdi i mewn efo fi!'

A dyma Siân yn byrstio chwerthin yn wynab y fodan pan ddoth hi draw efo hannar pwys o gaws. Tasa hi'n gwbod am y Cama Swtra ma Siân wedi'u cymyd i Adfer y Fowr fysa'i gwynab hi'n troi'n gochach na'r *Red Leicester* a'r *Red Windsor* efo'i gilydd!

Ond dyna fo, ma nacw yn ecspyrt yn y bath. Ma hi ynddo fo mor amal dwi'n meddwl ella na sgodyn oedd hi fod. Un sniff syd dan 'y nghesal a dwi'n gwbod yn iawn os dwi angan un ne beidio. Chafodd teulu ni mo'r fraint o socian mewn bath tŷ cownsul nes o'n i'n rysgol fowr ag erbyn hynny o'dd y patrwm bathio wedi'i setio am byth. Celwrn o flaen tân bob chwartar yn gaea a'r afon bach yn 'rha. Be 'dach chi'n ddisgwl mewn hofal o le yn ganol caea ar lôn gefn rhwng dre a Caeathro?

Ac uffar o berfformans oedd noson bath hefyd. O'dd rhaid yn dal ni gynta!

'Ymgeledda'r diawl bach budur!' medda'r hen go a'n sodro fi'n dŵr. 'Cyn i chdi ddechra cynrhoni!'

Ac er bod gynnon ni fathrwm yn Sgubs ers tua ugian mlynadd bellach ma'r hen go yn dal i folchi a shefio yn gegin.

'Anodd tynnu cast o hen gi, sti,' medda'r hen fod wrth sychu'r sebon shefio 'ddar y bowlia *corn-flakes*. Doedd uffar ots gin i ran amla ond ma raid i mi gyfadda bydda fo'n codi pwys arna fi os bydda'r hen go yn cael miss-Q pan oedd ei llgada fo'n llawn sebon ac yn iwsho'r llian sychu llestri yn lle'r un molchi.

Ond o'dd Siân wedi'i geni a'i magu mewn palas, doedd. Dwi'n cyfadda bod gin i rei habits budur a fyswn i byth bythoedd yn trïo'i dragio hi i lawr i'r gwtar o'n i ynddi hi, ond ar y llaw arall o'n i'n ei chael hi'n anodd ar diawl byw yn y byd antiseptig 'ma.

Ella byswn i'n medru côpio'n well tasa gin i bryd iawn o fwyd yn yn stumog. Ond toedd hyd yn oed 'y mhryda fi wedi cael eu drysu'n lân o'r dwrnod setlon ni lawr yn Radyr.

'Be 'di hwn?' me fi wrth bwr' brecwast un bora am ryw bisha o gardbord a chyraints oedd yn y ddesgil.

'Muesli,' medda Siân.

'Be ti'n ddisgwl i mi neud—ei fyta fo?'

'Neith e fwy o les i ti na'r hen *Sugar Puffs* diwerth 'na,' medda hi.

'Lle ma'r siwgwr?' me fi'n meddwl ella bysa'r sothach yn O.K. taswn i'n ei ladd o efo dau bwys o *Tate & Lyle*.

'Ni'n torri lawr ar siwgir. Ma'r swltanas 'na'n hen ddigon melys.'

'Wyt ti'n meddwl medra i fentro llefrith?' medda fi'n sbeitlyd.

'Gelli siwr,' medda Siân. 'Ma fe'n *semi-skimmed*, w!'

A'th hi mlaen i hefru am ryw fara cyflawn sy'n help i'ch gweithio chi. Oedd blas felly arno fo hefyd. Chwilish i bob man am y menyn ond toedd Siân wedi prynu ryw *Flora* i roid ar frechdan. Mam bach! Dwi'n gofyn i chi! Pyb yn Cathays fuo Flora i mi rioed, ond rwan dwi'n gael o i frecwast. Ar ôl i'r hen fod stryglo ar hyd y blynyddoedd i neud siwr bo ni'n cael menyn yn lle marjarin, dwi'n cael ar ddallt rwan na marjarin 'di gora i chi. Be 'dan ni'n mwydro trïo banio'r Wylfa 'B' 'na? Erbyn troad y ganrif fydd rhywun yn siwr Dduw o daeru bod redieshyn yn beth da i chi.

Ond Iesu, call ydi fodins, ia? Nath hi ddim dechra ar y mwydro bwyd cwningan a'r ffobias antiseptig 'ma tan y bora rôl i ni bigejo. Chlywish i ddim gair o'i phen hi pan oeddan ni'n calyn. Wel, 'di o'm y math o beth 'dach chi'n wastio amsar arno fo pan 'dach chi'n caru'n chwilboeth yn y misoedd cynta, nadi? Ond gynta byth gath hi fodrwy ar ei bys, oedd hi'n stori wahanol. Yn ôl y ffor' ro'n i'n cael 'y nhrin ddylsan ni fod wedi prynu un fodrwy arall—i ffitio'n ffroena fi a 'nhynnu fi. Taswn i'n byw i fod yn gant, na i byth ddallt fodins. Diwadd ar be, sgwn i, ydi diwedd-ïo?

Tua pump o'r gloch ddeuthon ni'n-dôl i Radyr ar ôl prynu tua hanner holl stoc *Marks & Spencers*. Mi nesh 'y ngora i figlo allan ohoni ond nath Siân ddim byd ond 'y nympio fi tu allan i'r syrjyri. O'dd rhaid i mi fynd at y doctor. Mi stydiodd hwnnw yn record meddygol i i gyd mewn tua deng eiliad fflat cyn dechra'n holi fi.

'Oes 'na rwbath yn ych *poeni* chi, Mr Jones?' mo.

Ma 'na rwbath bach yn poeni pawb, does? Do'n i'm yn cîn o gwbwl ar yr Airmales o America ro'dd nacw'n eu darllen yn slei bach yn toilet llofft. Ddim bo fi'n jelys o'r Gwenan 'na ond o'n i yn poeni dipyn bach am y llythrenna S.W.A.L.K. 'na ar yr enfilop. Ond do'n i ddim yn mynd i ddeud wrtho *fo*, nag o'n?

'Dim byd o gwbwl,' me fi.

'Os bydd y broblem yn para falle dylen ni ystyried analysis. . .'

'Y?' me fi.

'Ma'n bosib taw seicolegol yw'ch impotens chi,' mo.

Os oedd y cwd yn meddwl 'mod i'n mynd i weld

seiceiatrist oedd isho sbïo'i ben o.

'Dwi bob amsar wedi sortio 'mhroblema'n hun,' me fi.

'Sa i'n gweud llai,' medda'r boi. ''Na sy raid i ni i gyd neud yn y diwedd. Ond man-a-man cal help proffesiynol os yw e i gal.'

Mi gerddish i allan o'r syrjyri yn teimlo'n waeth nag o'n i wrth fynd i mewn. Oedd y boi 'ma'n trïo deud 'mod i'n myll, 'ta *deud* 'mod i'n myll oedd o? Fuo gin i ddim problem rioed, yn Duw, nad oedd hi'n diflannu o'i sgubo dan carpad yn ddigon hir. Ond oedd well i mi gael rwbath i ddangos i nacw. Esh i mewn i'r cemist yn pentra a phrynu potal o rwbath fysa'n debyg o neud i 'Nraig Goch i Gychwyn.

'Beth gest ti?' medda Siân.

'Potal o dabledi haearn B.P.' me fi. 'Does 'na ddim digon o stîl yndda i. A ma isho i mi forol eu golchi nhw lawr efo deg peint o *Guinness* bob nos i neud siwr.'

Wel, waeth i chi enjoio'ch dioddefaint ddim, na waeth?

Ymhen hir a hwyr oeddan ni'n barod i fynd allan. Ddoth Siân lawr grisia yn amlwg wedi boddi'i hun mewn ryw sent drewllyd. Yr unig beth sy'n iawn yn ei gylch o ydi ei enw fo—*Poison*. Blydi reit hefyd. Mae o'n gneud i mi dishan fatha ffŵl bob tro dwi'n clwad ei ogla fo.

'So ti'n gwylio'r dwli Cilla Black hyn, wyt ti?' medda Siân a diffod y set.

'Ma hi'n ddeliach na Gari Williams, yndi?' me fi.

Lawr â ni i'r Tŷ Nant ym Metro newydd sbond Siân i gwarfod yn ffrindia. Sgwn i faint o selebritis fyswn i'n sbotio heno 'ma? Fuesh i'n ddigon lwcus i gael stag ar Huw Llywelyn Davies yn jyglo peli golff tu allan i'w dŷ. A dyna fi'n meddwl, 'Sgwn i pa mor amal ma selebritis yn newid eu tronsia?'

Sgin i'm tamad o help ond bob tro dwi efo Ben-a-Lun, ma'n meddwl i'n dechra crwydro. Ma'n siwr bod Ben Bach yn hen foi iawn yn y bôn—biti bod ei gachu o'n drewi. Anghofia i byth mo'r tro cynta gwelish i o rioed yn byta chinki yn y *Noble House* yn dre. O'dd o'n mynnu iwsho chopsticks rêl twat, er gwaetha'r ffaith bo fo'n cael miss-Q jest bob tro a dim ond llond gwniadur oedd yn cyrradd ei wefla fo. O'dd o'n mynd ar yn nyrfs i efo'i falu cachu. Fysach chi'n meddwl bod o yn y Nefoedd bob tro roedd o'n rhoid ei dafod ar water-chestnut, myn uffar.

'Mm. . .!' mo bob yn ail gegiad, a gneud lipsia fatha goldffish mewn bowlan wrth sipian ei win.

'Mae'r bwyd yn hyfryd!'.

'Be wyddost ti?' medda fi a rhoid pwniad i'w fraich chopsticks o. 'Ti'n gwllwng ei hannar o!'

Sbïodd pawb yn ddu arna fi. 'Dach chi ddim i fod i neud jôcs yn y llefydd byta drud 'ma dwi'm yn meddwl. Ella na nhw sy'n iawn hefyd. Os 'dach chi'n talu drw'ch trwyn, waeth i chi gymyd ych bwyd o ddifri ddim, ma'n siwr.

Ryw chydig ar ôl i mi ddiweddïo oedd hi a nacw ddim 'di cael tshans i 'nofi fi'n iawn eto. Oedd 'na chwech ohonon ni wedi mynd i'r *Noble House* 'ma. Do'n i'm yn nabod neb ond 'y ngwraig a do'n i'm yn rhy siwr o honno. O'n i'n reit cîn i neud mêts efo nhw o'r cychwyn cynta os na ffrindia Siân oeddan nhw, ond snyb gesh i bob gafael.

Dwi'n hogyn reit ddistaw yn gwmpeini fodins, ia, a nesh i ddim byd am sbel mond gwrando ar Ben-a-Lun a Gari-a-Carrie yn patro tra ro'n i'n trïo pigo'r sglyfaethod prôns 'na allan o'n sbring-rôl yng ngola piblyd y lantarn Chinese.

'Y'ch chi wedi bod yn yr *Happy Gathering* yn ddiweddar?' medda Ben. 'Mae'n ddiddorol cymharu'r *Cantonese* â'r *Mandarin* on'd yw hi?'

'Wel, sa i wedi profi dim byd gwell na'r *Szechuan* yn Albany Road,' medda Carrie.

'Mm,' medda Ben. 'Mae'u cig-idon-briwedig nhw yn amheuthun. A mae'r cawl-nyth-adar mas o'r byd hwn!'

'Becso ymbytu'r monosodium glucomate odw i,' medda Siân.

'Oes 'na rywun wedi trïo'r Foo-King Fried Rice, oes?' medda fi yn bôrd stiff i drïo codi hwyl. A'r tro 'ma dyma Gari Gwtar Fowr yn chwerthin lond ei fol am na fedra fo ddim peidio. O'n i wedi sylwi bod Gari yn O.K. yn y bar yn gynt. Ella bo fo'n edrach yn dipyn o bons dyddia yma ia, ond ma hi'n anodd tynnu dyn 'ddar ei dylwyth yn enwedig os ydach chi'n dŵad o le mor goman â Brynaman. Fanna roedd Ben Bach wrthi'n baldaruo am yr hosbitols ma *Newcastle Brown* yn eu rhedag i'r alcis sy wedi yfad gormod o'u lysh nhw, pan ddoth y Chink draw i'n syrfio ni.

'Stopia fwydro rwan,' me fi. 'Ma'n well gin rei ohonon ni ei yfad o na malu cachu amdano fo!'

'Itha reit!' medda Gari. 'Clatshwch bant, bois!'

'Pint o' lager,' me fi, 'and a *Monty Lado* sherry.'

'No pint!' medda'r Chink fatha bwlat. 'Cocktail bar!'

Yn ôl y gwynab nath o fysach chi'n taeru bo fi wedi pechu yn erbyn ei grefydd o ne rwbath. Dwi'n siwr Dduw tasa gynno fo *hatchet* yn handi bysa o leia un o 'mysadd i oedd yn pwyso ar y bar wedi'i chopio hi.

'Two halves then,' me fi. 'One cock and one tail!'

O'dd Gari yn glanna chwerthin, ac o'n inna'n gneud ati saith gwaeth wedyn, do'n, wrth bod gin i gynulleidfa. *Probation officer* ydi Gari a mae o'n amlwg yn trin cesus fatha fi bob dydd o'i oes. Ond ma'n beryg na Carrie sy'n gwisgo'r trowsus yn tŷ nhwtha hefyd. Bob tro 'dan ni'n mynd allan ma hi'n gneud yn saff Dduw nad ydi Gari a finna ddim yn ista efo'n gilydd. Sôn am y Radyr Arms, ma Carrie yn meddwl na hi ydi'r Radyr Legs. Ma hi'n ista yn y pybs yn croesi'i choesa mewn sgertia-at-ei-chlunia yn dangos ei chamagara i'r byd mowr crwn. Ma hi'n meddwl bod powb yn sbïo arni hi, ond jest rhag ofn bod 'na neb, ma hi'n admeirio'i hun yn gwydyr bob man 'dach chi'n mynd. Bob tro ma Gari'n bygwth cael laff efo fi ma hi'n sbïo i fyw ei lygad o, cystal â deud na cheutha fo ddim jymp am fis tasa fo'n meiddio.

Heno 'ma o'dd Luned Bengoch wrthi'n siarad bymtheg yn y dwsin fel arfar. 'Dau goch neith gythral,' medda nhw a ma'n rhaid i fi gyfadda na fedra i neud dim efo hon. Pan fydd Siân yn y bog a Ben wrth y bar ne rwbath a ninna ar benna'n hunan, 'dan ni'n ista fanna fatha dau gont gwirion, neb yn deud dim. Ond hi ydi ffrind penna Siân, ia, felly Ben Bach ydi'n ffrind gora fi. O'n i rioed yn dallt Algebra yn rysgol chwaith.

'Ni'n meddwl symud nôl i Gardydd,' medda'r Bengoch. 'On' dy'n ni, Ben?'

'Mm,' medda Ben.

Ma'n nhw'n byw yn Creigia, ryw bentra posh i fyny'n y brynia 'cw rwla lle ma gin bowb dri car. Un i'r gŵr, un i'r wraig ac un wrth gefn, ia.

'O ie?' medda Siân yn gwingo fatha cnonan ar flaen ei sêt.

'Peidiwch â brysio o'n rhan i, del bach!' medda fi wrth yn hun.

'Er mwyn Siriol Haf a Trysor, ti'n gwbod. Yn nalgylch Llanharri ni nawr a fydde lot gwell 'da ni iddyn nhw fynd i Glan-taf.'

Dyma ni eto—run hen stori. Glasiad a hannar o *Monty Lado* sherry a ma'n nhw bownd Dduw o ddechra rwdlan am y byd addysg a'i broblema. Mwydro uffar.

'Ysgol 'di ysgol,' me fi.

'Os nag yw hi'n *ladder* yndefe!' medda Ben Bach.

'Ystol ydi *ladder*,' me fi yn digwydd gwbod yn well na

fo am unwaith.

'Wy cystal sosialydd â neb,' medda Luned, 'ond os na chân nhw fynd i Glan-taf, wy'n hala nhw i Howells. . .'

Gyntad byth byddan nhw'n dechra pwytsho fel hyn dwi'n switsho 'nghontrol i otomatic-nodio a'i g'leuo hi i'r lle swllt a naw ym mhictiwrs 'y mrêns. Beth rhyfadd bod Siân yn gweithio yn *Howells School For Girls* a bo finna 'di gweithio yn *Howells Department Store* stalwm. Pwy oedd yr Howells 'ma? Faint o lefydd oedd pia fo? Dwi'n digwydd gwbod bod gynno fo homar o garej ar Newport Road hefyd.

'Nage Hywel ma'n nhw'n weud yng Ngheredigion twel ond Hiwel,' medda Ben Bach fatha ragarug yn 'y nghlust sbâr i. 'A so nhw'n gweud 'oes' yn Sir Benfro wrth gwrs—'wês, wês' yndefe? Ac yn ddiddorol iawn, 'trwêd' a 'cwêd' maen nhw'n weud yn Llydaw 'fyd twel, nage 'troed' a 'coed'. . .'

'Iesu Grist bach! Be dwi 'di neud i haeddu hyn?' medda fi wrtha'n hun. Pan ddeffrish i oedd Ben Bach ar ei draed yn barod i fynd.

'Reit 'te bois, chi'n set 'te?'

'Set i be?' me fi.

'Cyri yndefe!'

O'n i'n gwbod na'r syniad oedd mynd am gyri ar ôl lysh, ond dim ond hannar awr wedi wyth oedd hi, a dim ond tri pheint o'n i wedi gael!

'Dal dy ddŵr! Prin bo fi 'di glychu 'mhig 'to!' me fi.

'Ni wedi bwco, w!' medda'r Bengoch.

'Sdim isho bwcio yn yr Indian, siwr Dduw!' me fi, 'jest stagrio i mewn pan ti'n chwil!'

'Ddim ryw dwll o take-away yw'r *Indian Ocean,* Gogs. Sa i wedi gweud wrthot ti?' medda Siân.

Un arall o'r llefydd nosh-posh 'ma ydi'r *Indian Ocean.* Ma'n nhw'n taflyd chydig o goconyt a coriander ar ben ych cyri chi er mwyn ych robio chi gefn dydd gola. I feddwl bod Ben-a-Lun a rheina yn trefnu car-bŵt-sêls i Oxfam yn Creigia bob hyn-a-hyn, o'n i'n eu gweld nhw'n chwara efo bwyd yn hun, ia. Wythnos cynt aethon ni i'r *Le Corset* yn Canton am sgram o Ffrainc. O'dd Gari Gwtar Fawr yn deud na talu mwy a mwy am lai a llai ydach chi efo Noel Qui Scene. Dallt dim. Ond gytunish i fynd ar yr amod nad oedd rhaid byta coesa malwod os na 'dach chi isho. Pen-pin o bysgodyn gwyn ar ganol plât, pedair cwsberan, dwy dysan drwy'u crwyn a phisia o letys wedi'u gweu fatha *daisy-chain* rowndyn nhw. Ugian punt y pen, con'! Ugian peint a bagiad mowr o jips a pys slwtsh—dyna fysach chi'n medru gael am y mags yna!

'Mm! Bendigedig,' medda Ben Bach wrth gnoi'r gegiad-gwerth-ffeifar gynta. O'n i'n meddwl siwr bysa fo'n dŵad lond ei drowsus coch nes i mi sbwylio'r cwbwl drw bwyntio at 'y mhlât a gofyn i'r weityr lle oedd y bwyd. Dwi'n nabod con pan dwi'n gweld un ag o'n i'n benderfynol o ddangos i'r Parli Vu bod ni i gyd ddim yn stiwpid. A dwi'n ben-dant yn mynd i sgwennu at y *Good Food Guide*. O'n i'n meddwl na ar blydi *Health Farms* oeddach chi'n talu i gael ych llwgu!

'Have you made a reservation sir?' medda'r Indian wrtha fi yn yr *Indian Ocean*.

'Yes,' me fi. 'I live on one in Radyr.'

I goroni'r noson gesh i'r fraint o ddreifio'r criw yn-dôl i Radyr. Doedd waeth gin i neud ddim 'nelo'r pum peint prin o'n i wedi gael drw nos. A dyna lle'r oedd Ben Bach yn rwbio'i ddwylo fatha hogyn bach wrth osod y bôrd *Trivial Pursuit* ar fwr' gegin yn tŷ ni. Pâr yn erbyn pâr oedd hi, siwr Dduw. Happy blydi Families ffasiwn newydd. Finna'n gwbod dim. Ma Siân yn mynnu na ddim yn trïo ydw i ond co' fatha gogo sgin i, dwi'n cyfadda. Be oedd y Ben Bach 'ma, pyrfyrt? Pa fath o blesar oedd o'n gael o'n leinio fi? Oedd gin i gymaint o obaith yn erbyn *runner-up* 'Pen Bach Cymru' a sgin

Chihuahua yn erbyn Rottweiler.

'Red Rum is the only horse to have won the Grand National three times...'

'Hwre!' medda fi tu fewn a dechra cyfri 'nghywion. O'n i'n gwbod byswn i'n cael rwbath taswn i'n sticio at y 'Sport and Leisure'. O'n i'n gwbod y jocis, a'r treinyr a'r flwyddyn a bob dim...

'...what weight was he carrying on each occasion?'

Dyma 'nghalon i'n sincio fatha angor Sam Cei i waelod afon Menai.

'On'd yw 'Triv.' yn grêt?' medda Ben a phiso chwerthin am 'y mhen i. 'O'n i'n whare dag Aelod Seneddol o'r Cymoedd un tro, ag oedd y bat ddim yn gwbod beth oedd ystyr I.Q.!'

O'n i'n gneud 'y ngora glas i guddiad 'y ngheg gam achos o'n i'n teimlo fatha'i sbydu hi o 'na a beichio crïo.

'So ti'n cymryd y gêm hyn *o ddifri* wyt ti?' medda fo wrth sylwi 'mod i wedi llyncu mul.

'Na dw i, siwr Dduw!' me fi'n palu clwydda. Be wydda fo 'mod i'n gweddïo efo'n holl enaid bysa'r shandylier gwydyr 'na oedd wrth ei ben o yn syrthio lawr o'r seilin a smashio'i ffycin sgyl o'n deilchion?

'O! Wy wedi danto ar y gêm hyn!' medda Siân.

'O!' medda Ben fatha babi-mami. 'Dim ond un segment arall o'n i ishe!'

Ond chwara teg i Siân am gymyd trugaredd arna fi. O'dd hi'n gwbod bysa newid y record yn tynnu sylw'r cedor 'ddar y gêm.

'A! *Brothers in Arms!*' mo a dechra gofyn cwestiyna iddo fo'i hun a'u hatab nhw ar yr un gwynt.

'Record yr Wythdege!' mo. 'Be sy'n neud Dire Straits yn grŵp mor arbennig? Wel, maen nhw'n Dylanesque wrth gwrs, sy wastad yn help 'da ni blant y Chwedege... Ife'r ffaith bo nhw'n gerddorion gwell na'r rhelyw o grwpie roc? Ie, ie. Hynny i gyd wrth gwrs. Ond yn bennaf oll y ffaith eu bod nhw wedi dal *nuance* yr oes wy'n credu. Ma fe'n beth od on' dyw e? Ym 1969 geson ni 'Myn Duw Mi a Wn y Daw' wrth Dafydd Iwan. Ym 1979 da'th 'Ethiopia Newydd' wrth Geraint. A nawr yn '89 ma 'da ni 'Nigger Boy John Boy' gan Steve Eaves. . .'

Ma 'na rei gwell na'r boi yna yn Denbi. Lle oedd o'n feddwl oedd o, ar stej? Pum peint a mae o'n honco bost ma hi'n amlwg. Mwya sydyn dyma fo'n codi ar ei draed a dechra bwrw drwyddi fatha pregethwr cynorthwyol.

'Gollwng ef yn rhydd!' mo. 'Gollwng ef yn rhydd! Mi a gefais Iawn!'

Fysach yn taeru bod y diawl ar drygs ne rwbath.

'Mae'n OK,' medda Siân wrth 'y ngweld i'n sbïo'n wirion. 'Ma fe'n grediniol taw fe o'dd Jubilee Young tro dwetha rownd.'

'Christmas Evans, w!' medda Luned Bengoch.

'Philip Jones, Penarth!' medda Ben Bach drosto'i hun.

'Huw Jôs Ned!' medda fi, 'a Duw dros bawb.'

Oes rhyfadd 'mod i'm mynd ohoni, oes? Ma'r para dosbarth canol 'ma'n 'y ngneud i'n wirion. Fi yn paranoid a hwn yn para-normal. . .

Noson honno a'th Siân a fi i fyny'r grisia yn *chums* mowr. O'dd hi'n gwbod cystal â fi bod y Ben Bach 'na'n rhy fowr i'w sgidia weithia. Maen nhw'n deud bod cyri yn Affro Dizziac a rhwng hynny a'r ffaith bod Siân yn gwisgo ryw bra-an-pantis silci efo hollt ar hyd ei hafl, mi ddylsa fod yn ddigon i godi min ar ddyn dall, ond doedd waeth i mi heb â bustachu. Beryg na mynd am analysis fysa raid. Esh i'n chwys oer drosta wrth feddwl. Ma 'na dai newydd lawr lôn 'cw o'r enw Radyr Cheyne. Rownd 'y nghoesa fi, ia? Sori Siân bach, nath y bondej 'ma rioed ddim byd i mi.

Mi ddeudish bod gin i gur yn 'y mhen, troi 'nhin a mynd i gysgu.

A ghetto nid myfi

Gemini ydw i. Dydw i ddim yn coelio'r malu cachu uffernol 'na sy'n yr Horror-sgôp a dydw i ddim yn ddauwynebog chwaith. Ond fydda i'n meddwl weithia yn ddistaw bach ella bod 'na rwbath ynddo fo. Ma gin i yn ben-dant ddau bersonoliaeth. Neith un ddim deud bw wrth neb ond neith llall, sy'n dŵad i'r fei ar ôl tua deg peint o meild, ddim cau'i blydi brep. Hwnnw sy'n yn landio fi mewn trwbwl ran amla.

O'n i wedi bod yn gwrando ar Ben-a-Lun yn mwydro yn y Tŷ Nant un noson gymaint o selebritis oeddan nhw'n eu nabod yn y Media City Gaerdydd 'ma. Dydi Siân ddim fel 'na, ma'n rhaid i mi ddeud. Gath hi ei magu'n eu canol nhw yn Ysgolion Bryn Taf a Rhyd-y-felan. Rarglwydd, toedd 'na tua dwsin o awduron, actorion, a chantorion o fri yn camdrin y *Bunsen Burners* yn yr un gwersi cem â hi am flynyddoedd, a ma'n siwr bo chi yn tueddu i gymyd y petha 'ma yn ganiataol wedyn, yndach? Nesh inna rioed ddim ffys o gwbwl ynglŷn â'r ffaith 'mod i nabod Wyn Davies o dre 'cw er bo fo'n chwara ffwt i Man U.

Ond cofis wlad ydi Ben-a-Lun ylwch. Pobol sy wedi denig o'r ogla tail, wedi landio ar eu traed ac yn methu coelio'r peth rwsut. Fedran nhw ddim madda brolio a dangos eu hunan bo nhw'n troi yn y cylchoedd iawn. Oeddan nhw'n mynd ar yn nyrfa fi go iawn a fuo'n rhaid i'n Walter Ego fi, chwadal Siân, gael tynnu arnyn nhw.

'Ydach chi'n nabod Hwal Gwynfryn, 'ta?' me fi.

Dyma'r ddau'n sbïo ar ei gilydd cystal â deud: 'Pwy ma hwn yn feddwl ydi o?' Mi nesh inna ati'n saith gwaeth wedyn, i raffu clwydda. Ond un peth amdana fi, dwi'n ormod o biwritan i balu clwydda noeth. Mi oedd 'na rwfaint o wir yn y peth. O'dd gin i ddigon o wynab ryw dro i fynd i fyny at Hwal Gwynfryn yn Asteys a gofyn iddo fo am ei otograff.

'Sori i styrbio'ch stêc-an-cidni chi,' me fi 'ond fysach chi'n meindio seinio'r botal wisgi 'ma i mi?'

O'n i wedi mynd i deimlo'n dipyn o lanc deud gwir wrthach chi, fatha taswn i'n coelio'n stori'n hun ond buan y daeth hi'n nos arna i.

'O gwd, ti'n nabod Hywel!' medda Siân. 'Fyddi di'n O.K. yn y Twmpath nos Wener,'te!'

Oedd Siân wedi bod yn hwrjo'r Twmpath Dawns 'ma i mi ers oesoedd, a finna'n strancio yn erbyn—gwbod cymaint o siop siafins fysa fo. I be ma rhywun yn gneud croes iddo fo'i hun, dwch? Fuesh i'n cachu plancia am wsnos, ofn iddyn nhw i gyd ffendio allan na mwydro o'n i am Hwal Gwynfryn. Does 'na ddim byd gwaeth, nag oes, na chael ych dal yn ffegio?

A fanna ro'n i yng Nghlwb y Cardiff High Old Boys yn Ystum Taf yn flin fatha cacwn. Does gin i'm tamad o help—dwi'n gwbod mod i'n gon' blin pan ma'n nyrfa fi'n rhacs 'de. . .

'Cwbwl o'n i isho rioed oedd llonydd i fod yn fi'n hun,' me fi. 'A'r cwbwl dwi'n gael o bob man ydi'n hwrjo i fod yn rwbath arall. . .'

'Wedi dwgid 'na wyt ti,' medda Siân, 'mas o *Maggie's Farm* Bob Dylan.'

Oedd hi'n gall, oedd? Yr unig gân dwi'n wbod gin y sglyfath hwnnw ydi *Knockin on Heaven's Door* ac yn ôl y nada o'dd o'n neud fyswn i'n meddwl na dal i gnocio mae o hefyd.

Be o'n i'n neud yn fan hyn ar nos Wenar? Dyna be o'n i isho wbod.

'So ti'n credu dylse ti gefnogi'r bywyd Cwmrâg?' medda Siân.

O'n i'n cytuno bod y Twmpath Dawns Ysgol Feithrin yr Eglwys Newydd 'ma'n Gymraeg, ia, ond fyswn i ddim yn ei alw fo'n fywyd, chwaith. Ro'n i'n ista fan hyn mewn honglad o glwb mowr oeraidd efo canhwylla ar y byrdda i drïo'i neud o'n fwy romantic. Ond hôps mul. O'dd y sŵn consart-tina a'r feiolin yn 'y myddaru fi ag o'dd y Clocsiwrs Nant Carw 'ma yn ddigon a chodi'r felan ar rywun.

'Mae digon o win yma i ti. . . digon o gawl. . . Beth arall ti'n moyn?'

'Cwmpeini,' me fi er bod y lle'n llawn o bobol. O'dd hi'n iawn iddi hi, oedd hi adra, ond o'n i'n teimlo i'r byw na fi oedd yr unig go dre yn Gaerdydd.

I goroni'r cwbwl, o'n i rioed wedi tastio lobscows gwaeth yn 'y mywyd. Ac erbyn dallt, doedd dim rhyfadd, nag oedd? O'n i'n clwad wedyn bo nhw wedi iwsho'r sglyfath cennin 'na fydda Max Boyce yn gario o gwmpas stalwm. Mwy o fwyd gwningan byth, ia? O'dd na ryw foi pen moel yn gneud dawns y glocsan dros botal win a channwyll yn ola ynddi hi. Be o'dd o'n drïo neud? Profi bo fo'n sobor ne be?

'Mm. Hyfryd,' medda Ben Bach wrth weld y boi'n gneud ei ora glas i dorri'i lengid. 'Maen nhw'n mynd mas i America ti'n gwbod. . .'

'Gora po gynta!' medda fi wrtha'n hun. 'Gobeithio arhosan nhw yno!' Trwbwl efo downsio gwerin ydi bo fo uffar o ddim byd i neud efo'r werin. Union fatha gweddill y malu cachu Cymraeg ffor' hyn.

O'n i wedi bod yn-dôl at y Cwac Cymraeg 'nw yn Radyr. Toedd y tabledi haearn B.P. wedi gneud dim imi ar wahân i 'ngneud i'n rhwym. Erbyn hyn dwi'n meddwl bod Siân yn poeni mwy am y peth na fi. O'dd hi'n llwyd ag yn wantan, ac o'dd hi'n colli rysgol o leia unwaith yr wsnos ar y sic. Ma'r *Howells School For Girls* 'na yn ddigon a gneud neb yn sâl dwi'm yn deud ond oedd hyn ddim fatha hi. Felly, mi esh yn-dôl at y Doctor Cwac i dawelu'i meddwl *hi* yn fwy na dim.

'Chi'n gwbod beth *wy'n* feddwl, Mr Jones?' medda'r Doc. 'Wy'n grediniol taw beth sda ni man hyn yw enghraifft glasurol o sioc diwylliannol. . .'

'Gymra i'ch gair chi,' me fi.

Ond yn sydyn dyma fo'n plygu drosd ei ddesg a sbïo i fyw'n llgada fi fatha tasa fo biti drosta fi.

'Gwedwch y gwir wrtha i nawr, Jôs—y'ch chi'n cael llawer o gyfle i siarad Cwmrâg?'

Fuo jest i mi fyrstio chwerthin yn ei wynab o. Ers y dwrnod y collish i'n rhyddid dwi ddim wedi cael dim byd mond Cymraeg! Siân a Luned Bengoch ydi Ayatollah Khomeinis Y Petha ffor' hyn!

'Be yn hollol ydi'r 'petha' 'ma?' medda fi wrth Siân ryw noson ar ddechra'r caethiwed.

'Wel, y gweithgaredde sy'n yn gneud ni'n wahanol fel Cymry,' medda hi ar ôl sbel.

'Fel be?' me fi.

'Barddoniaeth, cerdd dant, canu penillion, downsio gwerin, core, steddfode. . . Ti'n gwbod y math o beth.'

'Yndw,' me fi, 'a fedra i ddim diodda dim un wan jac ohonyn nhw!'

'So ti rioed wedi trial lico nhw!'

'Dwi'm isho, chwaith.'

'Twt! Ti'n swno fel yr hys-bys *Guinness* 'ny!'

'Be?'

'I don't like it—cos I never tried it!'

Trystio honna i daflyd lysh yn-dôl yn 'y ngwynab i. O'dd gin i ddim troed i sefyll arni, nag o'dd, a fuo raid imi ddiodda dôs go hegar o'r 'petha' 'ma am fisoedd. Fuesh i'n danfon Siân i'r côr at Merchaid y Garth bob wsnos. Powb mewn iwnifform côr, ia, yn gafael yn nwylo'i gilydd tu nôl eu cefna fatha babis. Bob tro oeddan nhw'n cystadlu o'n i'n gobeithio bysa rhywun o'r

Gogladd yn eu leinio nhw'n iawn. Ond toedd y cedors yn breibio'r beirniad ne rwbath bob gafal. O'n i fatha grwpi'r côr yn eu dilyn nhw o gymanfa i gymanfa bôring a nhwtha'n 'y nhrin i fel mascot.

'Chi'n joio cerdd dant, te?' medda'r boi 'ma wrtha fi, 'ngweld i yno mor amal ma raid.

'Wrth 'y modd, sti,' me fi. 'Dwi di chwara *Merch Megan* geinia o weithia!'

Nath o ddim hyd yn oed gwenu.

'Watshia i dy wynab di gracio,' medda fi wrth yn hun, wrth ei weld o mor gyndyn i chwerthin. Be wyddwn i na gweinidog oedd o?

Fuesh i'n ista fatha lemon yn Theatr y Showman yn gweld *Y Cylch Sialc*. Sioe sycha welish i rioed, ond be 'dach chi'n ddisgwl gin foi a'i enw fo'n Brych, ia? Ond o'r holl falu cachu i gyd y peth dyfara nes i rioed oedd mynd i wrando ar ryw gêm eiria stiwpid *Gair i Gall* yn Clwb y Dwrlyn Penturk—neud brawddega'n dechra efo'r un llythrenna a deud 'Rowlio Lowri lawr yr allt' heb faglu a ballu. Chwara plant uffar a trïo'i alw fo'n farddoniaeth!

'O's englyn digri 'da chi?' medda'r boi 'ma wrtha fi.

Wrth lwc, mi ro'dd Bob Blaid Bach wedi dysgu un i mi ryw dro.

'Sŵn dŵr yn sain daro,' me fi wrtho fo. 'Meri ar y pot yn. . .'

'Be chi'n feddwl yw man hyn?' medda'r boi'n gynddeiriog. 'Sod'em a Gomora?'

'Chwara teg i Ddic!' medda fi wrth Siân i ddangos iddi 'mod inna'n gwbod dipyn am gerddi go iawn. 'Dydi powb ddim yn gwirioni run fath, nadi?'

'Wel, ma crigyn o bethe'n mynd mlân heblaw'r 'Pethe' cofia,' medda Siân pan sylweddolodd hi o'r diwadd nad oedd gin yr hogyn ddim mynadd o gwbwl efo'r mwydro 'ma. 'Ma Clwb Pêl-droed yn yr Aelwyd, mae Clwb Ceilys yn Ifor Bach. . . Mae pob math o gymdeithase Cwmrâg i gal 'ma heddi! Beth ti'n moyn neud?'

Dyna be oedd hi ddim yn ddallt, 'de. O'n i'm isho 'neud' dim byd. Isho 'bod' o'n i fatha boi naturiol yn mynd o gwmpas ei betha bob dydd. Ond does 'na ddim ffasiwn bobol yn Gaerdydd wedi mynd. Ma powb mor brysur yn trïo dangos bod y Cymry'n sbeshal, maen nhw wedi anghofio be 'di blydi wel byw!

'Yma ym Morgannwg ma dyfodol yr iaith nawr tweld,' medda Ben Bach wrtha fi yn y Twmpath.

'Ti'n meddwl?' me fi.

'O, ie,' mo. 'O't ti'n gwbod bo mwy o Gymry'n byw yn Gaerdydd na sy yn Gaernarfon?'

''Na chdi ddangos gymaint o glwydda ma ffigyra'n ddeud 'de,' me fi wrtho fo.

Ar adega fel hyn o'n i'n hannar dyfaru na fyswn i wedi priodi Pegi Wyn i'r diawl a magu teulu yn Gynarfon 'cw. Adra yn dre o'dd ddim rhaid i chi smalio bod yn glên efo powb jest am bo nhw'n siarad yr un iaith â chi. Iesu Gwyn, toedd hogia Sgubs byth yn mynd ar gyfyl snobs St. David's Road siwr iawn! Yr unig amsar o'n i byth yn mynd yna oedd i chwara noc-dôrs ne i sgratshio'u ceir nhw yn twllwch. Nath yr hen go ddim siarad efo Llew drws nesa am flynyddoedd am bo fo wedi nabio'i riwbob o ryw dro. Deud y gwir yn onast, oedd hi'n edrach i fi fatha tasa'r riwbob wedi cael ei eni ar ochor Llew i'r ffens ond bo fo wedi dewis denig drw'r weiar-netin i fyw yn rar' ni. Ta waeth, ddaru nhw ddim torri gair am saith mlynadd nes a'th yr hen go yno i gydymdeimlo efo tun samon a dau dun *peaches* ar ôl i dad Llew syrthio dan lori McAlpine ar y North Caernarfon By-pass. Ond o leia ma pobol dre yn hiwman, yndyn?

Dwrnod o'r blaen o'n i'n gneud y gwlau yn llofft a dyma fi'n switsho'r weiarles i gael cwmpeini. Music

While You Work ne rwbath, ia. Ma gin Siân set radio yn bob rŵm yn tŷ 'cw a bob un wan wedi'u tiwnio i *Radio Cymru*. O'n i ar fin ei droi o i rwbath callach pan sylwish i bo fi'n nabod y llais. O'dd Ben Bach yn cael ei holi gin ryw fodan! O'n i'n dyfaru wedyn bo fi wedi gwrando ar y program achos fuo rhaid i mi wrando eto ar yr ail-ddalledu am hannar awr wedi chwech ryw noson arall er mwyn i nacw gael glwad o hefyd. O'dd sgwrs stêl yn gneud i'r lentil fflan dastio'n waeth byth. Ond o'dd hi'n hwyl clwad Ben yn rhoid uffar o ram-dam iawn i'r Eric Boobier 'ma, ryw dwat o dwrna o Bontypridd.

'Adain Dde'r Blaid yw Eric twel,' medda Siân. 'Aelod o'r Hydro Grŵp. . .'

'O, ia?' medda fi'n dallt dim.

'Toriaid Cwmrâg y'n nhw,' medda hi eto. Oeddan nhw yng ngyddfa'i gilydd go iawn, yn cega ag yn taeru a hynny fedra'r Bethan Killfoil 'ma oedd nadu nhw ladd ei gilydd. O'dd hi'n amlwg bo nhw'n casáu gyts ei gilydd a finna am unwaith gant y cant tu nôl i Ben. Tarian y Gweithiwr, ia!

'Ti'n swnio'n dda ar weiarles!' medda fi wrth Ben pan gesh i bum munud o lonydd i siarad gin y consart-tina yn y Twmpath.

'Wel 'na fe. Ma fe'n ychwanegu tipyn at y Kudos twel,' medda Ben. Mi gymish i na enw posh am fags oedd Kudos.

'Faint gest ti felly?' me fi yn jelys braidd. 'Nesh i rwbath i *Radio Cymru* stalwm a ches i ffyc-ôl am 'y nhraffath.'

Sbïodd Ben Bach yn wirion arna fi cyn mynd yn-dôl i'w sêt a dyna lle'r o'n i ar ben yn hun yn nelu fel peth gwirion rhag ofn bod yr Hwal Gwynfryn 'na o gwmpas. Ddoth Gari Gwtar Fawr draw at y bar a dyma fi'n canmol Ben yn ei gefn o.

'Basdad ydi'r Boobier 'na, 'de,' me fi. 'Ond mi roth Ben ddau dro am un iddo fo.'

'Se ti'n meddwl bo nhw o ddifri'n byddet ti?' medda Gari.

'Be ti'n feddwl?' me fi.

'Ma'r ddou'n agor y bato gyda'i gilydd i Glwb Criced Clwb y Bont, w!'

Dwi'n byw mwy a dallt llai bob dydd a ma raid bod 'na olwg 'be-wna-i?' arna i. Mi roth Gari bwniad imi i 'neffro fi.

'Caled yw hi, achan,' mo.

'Be?' me fi.

'Cala eliffant a chwnnad arni!'

O'n i'n meddwl 'mod i ar fin dechra cael hwyl o'r diwadd ond mi ddoth Carrie Radyr Legs draw i gipio Gari o' rwtha fi, 'fath yn union ag arfar.

Dwi'n grediniol bellach bod Ben Bach yn sgut-so-ffrenig, ne bo fo ar drygs ne rwbath. Ar un gwynt oedd o ar gefn ei geffyl yn hwrjo'r Mudiad Gwrth Apartheid—pobol sy'n helpu'r dynion duon yn Sowth Affrica drw wrthod prynu'u bananas nhw a ballu. Dyma fo'n saliwtio'r awyr efo'i ddwrn de a gweiddi dros y wlad.

'Amanda! Amanda! Amanda!' mo.

O'n i'n dechra meddwl bo gynno fo ryw bishyn ar y slei ne rwbath ond mi eglurodd Siân na gair Affrica am 'ryddid' ydi o. 'Dach chi'n dysgu rwbath bob dydd, yndach?

Ond munud nesa dyma fo'n sobri drwyddo a dechra gafal yn 'y mraich i a sôn am ei handi-cap yn y clwb golff crach 'na sgynnyn nhw yn Radyr. A'th o â fi lawr i'r *nineteenth-hole* un noson tra oedd Siân a Lun allan yn Six Bells Cwm Rhymni yn recordio'r boi dwutha sy'n siarad Cymraeg yn naturiol yno ar gyfar ryw noson 'Llafar Bro' ne rwbath yng nghapal Minny Street, Cathays. Wel, alla i'ch sicrhau chi na fi ydi'r unig foi sy'n siarad Cymraeg naturiol yn Clwb Golff Radyr hefyd. Do'n i ddim am droi 'nhrwyn ar beint, ia, ond sôn am dwll. Llond lle o ddiawlad gwirion. Uffar ar y ddaear, ia?

Ond be 'dach chi'n ddisgwl, 'de? Yr unig rei fedar

fforddio chwara golff mor amal ydi cedors lwcus efo amsar ar eu dwylo yn pnawnia fatha tîtshyrs, con-men insiwrans, a rogars fatha twrneiod a reps ne baraseits telifishyn o'r docia 'cw. Sgeifars uffar sy'n rhy ddiog i neud dwrnod cyfa o waith. Welish i beth mwdral o wyneba cyfarwydd o'r BBC yn Llandaff yno, a hawdd medrith rheiny ddojo gwaith efo'u bosus nhw'n bell i ffwr' yn Shepherd's Bush yn Llundan.

'Sa i wedi gweud wrthoch chi ymbytu Jac Tyllgoed yn y Clwb!' medda Ben Bach yn barod i'n bôrio ni efo 'Tale of the Expected' arall o'r byd golff cyn i'r Nant Ceirw ddechra ffidlian eto.

'O'dd gwraig Jac wedi ordro carped shag-peil i'r stafell fyw. Fydd hon o ddiddordeb i ti Gron. . .' mo a rhoid pwniad i mi, gweld 'mod i'n pendwmpian yn barod. 'O'dd e wedi'i ffito a bob dim pan ddoth Jac gatre a chal ffit biws. "Shwt yffarn ti'n dishgwl i fi bracteiso'n byto ar hwn?" mynte fe a goffod i *Allied Carpets* fynd i ôl e bore trannoeth! Wir i chi nawr!'

Mi fydda i'n clwad honna ar weiarles am hydoedd rwan. Ella na darlithydd ma Ben Bach yn galw'i hun ond mae o'n fwydryn proffesiynol hefyd 'sach chi'n gofyn i mi yn ôl y mags mae o'n ei neud ar y radio a'r teledu 'ma. Dyna ydi'r trwbwl ffor' hyn. Bob man 'dach chi'n mynd, bob Noson Lawen geiniog a dima, bob Cyngerdd Mawreddog rhech 'dach chi'n mynd iddyn nhw, ma 'na rwbath yn barod i sticio meicroffon o flaen ych trwyn chi ne nelu camera amdanoch chi. Digwydd mynd am beint distaw i'r Lewis Arms Tongwynlais bora o'r blaen ar ôl gwllwng Siân mewn arddangosfa llunia ryw Arthur Meils yn y Tanyard pan ddoth 'na ryw foi efo *earplugs* draw i'n nadu fi.

'Stop right there pal!' mo. 'We're on cue!'

'There's no queue for the pub!' me fi.

'The Lewis is the Deri Arms on Bubbly Cwm. We're about to record, you prat!'

'Prat yourself!' me fi a chario mlaen. 'What d'you think this is? A fuckin' museum or something?'

Ma 'na lot o bobol wedi gofyn i mi sut cesh i 'mhig i fewn fatha ecstra ar *Pobol y Cwm*.

O'dd 'na ryw hen wraig run oed â Nain Nefyn yn siarad ar *Tri Deg Naw Deg* bora o'r blaen. O'n i'n dechra meddwl bod nhw ar fai rhoid y greadures bach ffwndrus o flaen meic o gwbwl ond munud nesa dyma hi'n dechra canu myn diawl! Sôn am sŵn was bach, fatha record wedi cracio, ia? Ond be o'dd hi'n ganu, os oedd ych clust chi'n ddigon main i nabod hi, oedd 'Hiraeth am Gaernarfon'. Oedd 'na rwbath ynglŷn â'r geiria a'r llais hen fatha pechod 'ma—llais ddylsa, yn ôl trefn naturiol petha, fod yn canu yn y Nefoedd erbyn hyn. Dwi'n fodlon cyfadda bod 'na ddeigryn wedi dŵad i'n llgada fi, a buan roeddan nhw'n powlio i'r bwcad *Lux*. . .

'Peidiwch wir! Peidiwch!' medda'r Doctor Cwac oedd yn gorfadd i lawr ar ei gowtsh du ers meityn yn beichio crïo'i hun. 'Wy wedi clywed digon! Wy'n gwbod nawr bod 'y neiagnosis i'n gywir!'

'Ond sut ma sioc diwylliannol yn effeithio ar 'y nghoes ganol i?' medda fi a sbïo'n wirion arno fo.

'Mr Jones bach,' mo a sbïo ar ei watsh. 'Mae 'na hanner cant o bobol yn udo am 'y ngwaed i'n y stafell aros 'na! Chi wedi bod miwn 'ma am ddwyawr yn barod!'

'Oes 'na ffisig i gael?' me fi yn benderfynol o gael rwbath o'i groen o ar ôl patro mlaen am gymaint o amsar.

'Pwy sy'n dwyn y Brenin adra?' mo. 'Dewch i'w hebrwng ef yn awr!'

'Be?' me fi.

'Seiciatrydd!' mo a chuddio'i ben yn ei ddwylo. 'Wy'n credu dwa i 'da chi!'

O'dd hi'n amlwg bod y boi'n teimlo'n fflat uffernol ag

yn barod i lechio'i hun dros Bont yr Ynys i Afon Taff.

'Mae hiraeth arnaf am y wlad!' mo.

At bwy ma doctor i fod i fynd pan mae o'n sâl? Y? Dwi'n gofyn i chi!

'Peidiwch â phoeni amdana i,' medda fi a rhoid blancad drosto fo. 'Gewch chi nhwrn i ylwch. Nesh *i* rioed roid mewn i'r felan.'

To'n i wedi gwrthod yn lân cymyd *Valium* pan adawodd Belinda fi stalwm? To'n i wedi gwrthod cymyd tabledi cysgu noson cyn cnebrwn Taid Nefyn? Ma 'na nerth i'w gael o rwla, chwadal Nain, a tawn i'n marw'n y fan 'ma, fuesh i fawr o dro cyn cael leiff-lein tro 'ma hefyd. Megis manna o'r nen un dwrnod dyma fi'n taro ar un o'r hogia.

* * * * * *

O'dd Siân wedi mynd i'r côr yn y car ac o'n i wedi gaddo'i chwarfod hi yn Clwb y Bont ar ôl iddyn nhw orffan. Maen nhw'n deud bod ryw grinc dwl wedi bildio'r clwb yn rhy agos i'r afon a bob tro ma'r Taff yn codi ma'r selar yn boddi. Sna ddim byd gwaeth na pyb sych dwi'm yn deud ond ma peth fel hyn yn wirion, yndi? Gymish i'r trên i fyny o Radyr a fysa ddigon hawdd pysgota o'r ffenast yr holl ffor' blaw bod yr afon mor fudur.

'Single to Ponty,' me fi wrth y gard. Er, fysa waeth i mi ddeud rityrn ddim tamad achos run faint mae o'n gostio. Lojic British Rail, ia?

'You from North Wales, aye?' medda'r gard.

'Duw, lle ti'n dŵad?' me fi.

'Talysarn,' mo. 'Once upon a time, yeah.'

O'dd y boi wedi prodi ag yn byw yn Llanrumney ers oes pys ac yn deud bod 'na neb yn Gaerdydd yn siarad Cymraeg. O'n i'n gwbod yn iawn be o'dd o'n feddwl. Os 'dach chi'n mynnu aros yn y Good Companions a'r Fox & Hounds a'r Carpenter's Arms a ballu chlywch chi ddim

Cymraeg o rwan tan ddiwadd y byd. Concrit jyngl allan yn y weilds ydi Rumney i gyd.

'Lle ma dy local di?' me fi.

'Llanrumney Hall,' mo.

Llanrumney Hole? Dyma fi'n cofio'n sydyn am y stori o'dd Siân wedi ddeud wrtha fi, bod Harri Morgan y môr-leidar wedi prodi merch y lle ac wedi byw yno am sbel. Mi alwodd o'i garta yn Jamaica yn Llanrumney a bob dim. Ddeudish i'r stori i gyd wrth Twm ac oedd o wrth ei fodd bod 'na o leia un Cymro arall wedi twllu'r lle—tri chan mlynadd yn-dôl ne beidio. O'n i'n cael cymaint o flas ar ddysgu'r boi am hanas ei byb, o'n i'n teimlo bo fi cystal tîtshyr â Siân 'cw, ia!

'Wst ti *Capten Morgan's Rum?*' me fi yn dechra romansho eto. 'Dyna ydi'r *rum* yn Llan-rum-ney, sti.'

'Esu! Biti na fysan ni'n medru troi'r cloc yn ôl, 'de?' medda Twm. 'Cymraeg o'dd y lle 'ma i gyd un tro, ma raid!'

Ond pwy fedar droi'r cloc yn-dôl, ia? Rwbath ma raid i chi chwilio amdano fo fatha nodwydd mewn tas wair ydi Cymraeg yn Gaerdydd heddiw. Ma 'na rei sy byth yn ffendio fo, ma 'na rei sy byth yn trïo a ma 'na rei erill fatha fi sy'n dyfaru bod nhw wedi traffath. . . Ond be o'n i'n cwyno, ia? O'n i'n frenin i Twm, druan, do'n?

Dyma fo'n dechra'n holi fi fel diawl lle o'n i'n yfad yn Gaerdydd a ballu. A gwaetha fi'n 'y nannadd, dyma fi'n dechra brolio cymaint o betha Cymraeg oedd yn mynd mlaen yma.

'Iesu!' medda Twm. 'Sut ma ffendio allan pryd ma'r petha 'ma?'

Dyma fi'n crafu 'mhen a meddwl am funud.

'Glywist ti rioed sôn am *Y Dinesydd?*' me fi.

'Be 'di hwnnw?' mo.

'Papur Cymraeg y lle 'ma,' me fi. 'Fatha'r *Herald* wsti. . .'

Caernarvon & Denbigh yn Susnag fyddan ni'n gael yn

dre bob amsar ond o'n i'n meddwl bysa fo'n dallt yn well 'swn i'n deud *Herald* achos na co' wlad oedd o, ia?

'Chlywish i rioed sôn amdano fo,' medda Twm a dwi'n byw 'ma ers pymthang mlynadd!'

Synnu dim, yn Duw. Ma'r *Dinesydd* 'na wedi gneud ei ora glas rioed i beidio cyrraedd hogia fatha Twm a fi, yndi?

'Neith hi beint ryw noson?' medda fo.

'Saff i ti!' me fi.

'Dwi isho *conducted tour* o'r llefydd Cymraeg 'ma i gyd, OK?'

Ond fanna fuo raid i fi fac-tracio chydig, ia, a cyfadda na pobol fowr gachu oedd yn rhedag y sioe yma. O'n i'm isho'i siomi fo a fynta'n meddwl bo fo wedi cyrraedd y lan ar ôl pymtheng mlynadd, ond be nawn ni?

'Sowth Welians ydyn nhw, mwn,' medda Twm wrth 'y ngweld i'n nogio.

'Be arall ti'n ddisgwl yn Sowth?' me fi yn groendena braidd. 'Sowth Welian dwi 'di brodi, sti.'

'O ia?' mo. 'Ti'n dallt hi?'

'Wel, dwi'n dallt be ma hi'n ddeud, 'de. . .' me fi ond oedd hi'n stori hir, doedd?

Ond o'dd hi'n amlwg na fi oedd Man Friday Twm Talsarn ar Desert Island y De 'ma. Fedrwn i mo'i adal o lawr yn hawdd iawn, na fedrwn?

'Yli—mi wn i am le grêt i fynd,' me fi.

'Champion!' mo â'i bensal yn barod.

'Fysa'm gwell i ti hel dy dicedi Twm?' me fi.

O'dd o wedi bod yn siarad efo fi ers oes mul a dwi'n siwr bod 'na doman o bobol yn mynd allan heb dalu. O'n i'n dechra dallt rwan pam bod hi mor uffernol o anodd talu ar trêns ffor' hyn. Tro cynta esh i ar y lein 'ma, esh i fyny at bortar ar steshon Ponty a chynnig talu ar ôl cyrraedd. Nath o sbïo arna fi fatha 'swn i'm yn gall.

'What are you, pal?' mo. 'An inspector or something?'

Dwi'n cofio reiat ar Maes un tro am bod *Crosville* 'di

stopio'r bys dwutha i Lanbabo ar nos Sadwrn. O'dd y bys bob amsar fatha tun sardîns yn llawn o hogia chwil gachu yn hongian allan o ffenestri, ond yn ôl y ffigyra ar y mashîn ticedi o'dd neb byth yn iwsho fo. Blydi condyctor oedd yn sbachu'r mags, ia!

'Iesu Grist, lle 'dan ni?' me fi. 'Dwi'm 'di gweld y steshon yma o'r blaen!'

'Mam bach! 'Dan ni wedi pasio Ponty!' medda Twm.

Dyma fi'n sbïo ar y platfform a gweld TREORCI. O'n i'n gwbod na yn côr oedd Siân, ond ddim blydi Côr Treorci oedd o chwaith!

Dyma fi'n neidio allan ar y platfform jest cyn i'r trên gychwyn, troi 'nhroed a landio ar yn hyd ar lawr.

'Wela i di!' medda Twm nerth ei ben o'r trên.

'Pryd?' me fi.

'Mewn ryw ddeng munud. Ma hon yn troi rownd yn Treherbert. Rown ni lifft yn ôl i chdi!'

* * * * * *

Tasa 'na glwb Cymraeg yn Gaerdydd pan o'n i'n fengach fyswn i yno bob nos, saff i chi. Fysa'r hogia wedi medru rhoid eu pres at achos gwell na'r piso cath *Whitbread Trophy* 'na o'ddan nhw'n syrfio yn y New Ely. Ond dydi pobl ifanc heddiw ddim yn gwbod eu geni na 'dyn? Er bod gynnyn nhw glwb ar blât reit yn ganol Gaerdydd o'n i'n clwad bod 'na lot o'r *Yuppies* Cymraeg ifanc 'ma yn ormod o snobs i fynd 'na.

O'n i wedi bod yn Clwb Ifor Bach o'r blaen ond y trwbwl oedd bo fi'n rhy chwil i gofio lot am y noson. Mynd i weld drama Saunders Lewis i'r llofft neuthon ni, ond o'dd gofyn oelio'r pwmp reit dda cyn mynd ne ma'n beryg bysa'r hen injan 'ma sgin i wedi stopio'n stond fwy nag unwaith cyn i'r Gwilym Bresys 'na gael ei grogi am fynd ar gefn Siwan. Do'n i rioed 'di bod yn bar lawr llawr, ond ar yr êl efo Twm Talsarn o'n i heno 'ma. O'dd hi'n grêt meddwl bod 'na hogia i gael yn Gaerdydd 'ma o hyd—hyd yn oed os oedd isho ditectif i ffendio nhw.

O'dd Siân wedi mynd i ymarfer darn o'r ysgrythur i gyfeiliant y delyn efo'i chôr adrodd. Ond o'dd hi wedi rhoid ei chardyn aelodaeth i mi, achos o'n i'n meddwl bysa'r lle Dannie Sang, chwadal pobol Sowth.

'Ti'n meddwl bod o'n gorad?' medda Twm wrth weld drws 'di cau.

'Wyth o'r gloch nos Ferchar. Wel, yndi siwr Dduw,' me fi. 'Nos Sadwrn bach, ia?'

Ond Arglwydd! O'dd y lle fatha Fort Knocks, doedd?

'Pwy?' medda ryw feicroffon yn y wal ar ôl mi ringio.

'Siôn a Twm,' me fi a ddoth 'na ryw horwth o foi i'r drws a'n holi fi tu chwynab allan.

'Ydych chi'n aelodau?' mo.

'Ma gin i gardyn plastig,' me fi.

'Pa un ohonoch chi yw Siân Arianrhod?' mo.

O'dd Siân yn un o'r cant sycyr cynta roth gan punt yr un i ddechra'r clyb rhech 'ma. Gafon nhw jec *par avion* o Abu Dhabi. . .

'Miss Print ydi hwnna,' me fi. 'Siôn ddylsa fo fod, yli.'

'Mm. Sa i rioed 'di dy weld di o'r blaen,' mo.

''Na chdi beth rhyfadd,' me fi. 'Dwi rioed 'di gweld chditha chwaith.'

Ar ôl ei berswadio fo na ddim *aliens* wedi landio o Mars heb basport oeddan ni, adawodd o ni mewn i ryw ogof dywyll. Ond yn lle'r hwyl o'n i'n ddisgwl gesh i uffar o ail. Dim ond un boi o'dd yno ac oedd hwnnw wedi laru gymaint o'dd o'n cysgu efo'i ben ar bwr'.

'Arglwydd!' me Twm. 'Dwi 'di gweld mwy o fywyd mewn mynwant!'

'Lle ma powb heno?' me fi wrth y barman.

'Gwêd ti wrtho i!' medda'r horwth ac ail ddechra carthu'i glustia efo *cocktail-stick*. Pan glywodd o leisha, dyma'r cysgadur ar y bwr' yn deffro a dŵad at y bar am beint. Pwy oedd o ond yr Huw Honco 'nw o'r Ely stalwm. O'n i byth wedi madda iddo fo ers pan nabiodd o 'ngwn tatws i 'ddarna i un noson. Dyna lle'r o'n i'n cael hwyl braf yn saethu tatws at drwyna fodins stiwdants oedd yn dŵad i fewn drw ddrws yr Ely a'u clwad nhw'n sgrechian 'W! Be o'dd 'na?' pan ddoth Huw Honco draw ata fi a chipio'r gwn o'n llaw i.

'Be uffar sy ar hwnna?' medda fi wrth Dai Shop.

'Conshi,' medda Dai yn 'y nghlust i.

'O,' medda fi a wincio arno fo. Oedd yr hen go wedi deud wrtha fi gymaint o wancyrs oedd rheiny.

'Shalom frawd!' medda Huw wrtha fi.

'Heddwch i dy lwch di!' me fi a chwthu llwyth o gen gwyn o'i sgwydda fo.

O'dd ei wallt o'n hongian lawr at ei din o a'i locsun o'n gagla glyb o gwmpas ei geg o.

'Ti'n ddiweddar heno,' medda fo wrtha fi.

'Dwi'm 'di bod 'ma ers deng mlynadd,' me fi.

'O'n i'n meddwl bo fi ddim 'di dy weld di,' mo.

Dynnodd o hancas allan o'i bocad, chwthu'i drwyn fatha hwtar stemar, plygu'r fflem yn un lwmp gwyrdd twt yn ei chanol hi a'i rhoid hi'n ôl yn ei bocad i sychu.

'Mae pawb yn *Twats,*' mo.

'Siarada drosta dy hun!' me fi.

Ond be o'dd o'n drïo ddeud oedd bod y Cymry i gyd wedi mynd i ryw glwb pons lawr lôn o'r enw *Twats*. Doedd yr *yuppies* a'r S4Cheques a'r athrawon Cymraeg byth yn dŵad i'r clwb tan stop-tap er bod 'na fwr' snwcer, sgitl-ali, bord-darts, peint o *Brains* a *Felinfoel,* a bob dim ar eu cyfar nhw. Be newch chi, 'de?

'Arglwydd!' medda fi wrth y barman. 'Sut 'dach chi'n cadw fynd?'

'Inter-nashis,' medda'r boi. 'Mae'r lle 'ma fel ffycin bedlam bob penwythnos gêm. Mae gweddill Cymru'n meddwl taw dyma *y* lle i ddod, ond dreni bo neb 'di gweud wrth y bobol sy'n byw 'ma!'

O'dd o wrthi'n torri'i winadd a sbonciodd gewin ei fawd o mewn i mheint i. 'Sori,' mo a'i dynnu fo allan efo stwmp sigaret.

Teimlo drosd Twm o'n i. Teimlo'n giami bo fi wedi ddragio fo o 'Llanrumney Hole' i'r twll yma. Ond chwara teg, o'dd dim ots gynno fo o gwbwl. O'dd 'y nghwmpeini fi yn ddigon me fo a geuthon ni sgwrs iawn tra oedd y lle'n llenwi.

'Fydd John Jenkins yn yfad yma?' medda Twm.

'Pwy uffar ydi hwnnw?' me fi.

'M.A.C.!' mo yn 'y nghlust i.

'Dwi'm yn nabod hwnnw chwaith,' me fi.

'F.W.A. 'de!'

A dyma fi'n twigio o'r diwadd na isho gwbod am yr eithafwyr oedd o. O'dd hi'n amlwg bo fo wedi bod yn ista yn Llanrumney am bymthang mlynadd yn meddwl am ddim byd ond sut i ddial ar y Sais yn *Jobcentre* dre nath ei hel o i'r Sowth i chwilio am waith.

'Pwy sy'n llosgi tai ha?' mo wrtha i.

Doedd gin i ddim Obadeia fwy na Heddlu Gwynedd, nag oedd? Ond o'n i ddim isho dangos yn anwybodaeth i Twm.

'Wyt ti'n nabod Gareth Connolly. . .?' me fi.

O'dd rhen Dalysarn yn glustia i gyd. O'dd o'n meddwl 'mod i'n dipyn o foi yn cymysgu efo'r eithafwyr 'ma a fedrwn i ddim madda i'n hun rhag brolio.

'Y Gweriniaethwyr oedd yr hogia, ia,' me fi a dyna fi'n tynnu'r barthodyn gesh i'n bresant gin Sam Cei allan o bocad 'y nghrysbas.

'ENGLAND'S GLORY —TANIWCH DROS GYMRU!
STRIKE A LIGHT FOR WALES'

O'n i wedi dechra rhoid stretshis braf ynddi hi. Wyddoch chi fel byddwch chi ar ôl saith beint. Ond yn sydyn dyma fi'n gweld rwbath yn stelcian tu nôl i'r pilar yn agos at y bar.

'Gerry Reynolds, y diawl!'

O'dd golwg fatha tasa fo wedi cael ei dynnu drw'r drain arno fo a dyma fo draw ata fi a gafael yna fi gerfydd 'y nghrys a'n sodro fi ar y wal.

'Paid byth â gweiddi'n enw fi fel 'na 'to!' medda fo drw'i ddannadd a sbïo rownd yn nyrfys efo'i llgada ar ei ysgwydd.

'Shwt wyt ti boi?' mo ar ôl gweld bod y côst yn glir.

'Iawn,' me fi wrth ajystio 'ngholar. 'Ti'n dal i weithio yn *Currys*. . . Reynolds?'

'Dwi 'di bod yn Llydaw ers oes,' mo.

A dyma fi'n cofio'n sydyn rwbath o'i hanas o. . .

'Welish i mo dy lun di yn *Daily Post*, d'wad?'

'Ddigon posib,' mo. 'Maen nhw ar yn ôl i ers 1982. . .'

O'dd Reynolds wedi'i miglo hi o ddwylo'r cops ers chwe blynadd. Oeddan nhw'n trïo'i ffrêmio fo am fomio ryw offis armi ond o'dd well gin Reynolds gadw'i draed yn rhydd nes gath o lond bol ar doilets budron yn Llydaw, a ddoth o adra yn giamstar ar chwarae *boules* a siarad Mandarin Chinese. Ddoth 'na gang o bobol draw i groesawu fo a phrynu peintia iddo fo drw gyda'r nos. Powb yn glên nes doth stop-tap.

'Gelet ti aros 'da ni,' medda Arthur Boyle, 'ond ma'r criw o'r twin-town yn Voroshilograd 'da ni, tweld.'

'Dreni bo ni'n decoretio'r sbêr-rŵm,' medda'r barman.

'Dim ond bedsit sda *fi* yndefe?' medda rwbath arall.

O'dd gin bowb ryw esgiwsion tila drosd beidio rhoid gwely i Gerry.

'Tyrd acw con'!' me fi. 'Gynnon ni filoedd o le, sti.'

'Ti'n siwr?' mo.

'Yndw, siwr Dduw!' me fi.

'Noson ora gesh i ers blynyddoedd!' medda Twm wrth

i'r tri ohonon ni adal am bys dwutha. Lenwodd Ifor Bach ddim drw nos ond o leia oedd Twm yn gwbod rwan pwy oedd y boi tu nôl i'r enw. Tywysog Cymru oedd Ifor Bach. Oedd o mor fach a thena, fedrodd o fynd i mewn drw un o'r hollta-saetha yn wal Castell Caerdydd a chidnapio boi o'r enw Norman, Brenin y Sais, oedd ar ei holides yno ar y pryd. Mi carcharwyd o yn Castall Coch nes iddo fo addo gadael Cymru. Wrthododd y basdad yn blwmp ac yn blaen felly oedd gin Owain Glyndŵr ddim dewis ond llosgi Castall Caerdydd wsnos wedyn a gosod Harri Tudur o Sir Fôn yn frenin yn ei le fo yn Llundain. Rwbath fel 'na eniwê, os dwi'n cofio'n iawn be ddeudodd Siân. Mi ddeudodd Twm bo fo wedi dysgu mwy o hanas mewn noson na nath o mewn pum mlynadd efo Wil Walpole yn Ysgol Pengroes.

'Pryd welwn ni chdi eto, Twm?' me fi.

''Esu, dwn i'm!' medda Twm. 'Dwi'n cael trwbwl efo nacw, sti?'

'Dwi'n gwbod y teimlad!' me fi. 'Be 'di nymbyr dy ffôn di?'

'Fi ffonio chdi fysa galla,' medda Twm. 'Gorod mi ddeud clwydda heno 'ma—deud na 'on the Londons' o'n i.'

Ma 'na ryw dda ym mhob drwg, does? O'dd yn gas gin Twm weithio shifft nos British Rail, ond o'dd o'n esgus am beint weithia, doedd? Dyma Twm yn mynd ar fys y rafins i Llanrumney a Reynolds a finna ar fys y ponsus i Radyr.

O'dd Siân wrthi'n ymarfer ei thelyn at yr Ŵyl Gerdd Dant ne rwbath pan gerddish i mewn efo'r ffoadur. Mi darodd hi nodyn drwg ar diawl pan welodd hi ni ond ddeudodd hi ddim gair tan inni setlo Reynolds lawr yn y stafall sbâr a chau drws yn glep ar yn bedrwm ni.

'Gwae di Corasin!' medda hi. 'Wyt ti'n gwbod pwy yw hwnna?!'

'Wel yndw, gobeithio,' me fi. 'Mae o'n fêt i fi.'

'Fe yw'r dyn perycla yng Nghymru! Ma cysylltiade 'da fe gyda ETA a Cyrnol Gadaffi!'

'Pa gomics ti'n ddarllan?' me fi. 'Proper-gander y cops ydi hwnna! Mae o wedi deud wrtha fi!'

'Os cei di dy ddal, gei di chwe mish!'

'Chwe mis o be?' me fi.

'Carchar!' medda Siân mewn ffalseto. O'dd hi wedi dechra crynu fatha deilan. Ond dyma fi'n chwerthin yn ei gwynab hi.

'Lle ti'n feddwl ydan ni—Rysha? Gei di ddim jêl am roid gwely i dy fêt, siwr Dduw!'

'Dodi lloches i derfysgwyr maen nhw'n ei alw fe. . .!'

O'n i'n methu coelio 'nghlustia. Wyddwn i rioed bod Siân mor galad.

'Ma'r boi wedi trafeilio o Roscoff heddiw 'ma,' me fi. 'Be ti'n ddisgwl i mi ddeud wrtho fo—cyfod dy wely a rhodia?'

'Ma hi'n rhy hwyr nawr on' dyw hi?' medda hi a mynd ati i gau bob cyrtan yn tŷ fatha tasa hi'n cyrffiw.

'O'n i'n meddwl bo chdi'n Blaid Cymru?' me fi.

'Ma'r bobol hyn yn iwso trais!' medda Siân.

'Neuthon nhw'm twtsiad pen eu bys yn neb rioed!' me fi. 'Be ti fod i neud pan ma Seuson yn dwyn dy wlad di! Ista ar dy din a gadal nhw, ia?'

Ddeudodd Siân ddim byd mond mynd i gwely a diffod y gola. Pan godon ni yn bora, o'dd rhen Reynolds wedi'i g'leuo hi.

Ond noson honno ar *Newyddion Chwech* geuthon ni sioc ar yn tina. Glywson ni bod o wedi cael ei restio yn bys-stop ar waelod lôn. O'dd Siân yn cael cathod bach, doedd, a do'n inna fawr gwell chwaith!

'Wedes i, on' do fe? O'n nhw'n gwbod bo fe 'ma!'

A dyna lle buon ni yn cachu plancia am wsnosa yn disgwl iddyn nhw alw amdanon ninna. Ond diolch i'r Duw Dad Hollalluog, ma hi'n amlwg bod Gerry wedi gwrthod spragio pwy roth hotel iddo fo.

Fuo Twm a finna 'on the Londons' ugeinia o weithia yn ystod yr ha chwilboeth 'na geuthon ni. To'n inna ddim yr un un ar ôl ffendio mêt i fynd o gwmpas efo fo, a thwllish i 'mo'r syrjyri 'na wedyn. O'dd y sioc diwylliannol drosodd, doedd?

* * * * * *

'Pwy yw'r Twm Talsarn hyn?' medda Siân wrth iddyn nhw dynnu'r raffl yn y Twmpath. 'Pam sa i byth yn cael cwrdd â fe?'

'Ti wedi gweld yr oria ma hogia British Rail yn weithio?' me fi. 'Prin ma gynno fo amsar am sesh rhwng shiffts nos ar y Midnight Express 'na i Llundan.'

'Fe yw'r *guard* yn Fish-guard ife? Swno'n ddigon *fishy* i fi, ta beth.'

Rhaid i chi fadda i Siân. Fel 'na ma hi weithia, yn siarad dybl-dytsh.

'Ti'm yn grinjan i mi gael mêt, gobeithio?'

'Gyn belled taw dim ond mêts y'ch chi, yndefe?'

'Be ti'n feddwl?' me fi.

'Beth wy fod feddwl?' medda Siân. 'Ti mas 'dag e ddwywaith dair yr wthnos, ti wastod yn dod nôl yn gocls, byth cyn dau o'r gloch y bore, a 'ma ti ar ôl tri mish ar y sbri heb damed o led ar ôl yn dy bensil di!'

''Na 'di'r trwbwl efo chdi. Homos ar dy frêns. Stopia ddarllan yr Airmales 'na ma Gwenan yn yrru i chdi! Wa'th i chdi heb â trïo deud na Co-dîn dw i!'

'Trial cyrraedd gwraidd y drwg odw i, Gogs!'

Oedd Siân wedi bod yn dangos llunia o *Playboy* a *Men Only* i mi bob nos ers hydoedd ac oedd hi'n amlwg wedi dŵad i ben ei thennyn. Be oedd hi misho ddallt oedd bod y sioc diwylliannol drosodd ond bod yr impotens ddim!

Doedd gin i ddim atab i hynny. A dyna pryd dechreuodd Siân ama na'r êl oedd ar fai.

'Ti'n gwbod beth?' medda hi. 'Wy'n grediniol erbyn hyn taw'r alcohol yw e!'

'Sgin i'm tamad mwy o awydd pan dwi'n sobor!' me fi.

''Na beth mae e'n neud, tweld. Parlysu dy nerfe di yn araf bach a dinistrio llawer ohonyn nhw am byth!'

'Dwi'm angan pregath ar lysh,' me fi. 'Dwi'n hen law arni. Dwi'n medru handlo fo.'

'Beth am aros miwn nos fory?' medda hi a dechra mwytho 'nghlun chwith i. 'Am un noson, jest am newid?'

'Oes gin ti unrhyw syniad o gwbwl be ydi o cael dy gau i fyny yn tŷ drw dydd, oes?' me fi yn hen gyfarwydd erbyn hyn efo'r pwyntia ma Germaine Career a rheina'n neud yn y cylchgrona merchaid 'ma. Do'n i ddim am fynd dan ei thraed hi jest am na hi o'dd yn dŵad â'r pres i mewn.

'Dwi'm yn gweld dim un enaid byw rhan fwya o ddyrnodia, sti,' me fi. 'Ma hi wedi cyrraedd y stej rwan dwi'n falch o weld y dyn letrig yn dŵad i ddarllan y mîtyr. I mi gael torri gair efo rhywun yn ystod y dydd. . .'

'So hi'n fêl i gyd mynd mas i ddysgu chwaith, ti'n gwbod. . . Gyda plant yr oes hyn!'

'Dwi'm yn deud,' me fi. 'Ond paid â thrïo 'nghaethiwo fi gyda'r nos hefyd ne dwn i ddim sut siâp fydd arna i.'

'Wy'n becso ymbytu ti, Gogs. . .'

'Duw, Duw! Be gymri di?' medda fi a chodi o 'nghadair â nelu am y bar. 'Fydda i'n teimlo'n well ar ôl y degfad!'

Yr amsar gora mewn Twmpath Dawns ydi'r egwyl, ia? Esh i ordro peint a glynyd fel gelan mewn stôl. O'dd 'na ryw foi wrth y bar oedd yn wastio mwy o fags ar ceffyla na hyd yn oed fi. Oedd nelo Owen Hobsbawm rwbath â rhedag *Peacocks* ac oedd y basdad lwcus yn cael ticedi am ddim i Cheltenham a ballu.

‘Fydda i byth yn beto llai na chant,’ mo. ‘Beth yw’r pwynt? Pum punt man hyn, dec punt man draw? Sdim thril i gal os nag yw colli’n peri lo’s go iawn!’

O’n i’n meddwl na dipyn o byrfyrt oedd y boi deud gwir nes iddo fo ddangos ei Mercedes coch i mi allan o ffenast y bog. O’dd y boi yma’n amlwg yn gneud mags del allan o’r nags ac wrthi’n sôn am ryw syrt yn Newbury dydd Mawrth o’dd o pan dorrodd Siân ar yn traws ni. . .

‘’Ma fe i chi,’ medda hi. ‘Yn propo’r bar lan fel arfer. . . ’Drych pwy sy ’ma, Gogs!’

Fanna oedd o yn sefyll fatha Tŵr Eryr o ’mlaen i. O’dd o’n dal, o’dd o’n smart mewn siwt wen, ac o’dd o’n siwr uffernol ohono fo’i hun. Rhwng bob dim, doedd dim rhyfadd yn y byd ’mod i’n teimlo’n smôl yn ei ymyl o.

‘Su’ mai, co’?’ medda Hwal Gwynfryn.

A’th ’y nghег i’n sych grimp a ddengodd yn llais i hannar ffordd lawr ’y ngwddw fi rwla.

‘Su’ mai?’ medda fi o grombil ’y nhonsils, cwilydd gorod gwynebu’r ffaith nad o’n i ddim yn ei nabod o’n diwadd siot. O’dd Ben a Lun wedi dŵad draw i fysnesu, yn stagio ar y seleb fatha tasa fo’n jiraff mewn sŵ.

‘Sut ti’n cadw boi?’ medda Hwal. ‘Orffennist ti’r botal wisgi ’na byth?’

Trw ryw ryfadd wyrth, o’dd y boi’n ’y nghofio fi! Saved by the *Bells*, ia? Ddeudodd ’na rwbath bod *Helo Bobol!* yn dŵad i ben yn yr Hydref. Bechod o beth. Honna oedd yn ffefret i!

O’n i’n jarff rwan, do’n? O’n i’n ddyn mowr am unwaith gin Ben a Lun. Dyma Ben yn rhannu’i botal o Glaret Emilion Sant efo fi a bob dim.

‘Be ’di hwnna?’ me fi pan roth o binsiad o bowdwr gwyn i mewn yn ’y ngwydyr i.

‘Jyst rhwbeth bach i dynnu’r sylphyr mas o’r gwin!’ mo a rhoid pinshad o’r stwff yn ei drwyn.

O’n i’n teimlo mor grêt bod y busnas Hwal Gwynfryn ’na drosodd mi ddechreuish feddwi’n wirion, do. To’n i'n nabod holl selebritis y greadigaeth erbyn cofio.

'Sdim rhaid i bowb fyw yn y ghetto,' medda fi wrth Siân. 'Cosmopolitan ydw i, yli! Wyt ti wedi cael peint efo Joe Erskine yn y Royal Oak? Ne efo Gareth Davies yn y Gower? Wyt ti wedi malu cachu efo Ray Gravell yn Clwb Rygbi Crumlin? Nath Ryan a Ronnie brynu pinc jin i chdi yn Clwb 99 tu nôl i'r Ely, do?

'Gest ti sgwrs efo Max Boyce yn Top Rank *cyn* bo fo'n enwog? Ydi Dai Bishop wedi deud: 'Get outta my road' wrtha chdi yn Titos? Wyt ti wedi byta cyri ar yr un bwr' a Caryl Parry-Jones? Ydi Dafydd Iwan wedi cysgu yn dy fflat *di,* do?

'Dydi pawb ddim yn gul, yli. Dwi 'di downsio efo Sabrina *Pobol y Cwm*. Dwi 'di bod efo merch President Meibion Kernow. Oeddach chdi ddim yn gwbod *hynny* nag oeddachd? Dwi 'di ysgwyd llaw efo Gerry Adams yn y Bogside a dwi 'di syrfio Crocodile Dundee ar traeth yn Awstralia. Ma Viv Richards wedi deud su' mai wrtha fi mewn clyb yn St. Mellons, ac o'n i'n nabod Jeifin Jenkins cyn bo 'na Garlick mewn *Chicken Kiev*. . .'

Erbyn i mi sylwi, oeddan nhw i gyd wedi'i g'leuo hi.

'A! Eu collad nhw ydi o!' me fi a setlo lawr efo 'mhotal win. Ond yn sydyn, dyma rwbath yn 'y nhapio fi ar yn ysgwydd. O'dd yn nyrfs i mor dynn fuo jest i mi snapio fatha tant telyn.

'Ydych chi'n dod i ddawnsio?' medda'r fodan 'ma.

'Ddim rwan hyn,' me fi.

'Dewch o 'ne!' medda hi a gafal yn yn llaw i.

'Fedra i ddim,' me fi. 'Gin i goes glec.'

'Beth?'

'Dwi dan doctor! Fiw imi!'

Ond oedd y fodan 'ma wedi clwad esgiwsion fel hyn o'r blaen. Doedd waeth i mi heb â thrïo gwrthod a dyma hi'n 'y nragio fi i ganol llawr wrth i'r miwsig ddechra unwaith eto.

'Mae'n hawdd!' medda hi. 'Jest gadwch i'ch hunan

fynd!'

Dyna o'n i'n drïo neud, ia. O'n i'n teimlo fatha llamu nôl i'n sêt a sleidio lawr gwddw'r botal win a swatio'n braf tu mewn iddi hi. O'dd 'na ryw fylliwr yn ben draw'r cwt yn gweiddi 'Trowch i'r dde, a throwch i'r chwith!' a ballu ond y cwbwl o'n i'n neud oedd troi fatha *Catherine Wheel,* crasho fewn i bobol, a landio efo'r dynion yn lle efo'r fodins.

'Mm. Be chi'n neud nos fory, cariad?' medda ryw foi wrtha fi a smalio rhoid sws i fi.

O'n i'n teimlo rêl crinc efo dwy droed chwith. O'dd 'y mhen i'n chwil racs rhwng y meri-go-rownd a'r lysh ac oedd yn stumog i'n dechra corddi. Ac ar ganol ryw ffaldi-raldi-raldi-ro hirach na'r gweddill dyma fi'n sbinio fatha top a fflïo tuag at y byrdda fatha rwbath o RAF Fali. Mi sleidish i wysg 'y nhin â 'nghoesa ar led ar hyd y llawr llithrig a landio'n hegar ar diawl efo nghwd wedi ei lapio rownd coes bwr'. Os oedd 'y nghoes ganol i'n ddiffrwyth o'r blaen, oedd hi wedi'i cholbio tu hwnt i adnabyddiaeth erbyn hyn 'ta, doedd?

Mi stopiodd y miwsig pan glywson nhw'r byrdda'n troi a'r gwydra'n malu'n deilchion a'r gwin yn llifo megis afon—glyg glyg glyg—ar 'y nghorun moel i. Mi redodd 'na bobol draw i drïo 'nghodi fi ond o'n i'n paralytig rhwng bob dim, do'n? Sbas. Peth dwutha dwi'n gofio ydi Siân yn sgrialu draw a phlygu lawr ar ei chwrcwd wrth yn ymyl i.

'O! Gogs bach,' medda hi. 'Odi e werth e?'

Yr unig atab gafodd hi oedd llond perfadd o chŵd piws. Mi honcish i'n gynddeiriog drosd 'y nghrys gwyn a phasio allan.

Wyddwn i ddim ar y pryd, ond hon oedd noson ddwutha'n ieuenctid i. Noson wedyn ddaru Siân droi tu min a 'nghloi fi'n tŷ.

Sblash!

(1)

Roedd yr holl wlad wedi clywed am y modd yr achubwyd Goronwy Jones o Afon Taf gan Rocky Regan, y paffiwr pwysau trwm a hanai o Gaerdydd. Er ei fod wedi symud i Lundain ers tro i ymarfer yn gyson gyda'i hyffforddwr Barney Brooks, roedd Rocky yn digwydd bod adref i fwrw'r Sul, neu i fwrw beth bynnag arall a safai yn ei ffordd, pan welodd y Cochyn Gogleddol yn gwneud dawns y glocsen ar ben un o bontydd Afon Taf ar ei ffordd adref o Glwb Ifor Bach, tua thri neu bedwar o'r gloch y bore.

Mae'n debyg nad yw'r cyfaill o Gaernarfon gyda'r mwyaf ystwyth o blant dynion a bu sefyll ar un goes ar ben pont troedfedd o led ar ôl galwyn o Brains S.A. *yn orchwyl a brofodd y tu hwnt iddo. Buasai'r rhan fwyaf o feddwon cyffredin wedi bodloni ar brofi eu sobrwydd drwy ymdrechu ymdrech deg i gadw cydbwysedd ar linell wen ar ganol y lôn, gan risgio dim byd mwy na chael eu taro'n anymwybodol gan dacsi yn teithio i'r tywyllwch. Ond roedd Mr Jones, sy'n nofio fel deunydd crai Noel Corc y Brici, wedi mynnu herio'r tonnau islaw.*

(2)

Roeddwn wedi bod yn stelcian o gwmpas portakabin yr alcis yn Grangetown ers diwrnodau yn chwarae gyda'r syniad oedd gennyf am ffilm. Roeddwn wrthi'n archwilio posibiliadau rhyw atgof oedd gennyf o deledu du a gwyn fy mebyd a fynnai frigo i'r cof bob hyn-a-hyn.

'And the next contestant to play Criss-Cross Quiz *is Lorcan*

Huxtable,' ebe Bob Holness yn ei ddull nawddoglyd arferol. 'Lorcan's ambition is to be an ambassador or an economist.'

Digwydd clywed un o'r alcis yn siarad gydag acen la-di-da sŵn-dyddiau-gwell arno a wneuthum wrth iddo ymlwybro'n gaib tua'i sach un noson, a dychmygu mai dyma dynged y brych bach tew ysgolfoneddol hunan-bwysig Huxtable. Ffilm bortread efallai: 'Pa fodd y cwympodd y cedor?'

Ond prin oedd yr awen a finnau wedi cael gormod o win yn y Dowlais amser cinio.

'Gweld hi'n galed byw ar dy ddychymyg?' ebe Gomer Gweinidog sy'n saff o ddwy gyfres bob blwyddyn yn stabal Annibynnia ei dad.

'Byw ar ddychymyg pobol erill, 'de boi!' meddwn inna'n llanc i gyd.

Ond pwy oeddwn i'n geisio'i dwyllo? Roedd gen i dair sgript arall yn fy mhen a dim Obadeia i ba le y buasai'r un ohonynt yn fy arwain. Digon hawdd siarad am adael i gymeriadau fynd eu ffordd eu hunain: beth sy'n digwydd pan fo'r diawled yn gwrthod mynd i unman o gwbwl? Ond saith rhyfeddod! Y dydd Llun hwnnw y torrodd y stori am Goronwy Jones.

(3)

Roeddwn yn eistedd yn y Flora yn gwrando ar Paddy O'Mara yn disgrifio'r modd y bu iddo ymadael yn ysbrydol â'r Eglwys Babyddol yn gynnar iawn yn ei oes. Cafodd bishyn tair gan ei Nain i mofyn dŵr sanctaidd oddi wrth yr offeiriad yn St. Peter's, Roath. Rhoddodd yntau'r botel dan y tap dŵr oer agosa a chadw'r pres. 'None the wiser was she? And that made the two of us happy!' meddai Paddy oedd yn ddigon call yn chwe blwydd oed i nabod 'con' pan welai un.

'Put that one in your stories!' meddai gan ddangos fod ei

wydyr yn wag. 'Go ahead, you!'

Mae'n f'adnabod tu chwynab allan—benthyciwr di-gywilydd fel pob awdur arall! Un diwrnod pan fydd yr hen greadur dan y pridd bydd y stori hon a llawer un arall o'i eiddo yn dod o enau cymeriad o'r eiddof innau a bydd y dirfodol Baddy yn falch o wybod y bydd darnau ohono yntau yn dal ar wasgar ar hyd y fro 'ma.

'D'ya happen to know this other writer fellow?' meddai gan gyfeirio at ei bapur. 'He writes in the Gaelic too.'

Dangosodd imi'r pennawd ar dudalen flaen y South Wales Echo: *'CARDIFF BOXER IN MERCY DIVE'.*

(4)

Ar fy ffordd adref y noson honno prynais gopi o bob papur newydd y gallwn gael gafael ynddo. Porais drwyddynt yn wancus gydag un llygad ar y sgrin deledu tra oedd fy nghyw iâr yn mwydo yn y Cook-in Sauce *yn y popty.*

Er i mi ddilyn ei hynt a'i helynt yn eithaf ffyddlon ar un adeg, rhaid cyfaddef fy mod bron wedi anghofio am fodolaeth y Dyn Dwad ers tro bellach. Bu'n gwbwl ddi-sôn-amdano hyd y gwn i drwy gydol degawd Thatcher, ers iddo ymadael â Chaerdydd. A dweud y gwir yn onest roeddwn yn reit ulw ffond o'r hen foi bach a'i anghyfrifoldeb a'i ddiniweidrwydd. Pa beth a roddai sgriptiwr llawn amser am y rhyddid oedd ganddo ef i ddweud pa beth fyw a fynnai heb na llyffethair teulu, na chywilydd pechu, nac ofn colli safle, na pharchusrwydd na swydd?

Prif ddiddordeb y gohebwyr wrth reswm pawb oedd gwrhydri Rocky Regan, ond o dipyn i beth wrth i'r gwahanol ffeithiau o'r amrywiol raglenni a cholofnau ymffurfio'n batrwm yr oedd yma ogla stori arall hefyd. Gwelwn fod cefndir diweddar Goronwy Jones yn stori ynddi'i hun. . .

(5)

Yn ôl y South Wales Echo *roedd Rocky Regan (25) sy'n gyn-nofiwr rhyngwladol dros Gymru wedi plymio'n gwbwl ddi-hunan i ganol y dwfn i achub Goronwy. Ar wahân i gwpwl o lygod mawr digon di-hid oedd yn mwynhau brecwast cynnar ar y Taff Embankment yn Riverside, welodd neb mo'r digwyddiad a digon niwlog oedd yr adroddiad ynglŷn â'r modd yr aethpwyd â Goronwy (32) oddi yno i Ysbyty'r Infirmary am driniaeth frys. Yn ôl ei wraig, roedd Mr Jones yn dioddef oddi wrth ryw fath o 'mild bout of depression following a marital tiff'.*

Yn ei ddull dihafal ei hun roedd gohebydd y Western Mail *wedi bod ar drywydd cysylltiadau llenyddol yr achubedig un:*

> *'Thirty-one year old Goronwy Jones, unemployed of Heol-y-Deryn, Radyr, was responsible for the controversial* Dyddiadur Dyn Dwad *(Diary of an Itinerant Worker) which he wrote under a pseudonym. The book, which was written in a crude and obscure North Walian dialect, split the Welsh-speaking community in Cardiff ten years ago and caused a furore when it was broadcast on* Radio Cymru *a few years later. A spokesman for Mount Ararat Gospel Hall Leckwith said: 'He should have more respect for the Sabbath.'*

(6)

Ar Newyddion *8.30 S4C nos Lun dywedwyd fod cyflwr Mr Jones (30) wedi gwaethygu yn ystod y dydd a'i fod mewn twymyn. Ar* Radio Cymru *yn hwyrach, cyhoeddwyd ei fod yn gyfforddus. Ond gan ITN y cafwyd y cadarnhad swyddogol o gryfder y stori mewn difrif pan ddisodlodd y 'Royal Family' fel tit-bit ar ddiwedd* News at Ten.

Erbyn bore trannoeth roedd Helo Bobol *wedi cael gafael ar wraig Goronwy sef Siân Arianrhod. Perwyd cryn ddryswch i nifer o ohebwyr oherwydd bod Ms Arianrhod yn mynnu defnyddio'i henw bedydd hyd yn oed ar ôl priodi. Yn wir bu gohebydd y* Sun *yn holi a oeddynt yn briod o gwbwl. Yr amheuaeth oedd eu bod yn byw talu 'in their £100,000 love-nest in Raydar, Cardiff' er mwyn gwneud defnydd llawn o'r lwfans treth incwm drwy godi morgais 2 × £30,000 cyn i'r system newid ym mis Awst. Buont hefyd yn ymchwilio i'r posibilrwydd fod Goronwy Jones wedi ceisio gwneud diwedd ei hun yn dilyn anffyddlondeb ei wraig gydag arweinydd côr nid anenwog yn Nhaf Elai. Ond ar ôl methu darganfod unrhyw sgandal bu'n rhaid iddynt fodloni ar y pennawd syml 'Book line and sinker! Rocky lands a whopper!'*

Roedd Rocky ar y pryd yn paratoi ar gyfer gornest fwya'i fywyd am bencampwriaeth pwysau trwm Prydain ac roedd y papurau yn ei ddilyn i bob man. Y Daily Mirror *gafodd y sgŵp fawr, canys erbyn nos Fawrth roedd Goronwy Jones yn ddigon da i godi ar ei eistedd a chael tynnu'i lun gyda'r paffiwr.*

'THANKS CHAMP! OUR ROCKY SAVES FAMOUS WELSH AUTHOR'

Llithrodd fy llygaid innau fel llawer un arall dros y gair famous *ym mhennawd y* Mirror *gan gymryd yn ganiataol mai dim ond un enghraifft arall ydoedd hyn o anallu papurau Fleet Street i wahaniaethu rhwng bardd cadeiriol a bardd cocos yng nghyswllt diwylliant Cymraeg.*

Ond yr oedd mwy na hynny iddi hi y tro arbennig hwn.

(7)

Cyd-ddigwyddiad rhyfedd oedd y ffaith i Oronwy Jones arall, gynt o Goleg Prifysgol Caerdydd dderbyn yr 'Institute of Physics 1989 Bragg Medal' yn union yr un pryd. Afraid dweud fod yr adroddiadau mewn sawl papur wedi cymysgu rhwng y ddeuddyn wrth i'r wythnos fynd

Tireless pioneer awarded top physics prize

ONE OF Wales's most prominent education pioneers has been awarded a coveted physics prize for his contributions to the subject over a quarter of a century.

Mr Goronwy Jones, former senior lecturer in science at the education department at the then University College, Cardiff, is the winner of the Institute of Physics 1989 Bragg Medal.

He is well known in school physics departments in Wales as an adventurous syllabus developer, in-service training leader and tireless working link between the university college and the classroom.

Mr Jones, of Celyn Close, Cyncoed, Cardiff, retired from the college in 1987 after joining the department in 1962.

Those 25 years saw rapid growth in the science curriculum and Mr Jones was at the forefront of guiding teachers along new paths of development.

He also had full-time dedication to training physics students for their post-graduate teaching certificates.

Mr Jones worked closely with the illustrious physics lecturer Professor Charles Taylor, a previous winner of the Bragg Medal.

An ex-colleague said Mr Jones

GORONWY JONES ... infectiously enthusiastic

rhagddi. Ni wn pa effaith a gafodd hyn ar Mr Goronwy Jones yr academig ond bu'n drobwynt diamheuol yn hanes gyrfa'r llall.

Dan benawdau megis 'ROCKY REVIVES JONES THE BOOK' llithrodd ambell baragraff gremlin-aidd i mewn i'r straeon.

'Goronwy Jones hails from Carmarthen, North Wales but he is no stranger to the capital city.'

'He is well-known in Wales as an adventurous syllabus developer, in-service training leader and tireless working-link between the University college and the classroom.

'An ex-colleague said Mr Jones was infectiously enthusiastic in his work and a robust figure in the education world throughout Wales and beyond.'

"Rocky is my hero,' said a tearful Goronwy. 'He saved my life."

Am gyfnod cafodd llanc a fu'n gyfrifol am un gyfrol denau o straeon ddeng mlynedd ynghynt sylw ffigwr llenyddol o bwys, yn genedlaethol ac yn wir y tu hwnt.

(8)

Drwy gydol yr wythnos honno, bûm yn troi stori Goronwy Jones drosodd a throsodd yn fy meddwl. Beth oedd yn ei wneud yn ôl yng Nghaerdydd ar ôl mynd ar ei lw ar ddiwedd y saithdegau na ddeuai ar gyfyl y lle byth eto? Beth oedd yn ei wneud ar ben wal uwchben Afon Taf er mwyn Duw? Lle gythraul oedd o'n mynd yr adeg yna o'r nos ac yntau'n byw yn Radyr? Roedd yn briod ond mae'n amlwg nad oedd ei ieuenctid ffôl drosodd eto o bell ffordd. Mas ar y sbri—yr un hen stori—ond bu ond y dim i chwarae droi'n chwerw y tro hwn. Bu gohebwyr yn ffureta ymhlith teuluoedd, cydnabod ac awdurdodau iechyd gan ganfod fod yna'n wir broblem lysh. . .

Chwilio am ddefnydd yr oeddwn, waeth heb a gwadu

hynny, ac eto roeddwn yn teimlo hyn-a-hyn o gyfrifoldeb hefyd. Roeddwn wastad wedi ystyried bod yr hogyn megis dychymyg ar ddwy droed: byddai'n bechod ei golli mor ifanc. Clywais si ei fod wedi dweud wrth un Gohebydd Llyfr Siec am stwffio'i ffi pedwar ffigwr 'yn nhwll tin Ifan Saer' pan geisiodd hwnnw greu sgandal ynglŷn â bywyd rhywiol Rocky Regan. Roedd hi'n amlwg fod yr hen Goronwy Jones yn prisio rhyddid ac annibyniaeth barn yn uwch na dim byd arall a thynged rhy greulon fuasai caniatáu i ddyn a gysegrodd ei oes i ddelfrydau o'r fath fynd i grafangau alcohol. Penderfynais ymyrryd. Penderfynais y dylai'n llwybrau gwrdd unwaith yn rhagor: roedd hi'n bosib y gallwn ei helpu...

Ennill ei damad
(Jôs yn ôl ar y job)

'He's gotta novel-cum-diary to his credit, adapted for radio a couple-a-years ago by somebody else. Couple-a-stories, couple-a-broadcasts. . . And oh yeah, the diary is in the process of being filmed.'

O'n i efo'r boi 'ma yn ei offis yn Mount Stuart Square ac o'dd o'n siarad efo rwbath ar y ffôn yn 'y nghylch i. Do'n i ddim wedi sôn dim gair wrth neb am y ffilm o *Dyddiadur Dyn Dwad*. Dwi wedi callio erbyn hyn a dwi wedi dysgu dal rhei petha'n-dôl: tydi hi ddim yn talu bod yn rhy onast yn y byd 'ma ne ma rywun siwr Dduw o gymyd mantais arnoch chi, does? Socsan go iawn gesh i efo'r ffilm eniwê—chesh i'm actio ynddo fo, chesh i'm sgwennu iddo fo a dim ond niwc a mag gesh i am yr owl-fraint. Ond mi siarsiodd y boi 'ma fi i enwi bob dim o'n i rioed wedi neud. Mwya'n byd fedrwn i frolio, mwya'n byd o fags geuthwn i gin S4C.

'See what they say, Trev, and come back to me. Cheers. . . Gawn ni weld rwan, Gron!'

Be 'dach chi'n ofyn erbyn hyn siwr o fod ydi pam bo fi wedi dechra sgwennu'r sothach 'ma eto ar ôl y trwbwl gesh i tro dwutha. Wel, matar o deimlo'n giami o'dd o deud y gwir bo fi'n dipyn bach o baraseit, ddim yn gneud dim byd i ddŵad â mags i mewn i'r briodas 'ma. A phan 'dach chi'n cael cynnig na fedrwch chi mo'i wrthod, fedrwch chi mo'i wrthod o, na fedrwch? Stalwm pan o'n i'n ifanc, o'n i'n deud wrth bawb ar y bejan gynta pam o'n i'n sgwennu stori, ond yr ordors gesh i gin y boi 'ma fan hyn o'dd i ddal petha'n-dôl er mwyn effaith dramatig. 'Make 'em laugh, make 'em cry,' mo. 'But above all make 'em wait!' Idiot a hannar, sa chi'n gofyn i fi.

Ddigwyddodd 'na lot i fi mewn amsar byr iawn. Ar adag pan o'dd 'y mhrodas i'n edrach yn ddigon ulw blydi simsan, mi ddoth 'na fflach o'r awyr—ne sblash mewn dŵr a deud y gwir yn onast—a newid cwrs bob dim.

Os nag ydach chi'n byw ar Mars, 'dach chi'n bownd Dduw o fod wedi clwad ar y niws ac yn papura newydd bo fi wedi syrthio i'r afon Taff 'ddar Wood Street Bridge, felly 'da i ddim i'ch bôrio chi ar wahân i neud un ne ddau o betha'n glir.

Y noson gesh i'r gwyllt efo Siân a malu'r tŷ acw'n racs jibidêrs oedd hi.

Nesh i ddim byd ond neidio mewn i'r Metro a'i bomio hi lawr 80 mph yr holl ffordd i Clwb Ifor Bach a parcio ar ddybl dôs o'r ielo-peril yn Westgate Street. O'dd hi'n hannar awr wedi un arna fi'n cyrraedd yno ond dwi'n deud wrthach chi ar 'y marw na welish i rioed moni mor llawn. Nos Sadwrn normal oedd hi—iddyn *nhw* i gyd eniwê—ond doedd neb yn meddwl am fynd o 'na tan bedwar yn bora. O'n i wedi mynd draw yn unswydd i'w dal hi'n gachu a dyna be nesh i. Ond i goroni'r noson, mi ddoth Twm Talsarn i mewn tua dau o'r gloch, a sôn am sesh!

O'n i'n gweld hi'n beth rhyfadd deud gwir bod Twm yn landio yno amsar yna'r bora reit ar yn sodla fi. Co-insident go iawn, ia? Ond o'n i mor chwil, nesh i anghofio sôn wrtho fo. O'n i mor gaib ulw racs am bedwar o'n i'n mynnu dreifio adra. Dim ond un snag oedd 'na—oedd gin i ddim cliw lle o'n i wedi parcio. Syniad Twm oedd chwilio am *estate-agent* a smasho'i ffenestri fo am werthu Cymru i'r Sais. O'dd o'n gwbod am ryw blydi Rachman yn Tudor Street oedd yn gosod fflatia i ddynion duon am grocbris. Ar ben bradychu'i wlad, o'dd o'n Nazi hefyd ac oedd 'na ddim dowt bod o'n gofyn amdani, ia.

'Awê 'da, Twm!' me fi. 'Ella na sgin i ddim min ond gin i ddigonadd o gerrig!'

Os gwelsoch chi rei o'r papura yn trïo deud 'mod i'n chwilio am hwrs am bo fi 'di ffraeo efo 'ngwraig, welwch chi ddim bai arnyn nhw mewn ffor', achos lawr fanna yn Riverside ma rhei o'r hwrdai mwya yn Gaerdydd. Be wn i am hwrdai, meddach chi. Wel, stori arall ydi honna. 'Dach chi'n gwbod na fyswn i ddim yn gwbod be i neud efo Mandy Reis-Defis yn 'y nghyflwr i. Ond lawr Cathedral Road bysa rhywun yn cerddad tuag at Radyr. Uffar o *detour* adra oedd Tudor Street. Trïo dangos i Twm o'n i peth mor hawdd fysa dringo Grib Goch pan 'dach chi'n chwil. Dwn i'm pam ond ma lysh fatha tasa fo'n rhoid nerth beionic i chi. Dwi 'di cerddad cyn heddiw i fyny gwynab serth tai Fictorian tal i gyrraedd ffenast llofft ar ôl anghofio goriad yn fflat—rwbath na fysa byth dragywydd yn croesi'n meddwl i pan dwi'n sobor. Ond ail gesh i tro 'ma, ia? Dwi'n meddwl ella na gweithio ar yr un prinsipl â fi ma hannar y blydi Saeson dwl 'na sy'n cael eu lladd ar Wyddfa bob blwyddyn. Chwilio am blwc cwrw ma'r diawlad cyn gosod eu tampons.

Ella bo chi wedi sylwi nad oedd 'na ddim sôn am Twm Talsarn yn y papura newydd. Y rheswm am hynny oedd bo fo wedi'i g'leuo hi am help gynta syrthish i. O'dd 'na rei o'r hogia'n trïo deud bo fo'n gachwr ond be fysa'r iws iddo fo neidio i mewn ar yn ôl i? Fedar ynta ddim nofio chwaith, na fedar? Erbyn iddo fo gyrraedd yn-dôl, oedd Rocky Regan wedi'n achub i a 'dach chi gwbod y gweddill.

O'dd 'na sôn yn y *Sunday People* am 'Mystery Third Man.'

'Who was the Third Man?' medda dyn *Y Bobol*, wrtha fi yn yr ysbyty.

'Harry Lime!' me fi yn ei glust o. 'Dach chi'n dysgu rwbath o' rwth *Trivial Pursuit*, yndach?

Ond chwara teg i Twm—mae o'n ffyddlon fel y dur, 'de. O'dd o wrth 'y ngwely fi ben bora wedyn hyd yn oed cyn i Siân gyrraedd.

'Sut wyt ti'r hen ddyn?' medda fo wrtha fi.

'Ciami,' me fi a cholapsho dan y straen o ddeud gair.

'Yli, dwi mewn lle cas. . .' mo.

O'dd y creadur ofn nes o'dd o'n swp sâl i'w wraig o ffendio allan na ar y sesh oedd o a ddim ar shifft. Tydi'r papura newydd 'ma'n snwpio'n bob man a difetha hwyl diniwad cymaint o bobol.

'On the Londons, OK?' mo a wincio arna fi. Wincish i'n ôl arno fo—efo dwy lygad—a ddeffrish i ddim am ddeng awr. O'n i wedi cael digon o lysh fel oedd hi heb sôn am lyncu hannar y Taff hefyd.

Ond ddeudish i ddim gair wrth neb am Twm. Fysa'i groen o ar parad, fysa? Tydw i'n gwbod yn iawn sut ma'r gwragadd 'ma!

Ddoth 'na filoedd o bobol draw i'r hosbitol i 'ngweld i: bob papur newydd o'n i rioed 'di clwad sôn amdano fo a rei na to'n i ddim! Pawb isho gwbod run peth: 'Sut foi oedd Rocky Regan?' Wel, i feddwl bo fo'n gymaint o jampion ac yn ennill cymaint o fags am focsio, o'dd 'na ddim lol o gwbwl yn ei gylch o. Ddeudodd o wrtha fi bo fo'n licio Welsh yn rysgol. Gath o 97% ynddo fo yn Form One ond oedd o ddim yn cofio dim ohono fo bellach ar wahân i 'No Star' a 'Wn i ddim'.

'Maybe you knows my Welsh teacher? Danny Hughes? Hughesless we used to call him—coz 'e couldn't 'andle uz? 'E was from up the valleys same as you, like.'

Dyma fi'n gofyn iddo fo lle oedd o'n yfad achos fyswn i wedi licio prynu peint iddo fo am ei draffath ond oedd o ddim yn yfad dim byd achos bo fo'n treinio i gwffio yn erbyn Frank Bruno. Nath o addo gyrru dau dicad i fi weld ei ffeit o yn Llundan.

'Is it worth putting a few bob on you?' me fi.

'Put it like this,' medda Rocky. 'I'm not doing all this trainin' for nuthin'!'

'Beth am y GBH?' medda boi *News of the World.* O'dd 'na ryw stori bod Rocky wedi leinio ryw bobol ac wedi cael jêl am chwe mis. Ond cael ei bryfocio nath o—ddeudodd o'r cwbwl wrtha fi a dwi wedi cael y profiad yn hun. Dim ond dau beth sy gael yn Caroline Street—llefydd byta a llyfra budur, ac wrthi'n byta chips o'n i wrth ddŵad allan o'r clwb 'ma am ddau o gloch bora pan ddoth 'na bedwar Rasta mowr du o 'nghwmpas i a gofyn os o'n i'n rhannu. Wel, o'n siwr Dduw! Fysach chi ddim?

Ond ddim ar chwara bach fysa neb yn dwyn chips Rocky. O'dd Chelsea newydd fod yn chwara Caerdydd a doedd eu bŵt-bois nhw ddim yn nabod o.

'You're dead, you Cardiff City bastard!' meddan nhw a dechra'i bannu fo. Ond fysa waeth iddyn nhw ddyrnu wal frics ddim. Dyma Rocky yn gafael ym mhennau'r ddau ohonyn nhw a'u cracio nhw'n ei gilydd fatha coconyts. Ar ôl hynny gymodd o drugaredd arnyn nhw achos bo fo'n Gatholic. *Gentle Giant* ydi o yn y bôn, ia!

'Rocky's just a Gentle Giant!' oedd yr *headline* yn y *News of the World.* Fuesh i'n siarad efo'r boi papur hwnnw yn hirach na neb. Teimlo'n agos ato fo, dwi'n meddwl, wedi bod yn ddarllan o bob Sul ers pan o'n i'n ddim o beth. O'dd yr hogia'n meddwl bo fo'n grêt bod yn llun i'n papur. Dorron nhw fo allan o *News of the World* a'i binio fo fyny wrth ochor y bôrd darts yn yr Eagles. E[illegible] co' amdana fi, ia?

Ddoth boi *Radio Cymru* draw efo'r caset recordy[illegible] gafodd o gin Santa yn ei law.

'Ma ishe i ni'r Cymry stico 'da'n gili,' mo. 'Watsha'[illegible] siarcs hyn o Lunden—so nhw'n dryst.'

'Blydi Saeson, ia!' me fi.

'Glywes i bod y boi Rocky hyn fel matshen. . .'

'Wel, cadw fo i chdi dy hun,' medda fi, 'ond mi *nath* 'na rwbath ddigwydd 'ma ddoe. . .'

O'dd 'na foi tynnu llunia *Sunday Sport* yma yn mwydro'r hogia i dynnu llun efo'n gilydd.

'Come on Taff, smile!' mo wrtha fi.

'I *am* smiling!' me fi.

'Go on! Put your arm around him, Paddy!' mo wrth Rocky. O Newtown yn Gaerdydd oedd Rocky'n dŵad yn wreiddiol cyn iddyn nhw gnocio'r lle lawr a symud powb i Ely. Gwyddal oedd o yn y bôn ond o'dd neb yn cael galw enwa arno fo chwaith. . . Dyma fo'n gafael yn y cedor camera 'ma gerfydd ei dei pons a'i sodro fo fatha lledan ar wal y ward.

'Don't ever call me Paddy again!' mo.

'OK, OK!' medda'r boi yn crefu am ei fywyd.

'And show some respect for my friend here. He's not called Taff. His name is Ron. Go-Ronnie-Jones. OK?'

Does dim rhaid i fi ddeud bod y stori ar *Radio Cymru* bora wedyn. Dydi siarad Cymraeg yn profi dim byd wedi mynd. Ma bob math o gont yn fodlon ei siarad o os ydyn nhw'n meddwl bo 'na rwbath i gael.

Gesh i doman o gardia 'Brysiwch Wella' gin bob math o bobol. O'dd gin i'm syniad bo fi mor boblogaidd. Nath o fyd o les i'n ego fi, ia. Ond y cardyn ddoth â'r lwmpyn mwya i 'ngwddw fi oedd 'All the best, ia. No hard feelings. Peggy Wyn'.

O'dd hynna'n faich 'ddar yn sgwydda fi, deud gwir wrtha chi. O'n i'n cachu brics bysa hi'n spragio wrth y *Sun* ne rywun bo fi wedi'i jiltio hi a ballu. Be wyddoch chi be 'di neb heddiw, ia? Oedd Siân druan wedi diodda digon ar 'y nghownt i'n barod.

O'dd hi'n sioc uffernol i nacw pan glywodd hi am yn

helynt i. Meddyliwch cael ych deffro gin ffôn am bump o'r gloch bora i ddeud bod ych gŵr chi wedi'i godi o'r afon a chitha'm hyd yn oed yn gwbod bod o wedi mynd allan. Cyn brecwast o'dd 'na foi yn drws cefn yn gofyn os na gneud diwadd ar yn hun oedd yn syniad i.

'Peidiwch â bod yn wirion,' medda Siân. 'So fe rio'd wedi bod mor hapus.'

Ond oedd y sglyfath wedi cael ei droed yn drws doedd, a'r cwestiwn oedd o'n ofyn ma'n siwr oedd pam fysa boi mor hapus yn gneud cymaint o lanast o'i gegin *deluxe?* Toedd y lle fatha tasa 'na *hurricane* a *typhoon* wedi cwarfod ei gilydd uwchben yr ofen an' hob.

Ond fu ddrwg erioed nad o'dd o'n dda i rywun, naddo? Y peth da am sioc ydi bod o'n rhoid petha yn-dôl yn eu perspectif. Weithia eniwê. Y noson gynta fuesh i allan am beint ar ôl dŵad allan o'r hosbitol gesh i gynnig job, do! O'n i wrthi'n newid i 'mhyjamas ac yn deud wrth Siân be ddigwyddodd yn ystod y noson. O'n i'n teimlo'n briliant ac oedd Siân yn uffernol o falch drosta fi. O'n i'n teimlo fatha yfad potal o *champagne* ond o'n i'n meddwl ella bod y deg peint gesh i'n ddigon.

'Ma'n nhw'n gweud taw jest cyn y wawr ma'r awr dwylla, tweld!' medda Siân.

'Gneud i chdi feddwl bo 'na rywun i fyny fanna'n edrach ar yn hola ni yndi?' me fi. 'Ella na fydd y mags ddim yn ffortiwn i ddechra, ond cael dy big i mewn sy'n bwysig, ia? Pwy ti'n nabod ydi hi, ia, ddim be ti'n wbod.'

Ista yn y Tŷ Nant o'n i yn enjoio 'mheint cynta ers pedwar dwrnod. *Brains* fydda i'n yfad yn Gaerdydd dwi'm yn deud ond o'dd hi'n noson glós ac o'n i'n ffansio rwbath sgafnach. 'Duw! neith hi beint o lagyr am chênj,' medda fi wrtha fi'n hun. Dwi 'di ffendio bod y bar yn OK. Does 'na ddim gormod o dwats yn dŵad i mewn i fanno. O'n i wedi gaddo i Siân na fyswn i ddim yn hwyr, felly o'n i'n ddigon bodlon ar gwmpeini'n hun am ryw awr, do'n?

Peth rhyfadd ydi'ch brêns chi, 'de? Sgin i ddim syniad pam, ond aeth yn meddwl i'n-dôl at y boi 'nw nath briodi Princess Margaret stalwm. O'dd gin i biti drosti hi bob amsar pan o'n i'n fach. Nadon nhw iddi briodi Captain Peter Townsend am fod y boi wedi cael gwasgariad. Blydi stiwpid—ma hannar y bobol dwi'n nabod yn cael gwasgariad heddiw 'ma, yndi? Ond ta waeth, roth hynny jans i'r boi Tony Jones 'ma o Bontnewydd gael ei goes drosodd ne'i big i fewn ne be bynnag 'dach chi'n neud efo *Princess*. Fydda Tony'n foi mowr gin yr hen fod bob amsar—y ffaith bod co wlad o jest tu allan i dre wedi cael bachiad mor glyfar. Fydda hi'n arfar deud ei hanas o wrthan ni cyn i ni fynd i gysgu. Fairy Tail go iawn, ia?

Sbïo'n-dôl, dwi'n saff Dduw bod Tony Jones yn teimlo fatha dwi. Cael job i ffendio'i draed ar ôl priodi'n uwch na'i stad, ia. Fuo fo'n cicio'i sodla am flynyddoedd yn ôl be glywish i. Fetia i bo fynta'n ei chael hi'n anodd siopio, golchi llestri a llnau a ballu hefyd, tra oedd ei wraig o allan yn torri rubanna ar statiws newydd a smashio poteli ar ochra llonga a ballu. Ond drw lwc, mi roth rwbath gamera yn ei law o a dyma fo'n ffendio bod gynno fo dalant i neud rwbath ei hun. Ac un dwrnod ar ôl iddo fo dynnu stiffnar o lun da o'r Wyddfa o ochra Capal Curig ffordd 'na, dyma nhw'n newid ei enw fo i 'Lord Snowdon' a dyna fuodd o byth 'ddar 'ny. Ma gin bowb dalant i neud rwbath, medda fi wrtha'n hun ar ôl tri pheint o galondid. Jest bod hi'n cymyd hirach i rei ohonon ni ffendio be 'di o.

'Ar ben dy hun wyt ti?' medda'r boi 'ma wrtha fi pan godish i i fynd at y bar.

'Ma hi'n edrach felly, yndi?' medda fi a sbïo nôl at 'y nghadar. Boi papur newydd arall, mwn.

'Goda i hwnna i chdi, yli. . .' medda'r boi.

'Iawn,' me fi. Doedd waeth gin i rownd ddim i arbad 'y mhegla.

Erbyn i mi droi rownd eto oedd 'na ryw homar o foi efo mwstash wedi dwyn yn sêt i.

'Fysa'r basdad yna'n neidio i medd i mor sydyn?' me fi.

'Sh! Paid â gweiddi,' medda'r boi wrtha fi. 'Tommy David ydi o!'

'Pwy?'

'Blaen-asgellwr Cymru stalwm. Ma'i blant o'n mynd i'r ysgol Gymraeg yn Bontypridd.'

Terry Holmes, Steve Fenwick. . . Ma'r hogia rygbi 'ma fatha morgrug hyd lle 'ma, erbyn gweld.

'Ti'm yn nabod *fi,* nag wyt?' mo.

'Fysa'n help tasa ti'n tynnu'r masg 'na!' me fi'n meddwl bo fo ar ei ffordd i barti ffansi-dres ne rwbath.

'Dim ond wrth wisgo masgia medra i fynegi'n hun,' medda fo.

'Ti'n edrach fatha blydi Lone Ranger!' me fi.

'Galw fi'n be tisho,' medda fo wedyn. 'Gin i ddigon o ffug-enwa fel ma hi.'

Mylliwr go iawn os gwelish i un rioed.

'New Ely?' mo. 'Diwadd y Saithdega? Dwi'n dy gofio *di'n* iawn, sti.'

A dyma fi'n ryw hyw-gofio ella bo fi wedi weld o unwaith ne ddwy yn cega yn y bar efo Marx Merthyr, a Marx yn dŵad yn-dôl yn wyllt i gyd at y cardia a'i alw fo'n 'ffycin ffashist'.

''Dan ni i gyd wedi tyfu fyny ers hynny, do!' medda'r boi a chwerthin.

O'dd o'n swnio fatha boi o dre 'cw ond ddim cweit. Co Fangor ella.

'Wyt ti'n dal i sgwennu?' medda fo mewn sbel.

'Sgwennu be?' me fi.

'Chdi nath *Dyddiadur Dyn Dwad,* 'de?'

'Ia wel, gneud ffafr efo rhywun stalwm oedd hynny, yli. Ma 'meiro fi wedi hen rydu bellach taswn i haws â deud wrth bobol. . .'

Achos bod y crinc 'na yn y *Western Mail* wedi codi'r hen grachan 'na amdana fi mewn trwbwl efo'r *Dinesydd* a ballu mi ddoth 'na doman o bobol i 'ngweld i yn rhosbitol am rwbath blaw Rocky Regan. Dyna ydi'r trwbwl efo cael sylw, ia. Chewch chi mo'r da heb y drwg, na chewch?

O'n i wedi clwad sôn am *Y Cymro* a *Y Faner,* ia, er bod y ddau yn rhy uffernol o sych i fi ddarllan nhw ond rhaid i fi gyfadda bo fi rioed 'di clwad sôn am *Golwg*. Am uffar o enw stiwpid i alw papur, ia? 'Yli *golwg* sy ar hwn!' chwadal Fferat Bach. Ond ddoth 'na ryw wennol o'r papur i drïo ffalsio efo fi, do.

'Mae 'na si bod 'na lyfyr newydd ar y gweill!' mo.

'Malu cachu maen nhw,' me fi.

'A maen nhw'n gweud bod argraffiad newydd o'r *Dyddiadur* ar y ffordd o'r wasg.'

'Drosd 'y nghrogi fi, ia, con'!' medda fi.

'Odi e'n wir bo ti'n bwriadu cyhoeddi'r hen erthygle mas o *Curiad* dan y teitl 'Yr Apocr-uffar'?

Be ffwc oedd y boi 'ma'n batro? Lle oedd o'n cael ei syniada? Rhaffu clwydda a thaeru bo nhw'n wir. . .

Ond oedd hynna'n ddim byd i gymharu efo'r fodan ddoth o'r *Guardian* i'n holi fi tu chwynab allan.

'What is the *Guardian?*' me fi.

'Marvellous!' medda hi. 'Just what I expected! I suppose you've based your style on the Socrates "act dull" principle?'

Trwbwl oedd bod Meic Stevens wedi cyfieithu rei o'n straeon i i Saesneg ar gyfar ryw 'Cardiff Monthology' ac oedd hi'n amlwg bod ei dranslêtio fo gyn waethed â'i ganu fo.

'I love the satirical undertones in *Daughters of the Dawn,*' medda hi.

'What?' me fi.

'Oh! Don't get me wrong,' medda hi. 'It doesn't come

across as didactic in any way. Your writing doesn't betray your academic background at all!'

Rhaid i chi fadda i rei bobol, does? Yn enwedig pan ma lleuad yn llawn.

'Do I detect the influence of Salman Rushdie in your work?'

'Solomon?' me fi.

'Yeah,' medda hi, 'I suppose Non-conformity is your Islam. . .'

O'dd hi'n trïo deud bod y cracpot Co Meini 'na o Iran yn debyg i'r ddwy bladras 'no drïodd yn lladd i yn *Howells* stalwm. Mi soniodd hi rwbath am ryw ddiplomat o Bwlgeria gafodd ei stabio gin ambarel. Iesu! ma pobol yn mwydro, yndyn? Ddechreuodd hi falu cachu am ryw *Midnight's Children* ac am wn i na sôn am Rocky a finna yn trochi yn y Taff gefn nos oedd hi. Nesh i smalio bo fi'n rhy wan i siarad. Be arall newch chi pan ydach chi'n dallt dim? A nesh i ddim byd am sbel ond nodio ne ysgwyd 'y mhen.

'Your love-hate identity theme rings a bell. . .' medda hi eto. 'You're obviously a Roth fan. . .'

'Ross where?' me fi. 'Ross-on-Wye?'

Fuesh i drw fanno ar bys o Gaerdydd i Shrewsbury ar yn ffor' i sioe floda efo Belinda stalwm. Fanna ma Jack Edwards yn treinio'i geffyla a fydda i *yn* bacio rheiny weithia, dwi ddim yn deud. . . Ond peidiwch â gofyn i fi sut oedd hon yn gwbod.

'Roth-on-Wye!' medda hi. 'Absolutely! That's a great title for the article!' Oedd hi'n chwerthin ac ysgwyd ei phen run pryd wrth sgwennu fo lawr. Bechod drosti deud gwir. O'dd hi'n embarasd dwi'm meddwl achos ei lithp.

Welish i byth mo erthygl Fancy Nans Smith. Wel, pwy uffar sy'n darllan y *Guardian,* ia?

'Ma gin ti dipyn o banásh am gyhoeddusrwydd, does?' medda'r Lone Ranger wrtha fi. 'Dwi'n meddwl dylsat ti drïo gneud yn fowr ohono fo sti.'

'Be ti'n feddwl?' me fi.

'Gwranda,' mo. 'Wyt ti wedi meddwl am sgwennu yn broffesiynol o gwbwl?'

'Y?'

'Sgwennu straeon am bres,' mo.

'Fedra i'm sgwennu straeon, siwr Dduw,' me fi, 'Cwbwl fedra i neud ydi deud be sy'n digwydd i fi.'

'Champion!' medda'r boi. 'Union be dwi isho!'

'Ddeudist ti bod 'na fags ynddi hi?' medda fi wrth ail-chwara be ddeudodd o cynt ar *action-replay*'n meddwl.

'Oes—a ddim pres pocad ydi o chwaith,' medda'r boi a llyfu ffroth y *Brains* 'ddar ei fwstash. 'Yli Gron,' mo. 'Gad i mi roid 'y nghardia i gyd ar bwr'. Fyswn i wrth 'y modd cydweithio efo chdi. Chdi'n sgwennu'r straeon—fi'n sgwennu'r sgript. Be ti'n ddeud?'

O'n i'm yn siwr iawn *be* i ddeud.

'Faint ga i?' me fi ymhen hir a hwyr.

'Mi ga i air efo'r cynhyrchydd ben bora fory, os tisho. . . Mae o wedi bod yn trïo cael gwynt S4C yn barod. . .'

'Be?' medda fi yn dechra gwingo ar flaen yn sêt, meddwl bod hwn wrthi'n cyfri'i gywion cyn i'r hogyn hyd yn oed gytuno i neud dim byd iddo fo. Mi sylwodd o ar hynny a neidio i'r adwy cyn 'mod i'n neidio i'w wddw fo.

'Fyny i chdi wrth gwrs!' mo a dal ei ddwylo i fyny fatha tasa fo'n gofyn am driws, 'ond dwi *yn* teimlo bod 'na stori 'ma.'

'Fi'n cael yn achub gin Rocky Regan ti'n feddwl?'

'Ia,' mo, 'ond yn y bôn, sut le ydi Caerdydd 'ma i Gofi sy 'di priodi.'

Doedd 'na mond dwy awr tan stop-tap felly o'dd gin i ddim amsar i ddeud wrtho fo. Methu dallt o'n i be oedd o'n gofyn i fi. O'n i'n meddwl bo raid i chi sgriblo i'r *Cymro* ag ennill yn Steddfod a sgwennu toman o'r llyfra 'ny oedd yn hel llwch yn *Siop Eric* yn dre stalwm cyn ceuthach chi sgwennu i'r teli. . .

'Ti'n byw yn yr oes o'r blaen, achan!' medda'r boi wrtha fi. 'Ma oes y gair printiedig drosodd, siwr Dduw!'

'Wel, fydda i'n gweld *Reader's Digest* reit ddifyr, ia,' me fi.

'Faint o bobol sy'n darllan llyfr Cymraeg? Deng mil ar y gora? Llai? Ond ma 'na gan mil yn gwylio rhaglenni gora S4C, yli.'

O'n i'n gweld ei bwynt o, ia? Ond o'n i'n dal mewn penblath. Bob man buesh i rioed i chwilio am job, oeddan nhw isho reffrensys. Isho gwbod be oedd 'y nghredenshals i, 'y nhrac record i, ia. O'n i'n gweld yn hun yn ddigywilydd fatha talcian tŷ yn mynd i sgwennu i'r teli a'n sbelio fi'n warthus a geiria Saesneg yn bla drw 'Nghymraeg i.

'Tydi petha fel 'na ddim yn bwysig ar y sgrin, nadi?' medda'r boi. 'Be dwi'n chwilio amdano fo ydi gwreiddioldeb, a lliw.'

'A ma rheiny gin i, yndyn?'

'Saff i ti!' mo.

Sgin i ddim tamad o help ond dwi bob amsar wedi ama petha sy'n dŵad i fi ar blât. Gesh i 'nysgu rioed bo chi'n cael be 'dach chi'n haeddu, be 'dach chi'n weithio amdano fo, ia? O'n i rioed wedi breuddwydio neud ffasiwn beth â sgwennu rwtsh i'r teli, nag o'n? Ond dyna fo, dwi rioed wedi *gneud* dim byd yn 'y mywyd—petha sy'n digwydd i mi.

'Cwbwl fedra i neud ydi deud be dwi'n feddwl a meddwl be dwi'n ddeud,' medda fi a chynnig yn llaw iddo fo.

'Wel, os oes gen ti rwbath i ddeud, teli ydi'r lle, 'de boi!' medda fynta ac ysgwyd yn llaw i'n galonnog. 'Peint bach i ddathlu!'

Fanna buon ni'n malu cachu am hyn, llall ac arall am weddill y noson. O'dd dim isho i mi deimlo cywilydd o gwbwl bo fi'n sgwennu i'r sgrin. O'dd 'na bob math o idiot yn gneud medda fo. Pobol oedd wedi cofio'n sydyn yn 1982 bo nhw'n medru Cymraeg. Pobol oedd yn lladd ar yr iaith ychydig fisoedd yn gynt. Pobol na fedra ddim rhoid dwy frawddeg efo'i gilydd ar bapur dros eu crogi. O'dd 'na un boi wedi gyrru toman o sgriptia i fewn a'r cwbwl oedd o wedi neud oedd translêtio *June & Terry* i Gymraeg.

'Be tasa chi heb weld *June & Terry?'* me fi. 'Ella bysach chi wedi prynu nhw.'

'Dwi'n nabod rwtsh pan dwi'n weld o,' medda fo. 'Mewn unrhyw ffycin iaith!'

Odd y boi yn dechra relacsio bellach ac o'dd 'na ryw sein ne ddau ella bo fo'n un o'r hogia ar un adag. . . ond unwaith o'dd o'n dŵad yn agos at fwrw'i fol dyma fo'n cau unwaith eto fatha cragan gocos a chuddiad tu nôl i'r masg 'na.

'Reit ta!' medda fi stop-tap. 'Mi â i adra i roid min ar 'y mhensal. Dwn i ddim lle ddiawl i ddechra chwaith. . .'

'Wel, 'di o'm yn lle fi i roid syniada'n dy ben di,' mo.

'Sut dechreuist *ti* ar y gêm 'ma?' medda fi.

'Fi?' mo a stwffio'i oriad i mewn i dwll clo ei *Volvo* coch. 'Sgwennu ryw sgets ne ddwy i'r plant yn yr Ysgol Sul. . .'

'Ysgol Sul?' medda fi'n sbïo'n wirion arno fo.

'Ia ia,' mo. *'Audition* gora gei di yn Gaerdydd. Cynhyrchwyr lond set fowr a ballu.'

'Ti'n gneud yn iawn i weld,' me fi yn trïo ffalsio wrth frolio'i gar o.

'O! Edrych Joseff mae'r seren wedi aros uwchben y stabal acw!' mo.

'Y?' medda fi a sbïo i fyny i'r awyr llawn sêr.

''Y nrama gynta i!' mo. 'Un sgript Diolchgarwch ac un sgript Dewi Sant-yn-iachau-Pawl-Hen yn ddiweddarach, ac o'n i'n sgwennu sgriptia i HTV.'

'Iesu!' me fi. 'Pwy fysa'n meddwl bysa 'na fags mewn petha fel 'na, ia?'

'Wel, diwedd y gân ydi'r geiniog, 'de, chwadal Billy Graham wrth y bocs casgliad!'

Mewn i'w gar â fo a rowlio'i ffenast-letrig i lawr.

'Hei, gyda llaw,' medda fi cyn deud nos dawch wrtho fo. 'Ti ddim yn digwydd gwbod os ydi Maggie Bont a Lord Snowdon yn dal efo'i gilydd, wyt?'

* * * * * *

'W! Gogs!' medda Siân yn gwely. 'Symud dy benelin, nei di—mae'n neud dolur i'n gefen i.'

Dyma fi'n sbïo a gweld bod 'y nau ben-elin i tu allan i'r dillad yn pwyso ar bentyrra o *Reader's Digest*. . .

'Helo!' medda Siân yn siarad efo rwbath dan y dillad. 'Wel dyma ddyn dierth!'

O'dd 'na ryw fath o wyrth wedi digwydd. Roedd y 'gala fach yn shiglo'i phen unwaith eto' chwadal Gari Gwter Fawr!

'Ti'n gweld beth ma pedwar dwrnod heb gwrw'n neud?' medda Siân a golwg 'be-ddeudish-i?' arni.

'Paid â mwydro!' medda fi. 'Ar y lagyr o'n i heno ma siwr.'

'So what?' medda Siân.

'Ti'm 'di clwad?' medda fi a nelu at 'y nghwd. 'Ma lagyr yn cyrraedd partia pellach na cwrw, yndi!'

* * * * * *

O'n i'n dal yn yr offis yn Mount Stuart Square yn disgwl i S4C ffonio'n-dôl i ddeud faint geuthwn i, pan welish i fodan yn codi babi o'r pram 'ma tu allan i siop *antiques* a denig i ffwr' efo fo. Ddoth y fam allan o ddrws y siop jest mewn pryd i sgrialu ar ei hôl hi. O'dd hi'n sgrechian blydi mwrdwr ac yn chwyrlïo canhwyllbren 'biwtar uwch ei phen a'i bryd ar ladd. Ddoth y boi siop *antiques* allan wedyn efo cledda oedd yn llaw'r Sir Lancelot yn ffenast a rhoid wib ar ôl y fam meddwl bod hi'n nabio'r ganhwyllbren. O'dd hi fatha Keystone Cops, myn uffar. Ond o'dd o'n profi i fi bod 'na fywyd ar ôl ar y strydoedd 'ma. Fi oedd wedi bod yn ista yn y ffenestri rong, ia?

Mewn ryw fis ar ôl iddo fo ofyn, o'n i wedi gorffan pum stori iddo fo. Wel, oeddan nhw'n hirach na straeon deud gwir, mwy fatha llythyra twrna yn cwyno am yn stad. Y peth nath yn synnu fi oedd bod hi reit hawdd neud nhw. Dim traffarth o gwbwl. Ceffyl da ydi *cert* chwadal Sam Cei—o'dd gwbod bo fi'n ennill toman am bob pejan yn uffar o sbardun.

'Dwi'n licio nhw!' medda'r boi. 'Ma'r werin yn ysu am weld petha fel hyn ar y sgrin. Dipyn bach yn fudur yma ac acw ella, dipyn bach yn hir—fydd rhaid chwynnu rheina allan—ond drwodd a thro, gallwn, dwi'n meddwl gallwn ni weithio ar rhein. Dwi'n meddwl bo ni ar yn ffordd at gyfres, achan!'

O'n i wedi dŵad i mewn i *routine* reit ddel, deud y gwir. Golchi llestri peth cynta rôl i Siân fynd i'r gwaith, dystio dipyn bach, golchi dillad ne baratoi'r lentil fflan—be bynnag oedd rhaid i mi neud—a wedyn nelu am y llofft sbâr a dechra sgriblan ar y ddesg MFI o'n i wedi'i phrynu i fi'n hun. Teimlo'n grêt bod gin i joban o waith i fynd iddi unwaith eto hyd yn oed os na jest i fyny grisia oedd hi. Ma hi'n cymyd dipyn o amsar i rywun sy wedi bod yn gneud rwbath mor ddienaid â gwaith tŷ am sbel i ennill ei hunan-barch yn-dôl, yndi?

'Still haven't found anything then?' medda Grenville drws nesa wrtha fi dros ffens yr ardd pan o'n i wrthi'n torri gwair efo brechdan tiwna yn 'y ngheg un amsar cinio.

'Yes actually,' me fi a darna mân o diwna yn saethu i bob man allan o 'ngheg i. 'I'm working from home.'

'Oh. Anything interesting?' mo yn methu cuddio'r siom amlwg ar ei wep fod yr hogyn wedi cael bachiad o'r diwadd. Fel 'na ma rei pobol. Fatha tasa dymuno drwg i bobol erill yn rhoid ryw solar-enerji iddyn nhw.

'I'm a freelance television story-liner,' me fi. A dwi'm yn gwbod lle a'th o wedyn os nad oedd o wedi cael ffatan tu nôl i'r berth.

'Un peth dwi wedi sylwi,' medda'r Lone Ranger yn ei offis. 'Ma dy Gymraeg di wedi gloywi'n arw ers *Dyddiadur Dyn Dwad,* ydi o ddim?

Fel 'na ma lot o Gofis. Gynnoch chi gwilydd iwsho lot o'r geiria ma'ch mam a'ch tad yn iwsho pan 'dach chi allan efo'ch mêts, oes? Ond pan 'dach chi'n hŷn, 'dach chi'n cofio lot ohonyn nhw a maen nhw'n handi i ecspresio'ch hun yn well, yndyn? Y peth gora i gyd i fi ar hyn o bryd oedd yr hafa hir hynny o'n i wedi'u treulio stalwm efo Nain a Taid yn Nefyn. Dwn i'm os oes gin i go' da pan dwi'n trïo ne be, ond fedra i gofio sgyrsia cyfa o'n i'n gael efo nhw amsar hynny yn union fatha 'swn i'n chwarae tâp fideo. Bob tro dwi'n styc am air dwi'n meddwl sut fysa Nain Nefyn yn deud rwbath.

'Be ti'n traffath ffonio?' medda'r hen fod wrtha fi un noson pan ffonish i nhw o Radyr i ciosg ben lôn yn Sgubs. 'Oes 'na rywun 'di marw ne rwbath?'

'Gofynnwch i Nain Nefyn ddŵad at y ffôn,' me fi.

'Iesu Grist, i be?' medda'r hen fod. 'Ti'n gwbod faint o'r gloch ydi hi—ma Nain yn ei gwely ers chwech.'

'Wel gofynnwch iddi'n ffonio fi fory, 'da.'

'Ma hi'n *ninety-two* cofia! Be san ti isho 'lly?'

'Isho gwbod be 'di *wolf in sheep's clothing* yn Gymraeg. 'Dach *chi*'m yn gwbod, na 'dach?'

'Arglwydd Mowr! Be ti feddwl dwi, d'wad? Yli, dwi isho mynd i bingo *Empire* rwan. Cofia fi at bowb!'

Nesh i drïo ffonio fel hyn ddwsina o weithia i drïo cael

help ond ail gesh i bob tro. Mi yrrish i lythyr efo ugeinia o eiria arno fo ond 'dach chi'n meddwl gesh i atab yn-dôl? Yn diwadd ddeudish i wrth Siân bo fi'n mynd adra am wîc-end i gael sgwrs gall efo Nain Nefyn, ac aros ar soffa yn lle Brenda'n chwaer.

'Be ti'n hambygio'r hen wraig?' medda Brenda wrthi'n rhoi tutsan i'r fenga sgynni hi. 'Ma hi'n colli arni, tydi?'

'Ma hi'n gwbod miloedd o eiria!' me fi. 'Os na cha i afal arnyn nhw rwan ella fydd hi'n rhy hwyr!

'Chdi â dy ffycin geiria!' medda hi wrtha fi. 'Ma gin rei ohonon ni waith go iawn i neud, sti!'

O'dd biti gin i dros Brenda, ia, plentyn arall wedi cyrraedd eto leni, y lle fatha doman byd, mags yn brin a gŵr da-i-ddim fatha'r Jim Bara Saim 'na. Ond oedd ddim isho bod fel 'na, nag oedd, efo hogyn oedd yn trïo cadw i'r oesoedd, y mêl a'r glendid a fu.

'Sut medri di fyw efo chdi dy hun?' medda Brenda. 'Ar ôl bob dim ma Pegi wedi bod drwyddo fo?'

Ddeudish i'm byd. O'dd gin i betha gwell i neud na trafod Pegi Wyn, doedd?

O'dd gin Nain Nefyn fab oedd yn byw yn Stockport, Manchester. Cachwr llwyr oedd byth yn dod i gweld hi, ond Thomas o'n i bob gafael gin Nain. O'dd gin yr hen wraig ddim clem be nath hi ddoe na'r wythnos dwutha ond oedd hi ddigon hawdd cael sgwrs gall iawn efo hi am 1939 pan gesh i (sef Thomas) 'y nrafftio mewn i rarmi i gwffio efo Hitlar. Os o'n i'n digwydd bod isho geiria am wahanol salwch a ballu, cwbwl oedd rhaid i mi neud oedd teimio'r Tardis i fynd 'nôl i tua 1930 pan oedd Thomas yn rysgol a mi fydda Nain awê. . .

'Ma dy lygad di'n glwyfus, 'ngwash i.'

''Dach chi'n meddwl?'

'Beryg bo chdi'n hel am rwbath. . .'

'Dwi'n iawn, Mam. 'Dach chi'n iawn?'

'Yndw am wn i. Blaw bo 'na ryw hen gloch bach yn 'y

nghlust i yn swnian fatha gwenyn mewn bys coch 'te, ngwash i! Ust! Ydi Morgan yn berwi, d'wad?'

A fel hyn buo hi drw wîc-end. Fedar Nain ddim agor ei cheg nad oes 'na berl yn dŵad allan. Petha dwi'n wbod—petha dwi'n gofio—blaw bo nhw mor ddyfn yn 'y nghoconyt na fedra i yn 'y myw eu cael nhw allan. Cyn mynd adra, oedd gin i wyth cant saith deg tri o eiria lawr yn y Dyddiadur UC-CAC coch 'na doedd Siân byth yn iwsho. A fydd o'n drysor i fi am byth rwan, fatha record o iaith Nain Nefyn.

'Be ti'n feddwl ydi dy Nain? Enseiclo-blydi-pidia?' medda'r hen go wrtha fi nos Sadwrn.

'Biti bo fi'n byw mor bell i ffwr',' me fi. ''Dach chi'm yn gwbod be sgynnoch tan i chi golli fo.'

'Fysat ti ddim yn siarad fel 'na 'sa ti'n gorod byw efo hi rownd y rîl, 'ngwash i. Ma hi fatha ffycin gwallgofdy yma weithia. . . Ti'n dŵad i'r Eagles?'

'Iawn,' me fi. 'Buan ma rhywun yn anghofio sut ma hogia dre yn siarad os 'dach chi'n byw i ffwr', ia?'

'Unwaith yn ddyn, ddwywaith yn blentyn, myn uffar!' medda'r hen go.

'Ia,' medda fi. 'Bechod drosti.'

'Ddim dy Nain dwi'n feddwl,' mo. 'Chdi!'

* * * * * *

'Newyddion da!' medda'r Lone Ranger. 'Ma S4C yn licio'r syniad.'

'Grêt,' me fi. 'Faint ga i?'

'Ryw ddau gant am bob stori.'

'Dau gant!' me fi.

'Wel OK,' medda'r boi. 'Mi bwsha i am ddau gant a hannar i chdi, 'ta.'

O'n i'n teimlo'n grêt. Oedd yn ffiol i'n llawn.

'Un feirniadaeth bach. . .' mo.

'O?' me fi.

‘Ma S4C yn teimlo ella nad oes ’na ddim digon yn digwydd. . .’

‘Fel ’na ma hi, ia,’ me fi. ‘Be uffar ma’n nhw’n feddwl ydw i? Cyfrannwr bob bendithion, ne rwbath?’

‘Cyfrwng gweledol ydi’r teledu wrth gwrs,’ mo.

‘Wel, ia, siwr Dduw,’ me fi. ‘Ma hynny’n amlwg i ddyn dall, yndi?’

‘Reit ffwr-â-chdi ’ta—o dy wobor at dy waith,’ mo. ‘Lle ma’r stori’n mynd o fan hyn, ’ta?’

‘Sut ti’n disgwl i mi wbod?’ me fi. ‘’Di o’m ’di digwydd eto, nadi?’

'O! Dad yn deulu dedwydd'

Chewch chi mo'r melys heb y chwerw meddan nhw. O'n i wedi gneud pnawn da o waith yn torri darna allan o papur newydd ac yn sgwennu'n helyntion efo Rocky Regan cyn i mi'u anghofio nhw pan ddoth Siân i mewn i'n stydi fi efo panad o de a phacad o *Rollo*. Fi sy'n arfar gneud hynny iddi hi pan ma hi'n marcio llyfra plant tan ddeg o'r gloch yn ystod yr wsnos. 'Blydi ffyliaid 'dach chi'n neud o,' me fi, 'os na 'dach chi'n cael ych talu.' Dwi byth 'di newid 'y meddwl na wancyrs ydi tîtshyrs. Ond be oedd y *Rollo*-rifyrsal 'ma? Ma raid bod hi isho rwbath. . .

'Beth ymbytu cal Mami a Dadi i swper nos Sadwrn?'

'Be ti am neud?' me fi. 'Eu grilio nhw 'ta'u ffrïo nhw?'

Jôc rech, ia? Hen fatha pechod. Ond nath Siân chwerthin. Sein drwg. O'dd hi'n amlwg isho bod yn yn llyfra da fi.

Tro dwutha nath hi fygwth rwbath fel hyn o'n i ar ganol watshad *Fawlty Towers* dwi'n cofio'n iawn ac oedd Basil druan o dani fel arfar gin yr astan Sybil 'na.

'Ma Mami a Dadi'n dod i weld y tŷ, OK?' medda Siân amsar hynny.

'Que?' medda fi a throi nôl at Manuel.

Oedd 'na fisoedd wedi mynd heibio ers hynny ag o'n i jest iawn wedi anghofio am yr Outlaws, 'y mam a 'nhad yng nghyfarth, ia? Chwara teg i Siân, oedd hi wedi'n cadw ni mewn compartments ar wahân nes i ni gael amsar i ddŵad i delera efo'r ffaith bo ni'n perthyn—ar bapur eniwê.

'Maen nhw'n moyn dy longyfarch di ar dy lwyddiant,' medda Siân.

Iesu! Dau wynebog ydi pobol, ia? Pan ti'n sgwennu stori i S4C a chael dy dalu'n hael am dy draffath maen nhw'n penlinio wrth dy draed di. Ond pan ti'n straffaglu i neud pejan i'r *Dinesydd* am ffyc-ôl, maen nhw am dy ladd di. A dim ond deud 'y neud ydw i heddiw, run peth a nesh i rioed, ia!

Ella bo Siân yn gwisgo sbecs, ia, ond o'dd hi wedi 'ngweld i'n dŵad o bell, oedd? Mae'n rhaid bo fi'n sofft ne rwbath achos dyna lle o'n i ar fora'r cyp-ffeinal rhwng Llanelli a Chastell Nyth wrthi'n prynu'r geriach ar gyfar y swpar crand 'ma. Blydi teulu! Un peth 'dach chi ddim yn bargeinio amdano fo pan 'dach chi'n caru'n gocwyllt ydi bod 'na beryg i'r fodan wllwng ei 'llwyth' arnach *chi*, ia?

Anghofia i byth mo'r noson pan a'th Siân a finna i'w tŷ nhw yn Lisvane i ddeud bo ni'n mynd i briodi. Oeddan ni wedi bod yn chwara yn y Clwb Badmington ac oedd Siân wedi'n leinio fi. Toedd hi wedi cael ei hyfforddi ers pan oedd hi'n naw, doedd, tra o'dd yr hogyn yn chwarae efo bat swllt o *Woolworth* yn erbyn wal toilet. O'dd 'na amsar pan na fysa'r un o 'nghoesa matshis i wedi croesi rhiniog Plas Menai i chwara Badmington ond toedd Siân wedi 'mherswadio fi dylwn i 'neud' mwy. Un noson o'n i wedi clwad seilin parlwr yn bowndian fatha tasa 'na rwbath ar y job yn llofft. Pan esh i fyny am stag, dyna lle oedd Siân yn gwisgo ryw siwt leotard secsi ac yn gwingo bob siâp i gyfeiliant ryw fodan yn hefru ar caset.

'Esu! Be sgin ti? Eileen Fowler?' me fi.

'Jane Fondle, y lob hen ffasiwn!' medda hi. 'Ma ishe i tithe gadw'n heini 'fyd. Pam so ti'n loncian ne ware sboncen ne rwbeth?'

O'n i ddim yn gwbod be oedd 'heini' ar y pryd ond ma

powb yn gwbod be 'di Badmington, yndi? O'n i'n eitha ffansïo colbio'r shytlcoc a smalio na pen Grenville drws nesa oedd o! A wedyn, ar ôl cael gwarad ar dipyn o stêm, dyma ni'n mynd at yr Outlaws i sôn am yn love-thirty ninna, ia?

Seimon Pugh ydi enw tad Siân ond Seimon fab Jona fydda i'n ei alw fo am laff, ia. Pwy oedd hwnnw, sgin i'm syniad, blaw bo fo wedi glynyd yn 'y ngho' fi fatha gelan ar ôl cael 'y mrênwasho yn Rysgol Sul. Tro cynta welish i o oedd o'n gymaint o fasdad o'n i'n ama deud gwir wrthach chi os oedd o'n fab i unrhyw un o gwbwl. Ddeng mlynadd yn-dôl drw ryw anlwc uffernol o'n i wedi landio'n ei dŷ fo i gael swpar ar nos Sul. Mi ffendiodd allan na fi oedd y 'Dyn Dwad' ac mi a'th yn lloerig. Ma deng mlynadd yn amsar hir hyd yn oed i eliffant uffar fatha fo gael tshans i anghofio ond ma'n amlwg bod y peth wedi'i greithio fo am byth.

Ma Caerdydd yn lle anfarth o fowr pan 'dach chi'n unig, ond ma'r blydi glôb yn rhy fach pan 'dach chi'n trïo cadw allan o ffor' rywun. Pan ddoish i lawr i drïo am job mis Rhagfyr dwutha—dreifio Bedwyr y Bys i'r Cabin Atab cachu 'na sgynnyn nhw ar S4C—pwy oedd ar y panal penodi, pwy oedd y Pennaeth Trafnidiaeth ond yr echal-ôl ei hun, Seimon ap Jona, ia. Nesh i ddim byd ond troi ar yn sowdwl pan welish i o'n dangos cil ei ddannadd i mi. Once bitten twice shy, ia? (Fethish i'n glir â chael atab i hwnna gin Nain Nefyn. Ma hi'n dechra ffwndro hyd yn oed am y cŵn ar y ffarm lle cath hi ei magu yn Tudweiliog erbyn pump o gloch nos. Y cwbwl sgin i lawr am 'Bywyd Ffarm yn y 1900s' yn 'y Nyddiadur Coch UC-CAC ydi 'Cachu ci cachu cath cachu mochyn jest run fath'—Nain yn chwe blwydd oed.)

O'n i jest iawn â phibo lond yn shorts *Dunlop* claerwyn wrth feddwl am gwarfod yr Outlaws tro cynta. Gyntad byth gyrhaeddon ni'r palas yn Lisvane a'th Simon â fi allan i weld rar' gefn. Oedd hi'n fwy fatha ffarm na rar', deud gwir wrthoch chi. . .

'Gynnoch chi bryd da o ffa fan hyn,' me fi wrth weld bod ei gêns o'n stretsho hannar ffordd i fyny Mynydd Caerffili. O'dd 'na ryw hen foi wrthi'n palu yno a dyma fo'n twtshad pig ei gap pan welodd o ni.

'So Talfryn yn dyall Cwmrâg,' medda Seimon. 'Allwn ni siarad yn blaen mas man hyn.'

Mi cornelodd fi yn un o'r deg tŷ gwydyr ac o'n i'n ama am funud bo fo'n mynd i ddeud y ffacts o leiff wrtha fi.

'Mae'n ddrwg 'da fi ymbytu'r swydd,' mo.

'O hitiwch befo,' me fi.

'Ddim byd personol chi'n dyall. Ond dreni bo chi ddim wedi paso'ch prawf gyrru. . .'

O'dd pawb yn deud wrtha fi bo fi'n idiot yn trïo am job dreifio a finna heb basho 'nhest, ia. Ond nesh i'm deud wrthyn nhw tan ddwrnod y clyweliad ac oedd o'n drip i Gaerdydd ar ecspensus, doedd? O'dd gin i ddim calon i ddeud wrtho fo bo fi'n dreifio *Metro* ei ferch o i bob man, test ne beidio. Deud y gwir yn onast toedd Siân ei hun ddim yn gwbod!

'Ond peidiwch â becso,' mo. 'Fe ddaw rhwbeth arall lan cyn bo hir.'

'Gei di stwffio dy job, Pero!' me fi wrtha'n hun. Dwi reit indipendant fel 'na. 'Da i ddim ar ofyn neb, ia, a ma'n gas gin i ryw blydi *Godfathers* bach codog sy'n meddwl fedran nhw fficsho bob dim fatha John Cacamwnci ar cownsul yn dre stalwm.

Ond chwara teg i ddiawl, drwadd a thro gesh i risepshyn lot gwell gin yr Outlaws na fyswn i wedi ddisgwl. 'Ma raid bo Siân wedi bod yn eu penna nhw,' medda fi wrtha'n hun. A wir i chi, erbyn gweld, toedd hi wedi bod wrthi fel blac yn eu perswadio nhw na cael 'y nenu i neud dryga gin griw o hogia drwg gesh i stalwm, a 'mod i bellach wedi cael troedigaeth rwbath debyg i be gath y boi Saul o Darsus 'nw ar ei ffordd i'r Dambusters stalwm. Ond craffti ydi rei pobol, ia? O'dd rwbath yn deud wrtha fi bo nhw'n falch bod Siân wedi ffendio gŵr hyd yn oed os na fi oedd o. Chwara teg, mi oedd Siân hannar ffordd at oed yr addewid, ac oedd hi'n hen bryd iddi gael rwbath blaw addewid, doedd? Fel 'na oedd eu meddylia nhw'n gweithio, saff Dduw i chi.

Mwya sydyn wrth i ni nelu am bwll nofio oedd yn Olympic-seis os oedd o'n fodfadd, dyma Seimon yn rhoid ei law ar yn ysgwydd i. Blaw bo fo'n dad i Siân fyswn i wedi watshad 'y nhin. Ond isho holi o'dd o sut bo ni'n priodi mor sydyn.

'Maddeuwch fi'n gofyn Gronw,' mo. 'Ond so chi â Siân wedi gwneud dim byd ffôl y'ch chi?'

Dyma fi'n crafu 'mhen am funud a meddwl.

'Dwi'n meddwl ella bysa'r ofen an' hob wedi bod yn rhatach yn *Leekes* Llantrisant deud gwir wrthoch chi,' me fi.

'Oes 'na unrhyw reswm pam na ddylse Siân briodi mewn gwyn?' medda fo'n flin.

'Dim rheswm o gwbwl,' me fi. 'Ma hi'n edrach yn grêt yn ei dillad Badmington eniwê!'

'Chi'n osgoi ateb! Be chi'n gwato?'

'Bc 'dach chi'n feddwl, 'cwato'?' me fi.

'Beth y'ch chi'n guddio, fachgen?' mo a dechra dangos ei dempar fel bydda fo stalwm.

'O dim byd,' me fi â sbïo lawr ar y chwydd yn yn shorts. 'Ym mhocad 'y nhrowsus bydda i'n cadw'n shytlcocs, wchi!'

Tynnu coes yr arab, ia! Gneud iddo fo chwsu am dipyn. 'Mhen hir a hwyr, mi gath ddallt na ddim prodas gwn slygs oedd hi. Ond erbyn hynny o'dd gynno fo rwbath arall i fyny'i lewys, doedd?

'Siân fydd pia hanner hyn i gyd rôl ni fynd, chweld,' mo a dangos y ransh i mi.

'Fydd hi ddim yn brin o le beth bynnag, na fydd?' me fi.

'Ges i'r cyfan wedi'i brisio pwy ddwrnod. . . jest er mwyn cal gwbod yndefe. . . a ma'r cyfan yn werth ymbytu hanner miliwn, chweld.'

Arglwydd Iesu! Dyma fi'n llyncu 'mhwyri a fuesh i'r nesa peth at lychu 'nhrôns. Newydd ddechra dŵad i delera efo mags Siân o'n i, ond doedd rheiny'n ddim byd ond marblis i gymharu efo ffortiwn y boi hyn.

'Licen i ddim goffod torri neb mas. . .' mo a'n stydio fi'n galed cystal â deud: 'Ti'n 'y mhocad i rwan, mab.' O'n i ddim yn licio sut oedd o'n geirio o gwbwl.

'Mwya sgynnoch chi, lleia ydach chi,' me fi yn meddwl am rwbath ddeudodd Marx Merthyr wrtha fi ryw dro.

'Beth y'ch chi'n treial weud?' medda fo'n sarrug.

'Dim byd,' me fi. 'Ond dyna be ma rei pobol yn ddeud, 'de?'

Fysa fo wedi brathu 'mhen i ffwrdd ran gneud, dwi'n meddwl. Dwi'n gwella bob dydd ar fod yn gon' sbeitlyd. Gofyn edrach ar ôl ych hun yn dosbarth canol 'ma, myn diawl. Ond fedra i ddim diodda strop—gesh i ormod ohono fo pan o'n i'n ifanc ma raid—a diolch i'r grâs, ddoth Talfryn draw i ddeud bod y *green-fly* yn dew ar y rhosod. Fuesh inna'n ddigon o fflei i ddenig i'r tŷ deud 'mod i isho jympyr. O'dd yr awal yn fain ac oedd 'y nghrys-tî Jona Barrington i ddim yn ddigon. Mi adawish i Seimon dan yr Hanging Baskets of Babylon a'i miglo hi allan o'r Spanish Inquisition—am y tro, eniwê.

* * * * * *

Laswn i feddwl, laswn? Oedd y dre fatha bedlam dwrnod cyp-ffeinal—y Scarlets a'r All Blacks Cymraeg fatha morgrug o gwmpas yr Hayes 'na. Gorod i mi fynd allan o'r car i giwio am y ffilet stêc a'r samon i'r Outlaws tra oedd nacw'n chwilio os oedd 'na ddwy lathan sbâr rwla yn Gaerdydd i barcio. Dwi'n licio farchnad Gaerdydd —atgoffa fi dipyn bach o Maes Gaernarfon ar ddydd Merchar, ia. Gewch chi homar o banad a sglaffan o frechdan iawn am hannar y pris dalwch chi yn y caffis *Yuppies* sy'n tyfu fatha myshrwms bob man yn dre. Ond ar ôl tua hannar awr o giwio am y samon dyma fi'n dechra colli mynadd, ia. Nesh i ddim byd ond rhoid hergwd i ryw hen foi bach o'r ffordd—gwbod yn iawn bo fi yno o'i flaen o.

'Watch it mate! What's your number?' medda'r boi wrtha fi.

'I'm number one in my book!' me fi. 'Four slices of the salmon in the eyes.'

'Are you No.198, pal?' medda'r basdad mul oedd yn syrfio. A dyma fo'n pwyntio at ryw fashîn ar wal lle o'dd raid i chi gymyd nymbyr a disgwl iddo fo ddŵad i fyny ar sgrin wrth ben y pysgod. Ddyn bach, dwi'n gofyn i chi? Prynu pysgod o'n i isho, ddim chwara bingo! Be sy'n rong efo'r hen ffor' draddodiadol Gymraeg o giwio? Dyma fi'n cipio ticad yn 'y ngwyllt, ond sisho chi ofyn? Ddoth y blydi rîl gyfa i ffwrdd yn yn llaw i, do!

'Where are you from, pal?' medda'r boi wrth drïo'i drwsio fo. 'Western fuckin' Samoa?'

'Get lost,' medda fi. 'All I want is a bit of smoked fuckin' salmon!'

Dyma fi'n sodro nymbyrs 199-307 yn ei law o a deud: 'I hope a hundred an' eight bloody turns is enough for you!'

Dyma fi a'r wraig yn straffaglu drw sgrym y strydoedd. Criwia o hogia ifanc chwil yn sgrechian a chadw reiat. Yr êl yn llifo megis afon a hiraeth mowr ar yr hogyn am y dyddia da pan oedd 'y nhraed inna'n rhydd, ia? O'n i'n teimlo'n dipyn bach o lob-lari yn sobor fatha sant yn ganol yr holl rafins 'ma, a Siân yn gafal fatha pinshars yn 'y mraich i fatha tasa hi ofn 'y ngholli fi, ia.

Ond be 'di'r iws codi pais rôl piso? Ma'r dyddia hynny

drosodd. Gneud yn fowr o be sgin rywun sisho, ia? Ar ôl cinio gesh i 'ngyrru i'r siop yn Radyr i nôl ryw Dijon Mwstard a ryw fân geriach o'dd Siân 'di anghofio. Ma bywyd yn rhy fyr i wrthod temtasiwn yn 'y marn i, ia, a fewn â fi i'r Radyr Arms am ryw chwech sydyn, gwbod na dyma'r cwbwl gawn i heddiw 'ma blaw am ryw biso cath gwin dant-y-llew efo'r Outlaws. O'dd y gêm ar y teli'n y bar, doedd, ac achos bod yr hannar cynta mor uffernol o ddiflas ddechreuodd yr hen feddwl 'ma fynd am dro eto. . .

Ryw ychydig o ddyrnodia cyn i ni briodi o'n i yn y tŷ yn disgwl postman. O'dd Siân a finna'n byw efo'n gilydd yn Heol-y-Deryn yn barod blaw bo ni'n smalio bod hi'n dal yn y fflat, ia, tra bo fi'n gneud dipyn o gna-fo-dy-hun yn fan hyn. Oedd Siân wedi mynd i'r gwaith ac o'n inna ar 'y nglinia wrthi'n sgwrio llawr gegin. Tydi saim chips yn hen sglyfath, dudwch? Ac yn sydyn, dyma 'na gnoc ar drws. 'Postman!' me fi wrtha'n hun. O'n i wedi gyrru am Fformbwc y Fflat o'r *Daily Mirror* ac o'n i'n sbïo mlaen yn ofnadwy, deud gwir. Ond pan esh i i'r drws gesh i sioc ar 'y nhin. Pwy oedd yno ond Mrs Pugh, mam Siân, ia?

'Newydd adael ma Siân wchi,' me fi. 'Hynny ydi, ma hi newydd ffonio o'r fflat yn Rhiwbeina i ddeud wrtha fi bydd hi draw heno 'ma tua pump a mi ddigwyddodd sôn bod hi ar fin cychwyn i'r gwaith. . .'

'Duw Duw! Goronwy bach. Peidiwch â rwdlan newch chi!' medda hi a gwthiad heibio fi i mewn i'r tŷ. 'Gora'n byd po fwya ddowch chi i nabod ar yr hogan cyn y briodas ddeuda i. . .'

Dyma hi'n nelu'n syth am y gegin a berwi'r teciall.

'Isho gair efo *chi* o'n i, deud y gwir,' medda hi. 'Gymrwch chi banad?'

O'n i'n teimlo fatha dyn diarth yn yn lle'n hun efo hon

o gwmpas. Rêl sarjant-mejor, ia? Dwn i'm be dwi'n trafferth bacio ceffyla deud gwir. Dwi'r sala rioed am godi tips go iawn. 'Fel fydd y fam fydd y ferch': felly byddan nhw'n deud, ia?

Be uffar oedd hi isho? Mi dynnish 'y mrat a gwagio'r bwcad tra oedd y te'n sefyll.

''Ngwash gwyn i, be 'dach chi'n stagrio?' medda hi wrtha fi. 'Ma hi'n hwyr glas i Sei 'cw ffendio lle i chi. Mi fedrwch fforddio talu morwyn wedyn. Gewch chi fenthyg nacw sgynnon ni am be 'di hi. Punt yr awr 'dan ni'n dalu. . . er nelo faint ma hi'n neud, dwn i ddim ydi hi werth swllt yr awr, wir. . .'

Be s'ant ti'r Siani uffar? Llnau rysgol fydda'r hen fod yn neud nes aeth hi'n rhy dew a diog i draffath. Dwrnod bysan ni'n talu punt yr awr am sgifi fan hyn ydi'r dwrnod byswn i'n cerddad allan, yli!

Mi steddon ni yn y lolfa—lle bydd pobol yn gneud lol, ia? A mi ddechreuodd ar ei phregath.

''Dach chi a fi wastad wedi dallt yn gilydd dwi'n meddwl, yn do Goronwy?' medda hi a rhoid ei llaw ar 'y nghlun i.

O'n i'n dechra chwysu chwartia meddwl bod hi'n cael syniada. 'Dach chi'n clwad cymaint o straeon dyrnodia yma, yndach? Cofio Ronnie Ned Mul yn joinio rarmi stalwm, ac yn pigo ryw fodan i fyny yn Berlin ne rwla. O'dd o'n cysgu ar soffa yn ei thŷ hi, wedi llwyr ymlâdd ar ôl dobio pan gath o'i ddeffro gin rwbath yn mwytho'i gwd o. Mam y fodan yn cwna, ia!

'Ich nicht haben ein mann für jonken! Schnell! Schnell!' medda hi.

Mi grefodd ar Ronnie Ned i aros efo hi—isho'i brynu fo allan o rarmi a bob dim.

'Gest ti dy demtio, Ronnie?' me fi.

'Ffwc o beryg!' medda Ronnie. 'Ma 'na fwy o leiff yn camp. 'Swn i isho bod yn mêl-prostitiwt fyswn i'n mynd i laf Nelson yn dre, fyswn?'

'Dwi'n gwbod ych bod chi'n hogyn call yn y bôn,' medda mam Siân wrtha fi.

Tro cynta i neb ddeud hynna wrtha fi yn 'y mywyd a dyma fi'n dechra chwyddo rêl llanc. O'dd y ddynas yn 'y nghymyd i o ddifri ac yn dangos dipyn o barch. Os na trïo cosi 'mol i oedd hi, oedd hi'n mynd ffordd iawn o'i chwmpas hi, ia.

'Dwi'n gwbod ych bod chi wedi bod mewn mwy nag un helynt pan oeddach chi'n fengach, ond hen hen hanas ydi peth felly bellach. A deud y gwir yn onast ma Sei a finna'n meddwl erbyn hyn na chi ydi'r atab i'n gweddïa ni...'

O'n i'n meddwl ella bo fi 'di clwad ogla *sherry* ar ei gwynt hi pan ddoth hi mewn. Ond ma'n rhaid bod 'y nhrwyn i'n mynd ohoni, medda fi wrtha'n hun. Ddim ond naw o'r gloch bora oedd hi a hitha'n T.T. mowr. Ond erbyn hyn o'dd hi'n amlwg un ai bo hi'n chwil ne ddim yn gall.

''Dan ni wedi bod yn ymbil ar yr Arglwydd, yn taer erfyn arno fo bysan ni'n cael byw i weld Siân yn setlo i lawr i fywyd teuluol normal,' medda hi.

'Wel mi 'na i 'ngora i chi, 'de,' me fi.

''Dach chi'n gweld Goronwy,' medda hi. ''Dan ni wedi cael ar ddallt fod Siân wedi mynd i rodio yn eisteddfa'r gwatwarwyr...'

'Sut?' me fi yn dallt dim.

'Ma hi wedi mynd i gyboli efo'r Merchaid Coman 'na yn Greenham, ma hi wedi dechra rhuo efo'r De Affrica a'r Bob Geldof 'na a ballu.'

'Dwi'n gwbod hynny,' me fi.

'Wel 'dach chi'n gwbod pwy sy'n llechu mewn llefydd felly, tydach?'

Godish i'n sgwydda i ddangos 'mod i ddim.

'Comiwnyddion!' medda hi mewn llais bach a sbïo rownd i neud siwr bo 'na neb yn ei chlwad hi. 'Plant y Fall. Pobol ddi-Dduw. Anghredinwyr. Ma pob math o aflendid ac anfoesoldeb yn mynd ymlaen yno. 'Dan ni'n dibynnu arnoch chi Goronwy i'w harwain hi o'r gors!'

Iesu! Tro ar fyd, ia? O'n i'n teimlo'n uffar o foi deud y gwir wrthach chi. Ar ôl bob dim o'dd wedi digwydd o'dd y Dyn Dwad yn fwy o foi yn llyfra hon bellach na'r sgethwr Desmond Tutu a'r Monsenior Bruce Kent a'r Ocean Wyn Jones 'na i gyd efo'i gilydd! Doedd gin i ddim calon i ddeud wrthi wedyn bod Siân yn dal i gael Airmales o 'rwth y gotsan Gwenan Lesbian 'na yn New York.

* * * * * *

Erbyn chwech nos Sadwrn o'n i wedi rigio'n barod ar gyfer yr Outlaws.

'O 'Rarglwydd! Tydyn nhw rioed yn gynnar!' medda fi wrtha'n hun pan glywish i gnoc ar drws. Ond pan agorish i, gesh i sioc ar 'y nhin. Pwy oedd yno yn gaib racs, y pedwar ohonyn nhw, ond Sam Cei, Bob Blaid Bach, George Cooks a Mimw Besda. Y Rafins i gyd yn eu regalia rygbi wedi dŵad i lawr i weld y gêm.

'Su' mai, con'?' medda Sam a cherddad i mewn heibio fi. 'Sgin ti giando geith yr hogia am noson?'

'Lle posh gin ti fan hyn!' medda George Cooks. 'Siwr bod rent yn ddrud, yndi?'

'Lle ti 'di bod? Cnebrwn?' medda'r Blaid Bach yn stagio ar yn siwt i.

Nath Mimw Besda ddim byd ond torri gwynt a nelu'n syth am y bog ar ben grisia.

'Os na pishad tisho, gei di neud o fan hyn,' me fi a dangos y bog bach iddo fo.

'Be tisho laf yn lobi?' medda Mimw. 'Ydi dy fladyr di'n wan, yndi?'

'Geuthon ni dipyn o straffîg dy ffendio di deud gwir,' medda Bob. 'Radyr 'ma'n lle mowr, yndi?'

Doedd o ddim hannar digon mowr yr eiliad honno pan

ddoth Siân o'r bathrwm i ben landing i weld pwy o'dd yno. O'dd hi rioed wedi cwarfod yr hogia o'r blaen a'r ffordd nath hi sbïo'n ddu arna fi o'dd hi'n amlwg na toedd hi byth isho gneud eto chwaith.

'Dwi wedi clwad lot amdanoch chi,' medda'r Blaid Bach.

'Dwi 'di darllan amdanoch chitha hefyd,' medda Siân yn sôn am lyfr yr hog.

'Sori bo fi wedi methu dŵad i'r brodas,' medda Sam Cei yn sbeitlyd.

Fi oedd yn cael honna. O'dd Sam wedi llyncu mul ers misodd am na chafodd o fod yn was prodas i fi. Sam oedd yn ffrind penna fi ers pan o'n i yn 'y nghlytia a fo oedd 'y ngwas i fod yn nhrefn naturiol petha ond be newch chi 'de? To'dd o a George Cooks wedi bwcio Hogmanay Hwyr yn Scotland cyn i ni enwi'r dwrnod. Ac am y gweddill, prodas fach oedd Siân isho a dyna fo. O'dd hi'n ddigon o gontract cael y ddau deulu at ei gilydd heb sôn am ddim byd arall. Dwi'm yn ama nad oedd 'na fwy o Gymraeg rhwng Christopher Columbus a'r Indians cynta nath o gwarfod yn America nag oedd rhwng y Jonesus a'r Pughs yn brodas. Brecwast yn Manor Park—*restaurant* ddruta Caerdydd. Y ddau dad ddim yn deud bw na be wrth ei gilydd drw dydd a Gwawr chwaer Siân a'i stocbrocyr ladi-da o Lundan yn ista efo Brenda'n chwaer a Jim Bara Saim. Brenda'n dechra canu *The Wedding* Julie Collins a chrïo mewn i'w phwdin ar ôl dau lasiad o *champagne* a Joni Wili 'mrawd yn chwdu'i gyts i mewn i fag lledar llawn trugaredda ffotograffi Ben Bach, 'y ngwas prodas i. Finna ofn nes o'n i'n swp sâl i Brenda ddechra sbragio am Pegi Wyn yn ei diod. Petha bach fel 'na ma rhywun yn gofio am ddwrnod ei brodas, ia.

'Peidiwch â traffath gneud dim i fyta,' medda George Cooks yn gobeithio bysa rhywun yn cynnig. 'Gawn ni jink yn rwla dwi'n siwr.'

Does 'na ddiawl o ddim yn Radyr beth bynnag. Dim caffi o fath yn y byd o fewn milltiroedd. Fysan nhw'n meddwl bod y Savoy yn rhy goman i'w pentra posh nhw.

'O, mi gymrwch ddishgled wy'n siwr!' medda Siân. 'Ma siwrne hir 'da chi nôl i'r Gogledd.'

'Fysa'r-hogia'n-licio-aros-heno,' medda fi yn un ribidires sydyn a chau'n llgada a disgwl am y daran.

''Na dreni!' medda Siân yn obeithiol. 'Dim ond un gwely sbâr sda ni.'

Ac ar y gair dyma Mimw Besda yn byrstio allan o'r bog efo'i drowsus rownd ei benglinia.

'Hei cont, 'sa'm papur 'ma!' medda'r ffŵl a chodi'i drowsus i guddiad ei gwilydd.

'Sori del! O'n i'm yn gwbod bo chdi'n fanna!' mo. Ond oedd hi'n amlwg wrth ei wynab o bo fo wedi cachu'n ei drôns.

Nath Siân ddim byd ond troi ar ei sowdwl am y gegin. O'dd hi'n amlwg bod hi wedi cachu arna finna hefyd.

'Cerwch i watshad y teli hogia,' me fi a dangos y parlwr iddyn nhw. 'Wela i chi mewn dau funud!'

Nesh i ddim byd ond nôl bog-rôl i'r blydi Mimw wirion 'na cyn rhuthro i'r gegin at Siân. O'dd hi wrthi'n dobio'r stecs efo'i holl nerth pan esh i mewn.

'Ma'r bwtshar wedi ladd o sti!' me fi.

'Ladda i *di* mewn munud!' medda hi a sbïo ar ei watsh. 'Ma raid iddyn nhw fynd cyn i Mami a Dadi ddod. . .!'

'Oes, dwi'n dallt hynny,' me fi. 'Ond yn ffrindia fi ydyn nhw, cofia.'

'Cronies!' medda Siân. O'n i'm yn siwr be o'dd hynny os nad gair y Sowth am 'bolocs'.

Ond o'n i'n teimlo'n giami, a ddeudish i wrthi hi hefyd.

'Os mêts, mêts, ia?' me fi. 'Ma raid imi roid croeso iddyn nhw.'

Ond fysan nhw'n dŵad heddiw 'ma, bysan? Unrhyw

amsar yn ystod y chwe mis dwutha fyswn i wedi bod wrth 'y modd gweld yr hogia. Fysa wedi bod yn donic pur—yn fodd i fyw. Ond be oedd wedi digwydd i mi? Fedrwn i ddim gwadu'r ffaith bod gin i gwilydd ohonyn nhw. Ma hi wedi mynd i'r diawl pan ma'ch mêts chi'n embaras i chi, yndi?

Chwara teg iddi oedd gin Siân rywfaint o gydymdeimlad efo fi a neuthon ni gwarfod yn y canol. Mi fysan yn cael bîns ar dost reit syd i'w sobri nhw a mi fyswn inna'n gneud esgus a'u pacio nhw nôl i dre yn syth bin wedyn.

'OK hogia. Steddwch i fyny. Sgram!' me fi yn cario'r tre i mewn i'r rŵm.

Ond O! Mam bach pan esh i mewn i'r parlwr, dyna lle roedd y pedwar yn rhochian cysgu o flaen Cilla Black. Gin yr ast lais fatha brân a fysa neb ond y moch chwil yma yn medru cysgu yn ei sŵn o. Ond be uffar o'n i'n mynd i neud? Fuesh i'n cicio'u tina nhw a pheltio'u gwyneba nhw nes o'n i'n chwys laddar ond doedd waeth i mi heb ddim. Oeddan nhw wedi cysgu noson yn barod. O'dd Siân yn wyllt o blaid iwsho'r mwrthwl stêcs arnyn nhw ond berswadish i hi bod hi'n well cael pedwar cysgadur ar ych dwylo na phedwar corff.

Pan ganodd cloch y drws tro 'ma, oeddan ni'n gwbod yn iawn pwy oedd yno.

'Goronwy! Sut 'dach chi 'ngwash i?' medda Sylvia a rhoid sws 'lyb ar 'y moch i fel bydd hi bob tro ers y brodas. Dwi yn 'y ngwaith yn sychu'r glafoerion efo'n llewys. Does 'na ddim rhy ofalus i fod dyddia yma efo'r blydi AIDS 'ma'n dew, nag oes?

'Tam' bach o ffrwyth y winwydden!' medda'r llob Seimon 'na a phasio potal o ryw Mutton-Cadet i fi. Jest y job efo *Welsh Lamb* ella. Biti na bîff oedd gynnon ni. Ddim lysh ydi lysh os 'dach chi'n ei sipian o efo bwyd.

Nath yr Apostol Saul hynny'n berffaith glir hyd yn oed ar ôl iddo fo droi'n Paul. Ne felly ma Seimon yn deud eniwê.

Oedd yr Outlaws ar otomatic-peilot a neuthon nhw bî-lein am y parlwr teli lle buon nhw o'r blaen.

'Stopiwch!' me fi jest ddigon buan a dyma'r ddau'n sbïo'n wirion arna fi.

'Ma'r teli wedi torri. Dowch i mewn i'r stydi, ylwch.'

'O hitiwch befo. Fydda i ddim balchach o ryw hen deli wchi,' medda Sylvia a mynnu mynd i'r parlwr.

'Mi neith y fertical hold ddrwg i'ch llgada chi!' me fi a sefyll rhyngthi hi a'r drws.

'Wel, ei diffod hi 'te, Goronwy!'

'Y. . . Fedrwch chi ddim,' me fi. 'Ma'r tiwb wedi mynd!'

Sarffas o ddynas ydi'r Sylvia 'na a hynny fedrwn i oedd ei nadu hi rhag gwthiad trwydda i i mewn i'r parlwr. Siân achubodd fi yn diwadd, deud bod gynni hi ryw lyfra difyr yn stydi oedd hi wedi pyrnu yn *Oriel* pnawn.

'Fydd dda i chi o'rwthyn nhw Siân bach,' medda Sylvia. 'Ma'n swnio fatha tasa rhwbath terfynol yn bod ar ych teledu chi. . .!'

'Gadwch i mi gymryd ych cot chi,' medda fi wrth Seimon a gobeithio bysa hwn yn haws ei drin. Dyma fi'n nelu am glôc-rŵm y bog i hongian y ffyr a'r *Crombie*. Agor y drws—a'i gau o'n glep! O'dd yr ogla yn ddigon â'ch taro chi lawr ac oedd y stomp yn uffernol. O'dd hi'n amlwg bod Mimw jest rhy gaib i nelu!

'Peidiwch â chau—wy'n moyn mynd i'r tŷ bach,' medda Seimon.

Oes raid i bobol fod mor ôcward, oes?

'Iwshwch un llofft—mo'n brafiach!' me fi pan ddoth Siân yn ôl efo'i cheg fowr.

'So ti'n mynd i hala Dadi lan stâr yn ei gyflwr e?' medda'r bitsh wirion.

''Di o'm yn gweithio, nadi!' me fi yn trïo gneud migmas arni hi.

'O'dd e'n gweitho'n iawn ginne,' medda hi cyn twigio'n sydyn. 'O! Fel y teli, ife?'

'Ia 'na fo,' me fi. 'Ma tiwb y toilet wedi mynd hefyd!'

Doedd gin i fowr o ffansi samon heb ei gwcio o gwbwl—fysa waeth gin i gnoi darn o rybyr ddim. Ond ellwch chi ddychmygu faint o stumog oedd gin i ar ôl llnau llanast Mimw.

'W! Be 'di'r ogla 'na, dwch?' medda Sylvia wrth blannu un o'r cyllyll siâp gwirion 'na yn y samon.

Dyma fi'n sbïo ar 'y nwylo i neud yn siwr bo fi wedi sgwrio trybola Mimw'n lân dan 'y ngwinadd. Ond buan y gwelish i be o'dd! Toedd yr idiot jynci George Cooks 'na wedi gadal rîffyr yn llosgi yn yr ashtre ar sil ffenast a to'dd yr hash yn llewyrchu gerbron powb oedd yn y tŷ.

Ar adega fel hyn bydd yr awen yn dueddol o 'nharo fi.

'Grâs bwyd!' me fi a phlethu 'nwylo a chogio cau'n llgada'n dynn. Mi ollyngodd powb eu cyllyll a'u ffyrc yn y fan a'r lle fatha tasa gynnyn nhw gywilydd bo nhw wedi anghofio.

'O dad yn deulu dedwydd,' medda fi a mestyn am y rîffyr ar y ffenast.

'Y deuwn a diolch o'r newydd,' medda fi a'i gwasgu hi nes o'dd 'y mys a 'mawd i'n canu a'i rhoid hi yn 'y mhocad.

'Cansothlaw - y - daw - bob - dydd - ein - lluniaeth - a'n - llawenydd - amen.'

'Un dda yw englyn W.D.Williams, yndefe?' medda Seimon pan ddeffrôdd o o'i drans.

Beryg bod o wedi sniffio rhywfaint o'r mariwana.

Grâs bwyd ddysgon ni yn rysgol oedd hwnna siwr Dduw!

'Erthygl arbennig o ddiddorol amdanoch chi yn y *Guardian,* achan,' medda Seimon ar ganol ei stêc. 'Y *Telegraph* yw'n bapur i wrth gwrs ond geso i bip arni hi yn y gwaith.'

'Gneud ffair maen nhw, ia?' me fi.

'O! Naci,' medda Sylvia. 'Clod lle ma clod yn ddyledus, 'te.'

'Wel,' medda Simon eto. 'Fe nesoch chi argraff ddofn ar Fancy Nans Smith, 'ta beth.'

'Ma'n chênj cael ych canmol, yndi?' me fi.

'Wel cheith proffwyd mo'i gydnabod yn ei wlad ei hun, na cheith,' medda Siân.

A dyma Seimon yn pesychu, meddwl na fo oedd yn cael honna drosd ei wynab.

'Ni wedi bod yn ail-asesu'ch gwaith chi yng Nghymdeithas Lenyddol Rhiwbeina,' medda'r llob.

'Ma Seimon yn feirniad craff, cofiwch. . .' medda Sylvia ar ei draws o.

'Ma'n rhaid i fi gyfadde bo fi wedi sylwi ar arbenigrwydd ych arddull chi flynydde'n ôl. . .' medda'r titw.

'So chi wedi newid ych meddwl am y Dyn Dwad?' medda Siân yn syn.

'Wel, ni wedi bod yn astudio Ellis Wynne o'r Lasynys yn ystod y tymor a wyddoch chi bo fynte'r ceidwadwr a'r clerigwr ag o'dd e yn defnyddio maswedd a chabledd at ddibenion dychan yn gwmws run modd â Gronw!'

O'n i'n bôrd stiff ond dyna fo, mae o'n beth braf bod yn bôrd yn ymyl bod mewn trwbwl, yndi?

'So Dadi'r un dyn rôl cael ei *pacemaker,*' medda Siân wrtha fi yn cefn wrth glirio llestri i neud llẹ i'r pwdin.

'Ti'n deud wrtha fi!' medda fi. O'dd 'na beryg bod y boi'n dechra'n licio fi.

'A ma fe ar *beta-blockers* 'fyd twel.'

'Be 'di rheiny?'

'I helpu fe ymlacio.'

O'ddan nhw'n gweithio'n dda iawn be bynnag oeddan nhw. O'dd y boi'n ymlacio gymaint, 'swn i ddim yn synnu'i weld o'n dechra grŵp pop—'Simon and The Pacemakers', ia?

'Shwd mae'r gwaith newy'n dod yn ci flân?' medda Seimon ar ganol ei bwdin.

'So fe'n siarad ymbytu fe wyt ti, Gogs? Sa i'n cael gweld dim byd 'da fe, 'ta beth.'

'O. Llynnoedd llonydd ydi'r rhei dyfna, 'te?' medda Sylvia.

O'n i ar fin deud wrthyn nhw 'mod i'n styc am stori ond pan ddoth gwynab blewog George Cooks rownd drws mi dagodd Seimon ar ei broffiterols a mi symudodd y stori'n ei blaen rêl boi. . .

'Yr hogyn trwsio telifishyn!' me fi. 'Well i mi fynd i weld be sy. . .'

'Faint o'r gloch ydi hi, co?' medda Cooks yn rwbio'i llgada'n y cyntedd.

'Tua naw,' me fi.

'Os 'na jans am frecwast?' mo.

'Naw o'r gloch nos, y twat!' medda fi a'i bwshad o i'r parlwr. 'Ydi'r lleill 'di deffro?'

'Maen nhw'n dechra styrian,' medda Cooks. 'W! Jest â marw isho pishad!'

'I'r llofft 'ta,' me fi. 'A dim piso mochyn!'

O'n i'n dechra teimlo bo fi mewn ffars Brian Rix, myn uffar! Gyntad byth gesh i warad ar Cooks dyma Seimon trwadd efo panad yn ei law.

'Ga fi'n goffi o flân y teledu 'te os yw'r bachgen 'di cwpla.'

'A finna hefyd! Fysach chi'n meindio nôl f'un i?' me fi wrtho fo.

Dyma fo'n chwrnu fatha hen gi a fyswn i'n meddwl bo

fo'n meindio'n uffernol, ond oedd o'n jans i mi hel y lleill allan cyn i'r basdad ddod nôl. . .

Cael-a-chael fuo hi. Chesh i'm byd ond rhoid clep ar drws ar eu hola nhw pan ddoth Seimon fab Jona yn-dôl. O'dd hi'n amlwg yn drewi yn parlwr a mi gododd ei hen drwyn yn fwy hyd yn oed nag arfer.

'So'r hen gwrcath 'na ymbytu 'to, odi fe?' mo.

'Ych-â-fi!' medda fi a chipio'r ddau goffi o'i ddwylo fo. 'Dwi 'di deud a deud wrth Siân am beidio prynu'r hen goffi Nicaragua 'na.'

O'n i wedi rhoid yr hogia ar ben ffordd sut i gyrraedd y Tŷ Nant a wedi gaddo'u joinio nhw nes mlaen pan aetha'r Outlaws adra—pryd bynnag uffar fysa hynny. Oedd golwg fatha pathew ar Seimon fath yn union â tasa fo wedi heibernetio am y noson. Ond gath o'i ddeffro gin ryw fangio yn llofft.

'Gwynt ar trapdôr, ma siwr,' me fi. O'n i wedi anghofio bob dim am Cooks, ond pan esh i fyny, os nad oedd y jynci uffar wedi twistio'r goriad yn sownd yn y clo!

'Dwi'n clos-tro-ffobiac sti,' medda George.

'Hard lyc!' medda fi. 'Dw inna'n clôs at rwbath hefyd!' Geutha'r ffŵl witiad rwan.

Oeddan ni ar ganol cnoi *After Eights* i gyfeiliant ryw fôr y ganrif yn chwara *Beethoven Piano Recitals* ar BBC2 pan ddoth 'na gysgod dros ffenast ffrynt. O'dd George Cooks wedi laru gwitiad ac oedd o wedi clymu cynfasa'n ei gilydd ac wedi dringo allan o ffenast bog!

'Y bachgen 'na to!' medda Seimon.

'Gneud yr erial mae o rwan!' me fi.

'Ond sdim byd yn bod ar y llun!' me Sylvia.

'Trïo cael y satyrleits ydan ni,' me fi.

'Ie—ond beth am y shiten?' me Seimon.

'Mi ga i air efo hwnnw rwan!' me fi a'i miglo hi

allan.

O'dd y gynfas lathenni'n rhy fyr a fanno ro'dd o'n serennu arnon ni'n lond ffenast o beth del. Nesh i ddim byd ond mynd allan, ei ddragio fo lawr a chicio'i din o am y dafarn.

Am ddeg o'r gloch dyma'r ffôn yn canu.

'I ti,' medda Siân yn swta.

Ymhen sbel dyma fi yn-dôl i'r parlwr efo gair o eglurhad, bod car yn mêt wedi torri lawr yn pentra. Isho help i bwshad. . .

'Diolch am ffonio, hogia,' medda fi yn Tŷ Nant, 'ne yno byswn i!'

'Blas fatha piso cath ar y *Brains* 'ma,' medda Mimw sy'n ddim ond nofis rial-êl. Ond nath hynny mo'i stopio fo rhag yfad tan hannar nos. O'dd o'n dal i ddrewi rôl ei ddamwain, ond chwara teg iddo fo, oedd o wedi cael gwarad o'i drôns ar ffor' yno ac wedi llechio'i drybola i rar' rywun yn Morganstown.

'Ydach chi'n nabod Twm Talsarn, hogia?' me fi.

'O lle ma fo'n dŵad?' medda George Cooks.

'O Dalsarn 'dc,' me fi.

'Na dw i,' medda Sam Cei. 'Yr unig beth sy rioed wedi digwydd yn Dalsarn ydi'r ffycin copars stiwpid 'na'n bygio ffôn a bygio fan y boi Murphy 'na chydig wedyn.'

'A ddichon dim da ddyfod o Dal-y-sarn?' medda Bob Blaid Bach.

'Be ma hwn yn feddwl ydi o?' me Sam. 'Blydi proffwyd?'

'Glywist ti am Pegi Wyn?' medda Sam wrtha fi pan geuthon ni'r bog i ni'n hunan nes mlaen.

'Be?' me fi.

'Wedi cal clec. . .' mo a sbïo'n dosturiol i fyw'n llgada fi.

'Ast wirion!' me fi a gneud 'y ngora glas i fod yn *macho man*.

'Fel 'na weli di'n amal,' medda Sam. 'Ma rei fodins yn mynd yn gocwyllt rôl iddyn nhw gal *chuck*. . .'

'Pwy 'di'r tad?' me fi yn smalio bod yn cŵl.

'Be ŵyr neb rôl gang-bang!' medda Sam a chwerthin fatha ffŵl.

Mwya sydyn dyma fi'n cael y gwyllt a sodro Sam nes o'dd ei gefn o'n socian ar yr HuwReynols.

'O'dd Pegi Wyn rioed yn hwran, OK?' me fi a 'nwrn wrth ei dagall o.

'OK!' medda Sam. 'Ond callia, nei di? Be 'di'r ots i chdi pwy 'di'r ffycin tad? Jest diolcha na ddim chdi ydi o!'

Dwn i'm ydach chi'n cofio noson cyp-ffeinal ond ar yn ffordd adra, nath hi ddechra piso bwrw a gneud storm o fellt a thrana ac oeddan ni'n wlyb at yn crwyn erbyn cyrraedd adra. O'n i'n gwbod ers y noson honno efo Gerry Reynolds na fysa nacw ddim yn diolch i mi am ddŵad â'r hogia adra ond pa fath o gachwr fysa'n gadael ei fêts allan ar noson fatha hon? O'n i'n siwr bysa hi'n dallt yn iawn yng ngola dydd. . .

Oedd hi'n dwllwch bol buwch yn tŷ ni ac oedd hi'n amlwg bod Siân 'di laru disgwl amdana fi. Nesh i ddim byd ond sodro'r Blaid Bach a Sam Cei ar soffa yn parlwr a dangos i Mimw a George Cooks lle roedd y gwely sbâr.

'Sh! Peidiwch â deffro Siân!' me fi ond cwbwl gesh i wrth lithro dan y *duvet* a gofyn sut oedd ei dallt hi oedd penelin yn nhwll yn stumog am fod mor hwyr. Ond oedd hynny'n ddim byd chwadal y sgrechiada uffernol ddoth o'r rŵm arall mewn dwy eiliad. O mam bach! O'dd mam Siân ofn mellt, doedd, ac oeddan nhw wedi penderfynu aros drosd nos! Ma'n beryg bod George Cooks wedi ffendio socet ei erial ne rwbath yn diwadd!

* * * * * *

Cyn iddyn nhw fynd adra bora Sul a'th yr hogia a finna am dro o gwmpas yr ardal iddyn nhw gael gweld. Aethon ni lawr at ffens Clwb Golff Radyr i gael stag ar y crach yn chwara.

'Siot, Gareth!' medda ryw foi wrth ei fêt ar ôl i hwnnw golbio'i bêl ryw ddeng milltir i'r Gorllewin.

'Swing felna a fysan ni'n ennill Conwy!' medda Bob Blaid Bach.

Ond mwya sydyn dyma Mimw Besda'n gwingo mewn dan y ffens.

'Watshwch hyn, hogia,' mo a switsho'r peli oedd ar y grîn a gwitiad i'r Ballastcros drama gyrraedd.

'O'n i'n meddwl bo fi ar y llain, Geraint,' mo. 'O't *ti* ddim!'

A dyma'r ddau ffrind yn dechra ffraeo fel dau gew ar fore Sul. Fydd Fferat Bach byth farw tra bod Mimw'n fyw!

'Welwn ni chdi yn Steddfod Llanrwst, 'ta,' medda Sam yn disgwl byswn i'n campio efo nhw fathag arfar.

'Ma Siân wedi bwcio Plas Maenan yn barod,' me fi hannar drw nannadd a hannar dan 'y ngwynt.

'Plas?' medda Cooks a sbïo'n wirion.

'Hotel *Gymraeg,* 'de hogia,' medda fi yn trïo plesio Sam a'r Blaid Bach. Ond codi trwyna naill ar y llall nath y ddau cystal â deud 'mod i'n fradwr.

'Pryd welwn ni chdi nesa, 'da?' medda Sam. 'Dolig?'

'Fydda i ddim adra Dolig—'dan ni'n mynd i sgïo, yli. . .'

'Duw, i lle, Capal Cerrig?'

'Naci—ar y Piste.'

'Iesu bach! Dydi hynny ddim byd newydd,' medda

Mimw. 'Ma'r hogia yn fanno bob Dolig!'

'Blydi hel, Gron!' medda Sam. ''Dan ni'n gweld mwy arna chdi ar y teli dyddia yma, yndan?'

Ond, yn sydyn, mi stopiodd y chwerthin. Mi sylweddolodd powb bo ni wedi troi'r gongol, wedi dŵad i ddiwadd y daith fatha hogia efo'n gilydd. Gesh i'r teimlad y dylsan ni fildio moniwment fan hyn i rwbath na fysa byth bythoedd run fath eto.

Dyma Sam a fi yn ysgwyd llaw arni.

'Wela i di pan wela i di 'ta'r basdad,' mo.

'Ddim os gwela i di gynta'r cont,' me fi.

Do'dd 'na ddim gwadu'r ffaith. Licio ne beidio, o'dd 'na fwy o gysylltiad bellach rhwng Radyr a St. Philbert-de-Grand-Lieu na rhwng dre Cynarfon a fi, ia.

Halfway at y Chwyldro

Ma ceir fatha merchaid, chwadal Sam Cei. Maen nhw'n iawn pan maen nhw'n mynd. O'dd y Metro wedi bod yn nogio ers dyrnodia ac o'dd hi'n hen bryd mynd â fo am syrfis. O'n i'n dreifio lawr Pencisely Road yn Llandaff a'r car yn neidio fatha cangarŵ cocwyllt ac yn ysgwyd fatha tasa 'na ddril yn ei din o.

O'dd hi'n ddydd Gwenar braf ar ddechra'r ha a byth ers pan o'n i wedi dechra gweithio, o'n i wedi dechra cael blas unwaith eto ar wîc-end. O'n i'n arfer byw fan hyn yn ystod ha poeth '76 a fedra i weld yn hun rwan yn dŵad allan o'r fflat 'na am chwech nos Wenar. Llond yn walat o gyflog wsnos, pac o gardia yn 'y mhocad a wîc-end gyfa o 'mlaen. Duw a ŵyr lle landiwn i na pha hwyl fyswn i'n gael. . . Bywyd grêt, ia?

Bechod na fysan ni'n medru troi cloc yn-dôl. O'dd Siân wedi trïo rhoid dampnar ar y wîc-end yma yn barod.

'So ni wedi gweld Ben-a-Lun ers ache,' medda hi wrth yfad ei sudd asparagys bora.

'Ti'n gweld chwith, wyt?' me fi.

'Buon nhw'n dda iawn wrthot ti pan gest ti'r ddamwain. . .'

O do, chwara teg. O'dd Ben bach wrth 'y ngwely fi bob dydd yn rhosbitol, wrth ei fodd yn llancio efo'r dynion papur newydd, yn baldaruo ar *Radio Cymru, Hel Straeon* a ballu.

'Is he your agent?' medda boi'r *Express*.

'No,' me fi. 'He's just the Little Head of Wales,

aye.'

'Maen nhw'n dod i swper heno,' medda Siân.

'Gobeithio gewch chi hwyl,' me fi.

'Paid â dechre!' me Siân. 'Ni wedi cael digon o drwbwl 'da dy ffrinde *di* yn ddiweddar.'

Edliw. Edliw. Edliw. Deud y gwir yn onast wrthach chi o'n i ddim yn gwbod be oedd 'edliw' nes i fi briodi. Ond wydda hi ddim byd bod gin i blania i enjoio'n hun. Erbyn i mi gwarfod y Bôr-geois heno 'ma fyswn i wedi cael yn oelio tu hwnt i falio. Ma'n bwysig i bob gwraig tŷ gael ei bywyd ei hun, yndi? O'n i'n teimlo reit ulw isal bora yn dal i ddiodda'r boen o golli'r hogia ac wrthi'n mynd drw 'mhocedi o'n i yn barod ar gyfar eu trochi nhw yn y *Persil Automatic* pan ffendish i fat cwrw ym mhocad tin yn jîns. Nymbyr Marx Merthyr! O'dd 'na fisoedd maith wedi mynd heibio ac o'n i wedi anghofio bob dim amdano fo.

'Jiw! Jiw! Shwmai brawd?' medda Marx pan ffonish i o. 'Given you up for lost, aye!'

O'dd 'na ryw fodan yn gweiddi nerth ei phen yn y cefn yn rwla ac o'dd hi'n amlwg yn sgrech yno.

'Gotta go like. Ma darlith gyda fi am ddeg. Wela i di am bump yn yr Halfway. . .'

Iesu! Ma raid bo 'na lot i ddysgu am y Karl Marx 'na. O'dd Marx yn hŷn na fi ac o'dd o'n dal yn coleg!

Ddaru o fymblian rwbath am ffonio pobol erill ond nesh i mo'i ddallt o. Wyddoch chi fel bydd o'n cloffi rhwng Cymraeg a Wenglish, ia. Ond o'dd o wedi codi 'nghalon i eniwê—o'n i'n sbïo mlaen am beint efo fo nes mlaen. O'dd y traffic drw Llandaff ddim cweit mor drwm a fydd o'n arfar bod ar ddydd Gwenar—ne felly o'dd hi'n edrach i mi eniwê!

'Sdim ishe ti drafferth 'y nghodi fi lan rôl ysgol heno,' medda Siân wrth iddi adael. 'Af i miwn i *Marks* i ôl y bwyd.'

Dyma Siân yn rhoid sws i fi cyn 'madal a dyma 'na

gang o genod bach stiwpid yn dechra pwyntio atan ni a giglo tu nôl i'w dwylo.

'Cofia fynd â'r car i'r ysbyty!' medda Siân.

* * * * * *

Ar hyd 'y mywyd dwi 'di cadw'n glir o garijis. Llefydd mwya dipresing welish i rioed. Pawb fatha 'sa nhw'n gneud ffafr efo chi, ia.

'Have you booked it in, sir?' medda'r fodan yn *Howells* wrtha fi.

'Yes,' me fi a dechra meddwl am y straffîg uffernol gesh i wrth neud. . .

Fedra i ddim diodda ffôns. Weithia os 'di o'n canu yn tŷ a Siân allan dwi'n gadael iddo fo ganu i uffar. Dwi'n cael panics piws wrth feddwl pwy sy 'na. Ac os oes raid i mi iwsho'r ffôn yn hun ma 'mol i'n corddi am hanner awr cyn gneud. Dwi'n gneud panad, darllan papur ne rwbath cyn magu digon o blwc a deud—'Reit! Rwan 'ta!' a 'mosod ar y teclyn.

Isho mi ddysgu teliffon-manyr sy, me Siân. Ma'n iawn iddi hi—o'dd gynni hi ffôn yn tŷ rioed, doedd, ac oedd hi wedi arfer ei drin o fatha ffrind ers pan o'dd hi'n ddim o beth. Ddim ond pan ddeuthon ni i dre i fyw geuson ni'r *luxury* o giosg ar ben lôn. Fydda'r hogia'n ei iwsho fo ar nos Sadwrn i siarad yn fudur efo genod yn ciosg Llanberis neu Waunfowr, ond blaw am hynny o'n i byth yn mynd ar ei gyfyl o. I be, ia? Os o'n i isho siarad efo rhywun o'n i'n mynd i weld o, do'n?

O'n i wedi siarad efo hannar dwsin o bobol yn *Howells Motors* echdoe a roeddan nhw i gyd yn 'y mhasio fi mlaen at rywun arall bob gafael.

'My name is Goronwy Jones: I've got a car that's not going. . . Naci! My car is broken down. . . Well, it's not really my car. . .' Dechra eto. 'My wife's car is not going properly. . . and I'm Goronwy Jones my wife's husband. . .'

Dwi'n dechrau deud rwbath un ffor' ond dwi'n nogio hannar ffordd am bo fi ddim yn cofio'r geiria iawn, a wedyn dwi'n gorod dechra eto. Erbyn i mi drïo deud rwbath hanner dwsin o wahanol ffyrdd wrth hanner dwsin o wahanol bobol o'n i'n chwysu chwartia ac yn teimlo fatha 'swn i wedi gneud dwrnod cyfa o waith.

'O! You want *Metro Service,* sir!. . . I'll put you through now.'

Tair awr fysa'r syrfis 'ma'n gymyd, ac esh i lawr i Albany Road i ladd amsar. Esh i mewn i *William Hill* a rhoid ffeifar ar y ffefret a cholli o drwch coc chwannan.

'Bastard!' medda pawb yn y bwci. Dyna ydi'r gair glywch chi amla mewn unrhyw siop fwci rhwng fan hyn a Holyhead.

'Can't trust Starkey see,' medda ryw dramp wrth yn ochor i a phwyri joean o faco ar lawr. 'Bastard!' mo.

Dwi 'di sylwi bo 'na joci rwan a'i enw fo 'di Malcolm Bastard. Biti drosto fo, ia? Fysa neb call yn bacio hwnnw, na fysa? Eddery ydi'n joci fi—Gwyddal, ia. Ma fo'n mynd adra i Werddon bob wîc-end i reidio i Vincent O'Brien. Braf ar rei—leiff O'Reilly, ia.

O'n i'n-dôl yn *Howells Motors* erbyn pedwar a 'mhocad i bymthag sgrin yn 'sgafnach.

'Sorry sir,' medda'r boi wrtha fi. 'Your carbonetor's gone.'

'Gone where?' me fi.

'Gone west, pal. Finito. Kapput,' mo. 'Do you want us to do it or not?'

'O.K.,' medda fi'n dallt dim.

'When?'

'Now aye.'

'There's a three-day waiting list.'

'I'll come back then.'

'It won't go anywhere without a carb. . .'

Oes 'na olwg wirion arna fi, oes? Dalish i gant am y

syrfis. Cant am y carbon-etor a chant arall am fenthyg y Ford gwyn 'ma tra bo nhw'n gneud y carb. O'n i'n haeddu tropyn ar ôl mwydro fel hyn! Sbïo ar yn watsh—wedi pump! Fysa Marx wedi laru gwitiad, myn diawl.

O'n i wedi galw i mewn yn yr Halfway lot o weithia yn ystod y chwe mis dwutha. Gobeithio ella byswn i'n gweld rei o'r hogia yno. Fydda reit hawdd gynnyn nhw fynd yno os oedd y Conway rownd gongol yn mynd ar eu nerfa nhw ormod. Ond dim ots faint o'r gloch awn i mewn yr un stori oedd hi bob tro—cawall gwag, ia, chwadal Sam. O'n i ddim hyd yn oed wedi gweld Twm Talsarn ers sbel rwan. Siwr bo fo dan fawd ei wraig ers y noson Rocky Regan 'na. Fyswn i wedi licio iddo fo gwarfod Marx Merthyr, ond be newch chi, ia? Doedd gynno fo ddim ffôn—fo fydd bob amsar yn yn ringio fi, ia.

'Come on mun! Ma peint ti'n oeri!' medda fo gynta esh i mewn.

O'dd Marx yn edrach yn ddigon hen i fod yn dad i'r stiwdants bach ifanc oedd efo fo!

O'dd o ddim wedi shefio ers ryw ddau ddwrnod a roedd ei locsun o fatha brwsh sgwrio am ei ên o. Cofio Taid Nefyn yn 'y nghosi fi efo'i un fo stalwm. Esu! Oedd o'n hegar! Fysach chi'n medru tanio matshan ar un Taid. Ond oedd golwg fatha llo cors ar y stiwdant agosa at Marx—fo â'i fwstash drama. O'n i'n medru cyfri bob blewyn oedd yno fo. Unorddeg.

'Hoffwn i chi cwrdd â hen comrade fi!' medda Marx wrth yr hogia. 'Gron and I go way back.'

'Iesu, Marx wyt ti byth wedi cael dy ddigrî?' me fi.

'Ie, wrth gwrs,' medda Marx. 'Gwnes i M.A. fi yn 1981 ar 'John Frost a'r Iaith Gymraeg' a gwnes i Ph.D. fi yn 1984 ar 'Stalin's Secret Police in Eastern Moldavia. . .'

'Doctor Watkins. . .' medda ryw lais bach o'r gongol. 'Fysach chi'n licio peint arall?'

'Doctor Watkins?' me fi'n sbïo'n wirion. 'Lle ti'n gweithio—yn yr Heath?'

'Doctor Hanes ife!' medda Marx. 'Darlithydd yn y coleg ydw i!'

Fysach chi wedi medru 'nharo fi lawr efo pluan. Dysgu'r stiwdants 'ma oedd Marx erbyn hyn! Ond cyn i mi gael amsar i ffeintio dyma 'na lais fatha taran yn dŵad o'r cefn.

'Oho! Gron the Gog, w!'

'Gareth Connolly con'!'

'Clywed bo ti wedi priodi gyda'r crach yn Radyr! Ti'n rhy parchus i ifed gyda ni nawr!'

'Ti'n gwbod yn well na hynny'r cwd!' me fi.

'Aros di i'r bois cyrraedd!' medda Connolly.

Pan glywish i'r gair 'bois' dyma 'na bwl o hiraeth yn dŵad drosta fi am yr hen ddyddia pan o'n i efo nhw yn y New Ely bob nos am ddwy flynadd.

'Cês ydi Gareth ia!' medda fi wrth Marx. ''Di o'm 'di newid dim, nadi?'

'Ti'n meddwl?' medda Marx. 'Mae cariad gyda fe yn Amsterdam. Mae e'n hedfan mas yno yfory yn ei private plane hi.'

'Connolly?' me fi.

'Ie,' medda Marx. 'Mae e'n International Terrorist nawr!'

O'n i'n cael job i gymyd y siocs 'ma i gyd i fewn, ia. Ond chwara teg oedd gin i ddeng mlynadd i ddal i fyny efo nhw, ac o'n i wrth 'y modd yn mwydro efo'r hogia a'r êl yn llifo megis afon.

O'n i'n yfad *S.A.* drw nos—y cwrw cryfa. Wel, oedd *reunion* fel hyn yn haeddu dathliad, doedd? O'n i'n teimlo'n ddigon chwil rôl dwyawr i ddechra deud hanas 'Gwywo'r Goes Ganol' wrthyn nhw a doedd y stiwdants bach ddim yn gwbod lle i sbïo. Wel, 'swn i'm 'di sôn blaw bo fi 'di gwella, na fyswn?

O'n i wrthi'n piso rhyw bedwar peint o *S.A.* yn y bog pan

ddaeth 'na ryw gofi Caerdydd ata fi i siarad.

'Hey Taff! You talks Welsh, don' you?'

'Yeah,' me fi.

'Old Owen in the bar wants a word with you. . .'

Ar y ffordd yn ôl at yr hogia dyma fi'n picio i weld yr hen Owen o'dd wedi dal hi'n gachu.

'Su' mai?' me fi. 'Wyt ti'n siarad Cymraeg, wyt?'

'O! Iesu Mawr rho d'anian bur!' mo.

'Un o lle wyt ti?'

'O! Iesu Mawr rho d'anian bur!' mo eto.

'Wyt ti'n gwbod yr ail lein, wyt?' me fi.

'Dead language, Welsh!' mo. 'I know, I've worked with 'em!'

'Gog ti?'

'Blaenau Ffestiniog!' mo.

'Ti'n cofio rhywfaint o Gymraeg, 'ta?' me fi.

'Eggs wedi boilio!' mo. 'Eggs wedi boilio! Dead language Welsh see. Dead language.'

Sôn am gont gwirion. A dyma fi nôl at bobol gall lle roedd Marx wrthi'n pregethu wrth y stiwdants.

'It all boils down to economics boys,' mo. 'Chi i gyd yn wedi clywed stori impotence Gron. . . Fel rydw i bob amser wedi dweud, take a man's work away from him and you cut off his balls.'

Nath y stiwdants gochi a nesh inna ddechra pendroni. O'n i rioed wedi sbïo arni fel 'na o'r blaen.

'Hei pwrs. Shwt ma'i blân hi?' medda ryw lais baritôn cyfarwydd tu ôl i fi.

'Iawn!' medda fi. 'Su' ma'i bôn hi?'

Man Mownten Penniman myn uffar! Arno fo bunt i fi ers 1979.

'Fuckin' 'ell!' medda Connolly. 'They've opened the road up to Eglwys Ilan!'

Fyny fan'cw yn Eglwys Ilan ma Penniman yn byw. Gynno fo wraig a phedwar o blant a fo bia'r Post. Gynno fo siop a chaffi yn sownd i'r Post jest rhag ofn bod ei gwsmeriaid o'n sychedig ar ôl llyfu stamps, ia.

'Beth sy'n bod Penniman?' medda Connolly. 'Gone to her mother's has she?'

'Ca di dy ben, y Dick Van Bloody Dyke!' medda Penniman.

Fysach chi byth yn coelio bod yr hogia 'ma'n ffrindia penna, na fysach? Drw gicio a brathu chwadal yr hen fod, ia!

'Ti'n cofio'r noson yn Victoria Park pan oeddet ti gyda Freeda Hwran y Nyrs?' medda Connolly.

'Yndw'n iawn!' me fi. 'Efo pwy oeddach *chdi*, d'wad?'

'Oho!' medda fo. 'Roeddwn i gyda Freeda Hwran hefyd!'

O'n i'n cael cymaint o hwyl yn fan hyn yn sôn am yr hen amsar anghofish i'n llwyr am Ben-a-Lun. O'n i fatha taswn i mewn teim-capsiwl lle o'dd amsar yn meddwl dim i fi. Dwi'n meddwl na naw o'r gloch oedd hi ar yn watsh i pan edrychish i ddwutha ond oedd 'na ddim gobaith bo fi'n mynd wedyn.

'Beth ti'n neud man hyn, Jones? Pam so ti'n Clwb BBC, 'te?'

Ella bod *Crossroads* wedi gorffan ond oedd Stan yn dal i fynd! Herio'n gilydd nath Stan Crossroads a finna rioed.

'Hwyr fel arfar Stan!' me fi. 'Lle ti wedi bod? Yn *Qui Qui's?*'

Bar gwin oedd *Qui Qui's* lle bydda fo'n mynd i chwilio am fodins stalwm.

'Na—yn Cuba gweud gwir,' mo.

'Cuba?'

'Geso i beint 'da Castro, w! Mae Hurricane Hattie'n cofio atat ti.'

Dreifio bysus 'Dinas Caerdydd' oedd Stan pan welish i o ddwutha ond erbyn hyn o'dd o'n trefnu tripia i bob rhan o'r byd. Erbyn dallt, fo oedd yn rhedag *Albany Travel* a fo aeth â'r Dinah Crabtree 'na o'r *Dinesydd* i'r Aifft.

'Alla i byth a godde'r ast,' medda Stan, 'ond ma 'ddi'n drewi o arian.'

Mi fydd Stan yn tynnu fideos o bob man mae o'n mynd.

'Dere lan i weld yn 'Moscow Cathedrals' i ryw dro,' mo wrtha fi a nath yr hogia erill i gyd agor eu cega'n llydan cystal â deud 'bo-ring'!

'Reit ta,' me fi. 'Lle ma'r cardia?'

'Cardie?' me Penniman. 'So ni wedi whare cardie 'ddar gadawon ni'r New Ely yn '78!'

O'n i wedi sbïo mlaen gymaint am gêm o brag a bwdish i braidd.

'Tasa Dai Shop yma fysa raid i chi!' me fi.

'Beth ti'n sôn ymbytu?' medda Stan. 'So prifathrawon yn whare cardie, w!'

'Ydi Dai Shop yn *headmaster?*' me fi.

'Odi odi—rywle yn Sir Drefaldwyn,' medda Stan.

'That's right!' medda Connolly. 'None of this "Powys" bullshit!'

'Sa i wedi weld e ers blynydde,' medda Penniman, 'ond ma'n nhw'n gweud taw fe yw General Montgomery nawr!'

'Addysg yw'r allwedd i popeth,' medda Doctor Marx Merthyr. 'Rhaid reiso consciousness y gwithwyr!'

'Ymwybyddiaeth, w!' medda Penniman. Ddigon hawdd gweld bo fynta'n nelu at fod yn Postmaster General dwyieithog cynta 'Wales and the Marches' ne rwbath ffor' o'dd o'n rhaffu geiria mowr.

'Fedar Nowi Bala ddim diodda tîtshyrs fwy na finna,' me fi. 'Ga i gêm efo *fo* pan ddaw o mewn. . .'

'So Nowi Bala'n dod mas, siwr Dduw,' medda Stan. 'Mae fe'n rhy brysur yn gwitho mas ei *V.A.T.*'

'*V.A.T.*?' me fi. 'Artist 'di Nowi.'

'Painter and bloody Decorator yw e nawr. Large bloody scale 'fyd. So ti wedi gweld ei fanie fe?'

Dyn busnas, prifathro, darlithydd, post-master general, jet-setter, international terrorist. . . odd yr hogia 'ma i gyd wedi landio ar eu traed! A phan ddechreuon nhw siarad ymysg ei gilydd o'n i'n methu coelio 'nghlustia! O'ddan nhw'n sôn am brisha tai, cyfloga athrawon chwadal darlithwyr, pris ticad eroplên i New York ag yn-dôl a ballu.

'Mae'r 14% interest rate hyn yn extortionate!' medda Connolly fatha tasa fo wedi anghofio ysbryd y 'Foggy Dew.'

'Mae bil ffôn fi lan 100% 'ddar privatisation!' medda Marx.

'Wel,' medda Stan. 'So f'un i'n ffôl o gwbwl. Ond 'na fe, ma galwade rhyngwladol yn tshepach na buon nhw rio'd.'

Yr unig beth fydda'n poeni'r hogia 'ma ddeng mlynadd yn-dôl oedd os oedd eu ffôns nhw wedi cael eu bygio ne beidio!

'Treth-y-pen hyn sy'n becso fi,' medda Penniman. 'Bydd rhaid i fi dalu bron dwbwl pan ddaw hwnna miwn!'

'Gwrthod ei dalu fo 'de hogia!' me fi wedi clwad ryw Jim Cellars o Sgotland yn hefru ar *News at Ten*.

'Sdim dewis 'da ti!' medda Connolly. 'Ne ddaw'r beiliff rownd!'

'Arglwydd! Be s'arnoch chi i gyd?' me fi yn 'y nghwrw. ''Dach chi fatha ŵyn llywaeth ofn ych cysgod wedi mynd! 'Dach chi wedi gwerthu'ch enaid i'r *Halifax Building Society* myn diawl!'

'Hark at him. Deep in the 'Arms of Radyr'!' medda Connolly.

'Aye. First-time buyer mewn tŷ gwerth can mil!' medda Penniman.

'Siân pia'r pres!' me fi.

'What's hers is yours, you daft bat!'

'Co dre ydw i,' medda fi, 'a dyna fydda i byth!'

'O ie?' medda Stan. 'O'dd deryn bach yn gweud wrtho i bo ti'n gweitho i'r cyfrynge!'

'Pwy ddeudodd hynna?' me fi a chochi at 'y nghlustia.

O'dd Stan am ladd y mast-media bob amsar. Y *Media Monthly* fydda fo'n galw'r *Y Dinesydd* stalwm, a'r pechod mwya neutha neb byth oedd joinio'r BBC a ballu. O'n i'n fodlon gwadu tan bysa'r ceiliog yn canu ddeg ar hugian o weithia i arbad 'y nghroen!

'Oho!' medda Connolly. 'Mae S4C wedi prynu'r Dyn Dwad!'

'Powb isho byw, yndi?' me fi.

'Ca dy geg 'te!' medda Penniman fatha tasa fo'n siarad efo un o'i hogia drwg yn rysgol stalwm. 'A tŷf lan!'

O'n i wedi llyncu mul go iawn tro 'ma. Fedra i ddim diodda cael yn rhoid yn yn lle ac oedd hi'n amlwg bo nhw i gyd yn yn erbyn i. Esh i'n paranoid i gyd a mi ddeudish wrthyn nhw hefyd.

'Ffrindia cachu ydach chi eniwê,' me fi. 'Ddim yn dwad i weld dyn ar ei wely anga yn rhosbitol.'

'Ie!' medda Stan. 'Wy'n moyn sôn ymbytu 'na. . .'

'Dwi misho clwad dy ecsciwsus pathetic di,' me fi.

'O'n i'n *ame* taw *publicity-stunt* oedd e!' medde Stan.

'*Publicity* o ddiawl!' me fi. 'Fuo jest i mi â boddi!'

'Madde i fi os wy'n swno'n sinicedd,' medda Stan, 'ond so adolygiad wrth Martin Amis yn yr *Observer* yn ddechre ffôl i unrhyw yrfa!'

'Ti wedi mynd yn snob, Gron,' medda Connolly. 'Pam so ti'n gadel ni miwn?'

'Mewn i lle?'

'Daethon ni i gyd i'r ysbyty i dy weld di, w!' medda Penniman.

'Even bought you red roses, mun!' medda Marx.

'A potel o moddion Lambig o Llydaw!' medda Connolly.

'Pryd?' me fi ddim yn coelio gair o'dd y 'ffernols yn

ddeud.

'Amser nath dy *agent* di ballu gadel ni miwn!'

A dyma fi'n twigio'n sydyn be oedd wedi digwydd. O'dd y basdad Ben Bach 'na wedi bod yn bysnesu'n 'y mywyd i eto byth!

Ond do'n i ddim isho cyfadda i'r hogia 'mod i'n cael 'y nhroi rownd bys bach neb.

'Gwbod oedd o na fyswn i ddim balchach o weld y dosbarth-canol!' me fi.

Ond yn lle gwylltio dyma Marx yn rhoid ei fraich rownd yn ysgwydd i a rhoid darlith i fi a'i ddeuddag disgybl run pryd. Mi eglurodd bod Bolshis mowr y byd ar hyd yr oesoedd i gyd yn dŵad o'r dosbarth canol. . . Nhw sy'n arwain y werin.

'Dosbarth gweithio yw'r dosbarth canol 'fyd!' medda Marx.

'Engels, Marx, Lenin, Mao Tse Tung—o'r dosbarth canol ma'r arweiniad yn dod chweld,' medda'r disgybl annwyl wrtha fi.

'Pwy oedd y gwaetha, dwch?' me fi i drïo codi stinc. 'Hitler 'ta Stalin?'

'Stalin?' medda Stan. 'So'r Trots wedi bod yn dy ben di, odyn nhw?'

'Naddo!' me fi, be bynnag uffar o'dd o'n feddwl.

'Beryg taw'r Iwros sy wedi bod yn ei fwydro fo!' medda rwbath arall.

'Wel,' medda Marx. '*Was* Gramsci a Euro Communist?'

'Ti'n gweld?' medda Connolly. 'Ni gyd ar y chwith nawr!'

O'n i'n dechra *gweld* chwith deud gwir wrthoch chi, ond diolch i'r Duw Dad Hollalluog, pwy ddoth i mewn ar ganol y mwydro 'ma a'n safio fi ond Twm Talsarn efo'i wynt yn ei ddwrn.

'Dau *estate agent* wedi chael hi yn Gaerfyrddin. . .!' medda fo.

'Be? Bwlat?' me fi.

'Naci siwr Dduw—tân!' medda Twm.

'Grêt, ia!' medda fi wrth Marx, ond sbïo'n ddu nath hwnnw.

'Eithafiaeth wltra-chwith!' medda fo. 'Rydw i'n ofni mae'r wltra-dde yn cymryd mantais o'r sefyllfa!'

'National Front, Dr. Watkins?' medda'r disgybl annwyl.

'You tell me!' medda Marx. 'You tell me!'

O'dd yr hogia'n sbïo'n ddigon pethma ar Twm Talsarn tan i mi ddeud pwy oedd o. Sut ddiawl o'dd o'n gwbod 'mod i yn yr Halfway dwi'm yn gwbod. Ma raid bo gynno fo radar tu nôl i'w llgada ne rwbath.

'Sa i wedi gweld ti rhywle o'r blân?' medda Stan wrtho fo.

'Dwn i'm,' medda Twm. 'Fyddi di'n yfad yn Llanrumney Hall o gwbwl?'

Erbyn diwadd y noson ddechreuish i fynd yn sentimental, do? Wastad run peth ar ôl deuddag peint.

'Hogia ni!' me fi. 'Chafodd neb rioed fwy o hwyl na ni! Fedar neb gymyd hynny odd' arnan ni.'

'Ble ma'n nished i?' medda Stan. Hancas o'dd o'n feddwl.

'A 'dan ni'n dal yn yr un cwch eto 'fyd, dydan? 'Dan ni i gyd yn *C.N.D.*.. 'Dan ni i gyd yn Anti Ap Art Aid. . .' medda fi a rhigian reit hegar.

'O'n i'n gwbod bydde fe yn yr *umbrella organizations* yn diwadd!' medda Stan. 'Ma 'da'r ddwy fenyw 'na yn *Howells* lot i ateb am.'

''Dan ni i gyd yn hel i *Oxfam*,' medda fi, yn rhy honco bost i sylwi ar eu sbeitio nhw. ''Dan ni i gyd yn mynd â brechdana i'r alcis i festri'r Hayes ar ddydd Sul. . .'

'O'n i'n ei ame fe ers meityn,' medda Marx. 'Ma fe'n trendi blydi leffti, w!'

'Ma hi wedi bod yn grêt o noson!' me fi. 'Pryd

byddwch chi yma nesa?'

'Duw â ŵyr,' medda Penniman.

'Y?' me fi.

'So ni byth yn cwrdd rhagor,' medda Stan. 'Noson sbeshal oedd hi heno. Marx nath ringo i weud bo ti wedi cael parôl am noson!'

Os oedd yr hogia wedi newid cymaint pa obaith oedd gin i? Sut siâp fysa arna fi mewn deng mlynadd? Pa fath o snob fydda i pan ydw i'n fforti? Oes 'na obaith o gwbwl i rywun bara'n un o'r hogia mewn lle fatha hwn?

Tu allan i'r Halfway am tua unorddeg dyma fi'n chwilio a chwalu drw'r nialwch yn 'y mhocedi am oriada'r car.

'Ti'm am ddreifio adra'r diawl gwirion?' medda Twm.

'Ti'm yn disgwl i mi gerad adra fel hyn,' me fi yn dwyn un o jôcs hen fatha pechod Hwal Gwynfryn.

'A' i â chdi,' medda Twm. 'Dim ond tri dwi 'di gael.'

Chwara teg iddo fo, ia?

'Ma 'na rei hogia sy byth yn newid,' medda fi wrtho fo yr holl ffordd yn ôl i Radyr ond mi ddeudodd wrtha i am beidio malu cymaint o gachu. Roish i fenthyg y car iddo fo fynd adra i Llanrumney. Os mêts, ia? A fel o'n i'n cerddad i fyny llwybyr rar' ffrynt at y drws pwy ddoth allan ond Siân a Ben-a-Lun.

'Jiw, jiw—'ma *fe'r* awdur!' medda Lun yn sbeitlyd.

'Ble ti wedi bod Gron,' medda Ben Bach, 'neud ymchwil?'

'Ia,' me fi. 'Ym-chwil, ia!'

'Ti'n saith gwaeth 'ddar i ti gael y jobyn 'na,' medda Siân. 'Pwy fath o amser ti'n galw hyn?'

'Chwartar wedi chwerthin, ia!' me fi a hollti'n ochra. Ond ddaru neb arall yn joinio fi.

'Be sy?' me fi'n flin. 'Odd 'na ddim alcohol yn ych blydi gwin chi?'

'Ma rhei pobol yn gallu ddal e!' medda Siân a thaflyd 'y mhregath i'n hun yn-dôl yn 'y ngwynab i. Nesh i ddim byd ond tynnu llond gwep o stumia arni a gneud sŵn rhech efo'n lipsia.

'Fyddi di'n well yn y bore,' medda Ben Bach a rhoid slap ar 'y nghefn i.

'Gin i asgwrn i grafu efo chdi!' me fi.

'O sori boi!' mo. 'Fytes i dy stecen di—gweld treni wasto!'

'Lle ma'r cardyn roth yr hogia i mi yn rhosbitol?'

'Pwy gerdyn?'

'Cardyn Connolly a Crossroads a Marx Merthyr a rheina. . .'

'O. . .' mo, a blaw bod lampa'r stryd yn orinj mi fysa wedi cochi.

'Nadist ti nhw ddŵad i mewn i 'ngweld i, do?' medda fi fatha Gestapo.

A dyma fi'n ei weld o'n sbïo'n euog ar Siân. O'dd hi'n amlwg bod ei bys hitha yn y brwas 'ma hefyd.

'Be sy'n mynd mlaen fan hyn?' me fi. 'Pol Plot ne rwbath?'

'Paid trial troi'r stori!' medda Siân yn wyllt. 'Ti wedi sbwylo noson pawb 'da dy nonsens!'

'Popeth yn iawn, Siân fach!' medda'r titw Ben Bach 'na, a mwya sydyn dyma'r wên stiwpid 'na ar ei wynab o'n mynd yn drech na fi.

'Halan y ddaear ydi'r hogia!' me fi. 'Ron nhw ddau dro am un i chdi y cont!'

Dyma fi'n nelu dwrn am gliciad ei ên o—a methu. Dyma fi'n landio ar 'y mhen yn ganol y blydi ffiwshas.

Gesh i uffar o ram-dam gin Siân pan euthon ni i'r tŷ.

''Drych arnot ti!' medda hi a llnau petala 'ddar 'y nghot i. 'Ni wedi cal digon o drwbwl Gogs, heb i ti ddechre mynd i yfed fel ych 'da dy *gronies* 'to!'

'*Cronies* o ddiawl!' me fi. 'Ma'n nhw'n debycach i chdi

nag i fi wedi mynd!'

'Beth ti'n wilia?' medda Siân. 'Ti'n rhy gaib i feddwl yn strêt!'

'Y fi sy'n dewis yn ffrindia 'rhen chwaer,' medda fi rêl jarff. 'Y fi—a neb arall!'

'Reit 'te! Os ti'n moyn ymddwyn fel dyn singl!' medda hitha'n wyllt. 'Paid â gadel i fi stopo ti!'

Dyma hi'n halio'r fodrwy aur 'ddar ei bys a'i llechio hi ar y llawr. Mi fownshiodd 'ddar grât y *Corringham Focal Point Fire* a landio yn ganol y fforestydd o blanhigion rybyr sy'n cymyd y lolfa 'ma drosodd. Mi feichiodd Siân grïo a'i g'leuo hi i fyny grisia.

Mi sobrodd hyn fi drwydda. Nesh i rioed feddwl am y peth o'r blaen, ond o'dd 'na beryg bod y fodan 'ma'n bygwth gwasgariad? Ella bo fi'n cwyno am yn stad, ia. Ella bo fi'n anniddig 'y myd, yn cael job i ddŵad i delera efo byd o'dd â'i ben i lawr ond Arglwydd bach! to'n i'm isho colli'r fodan nag o'n? Ro'dd trïo dallt y Siân Arianrhod 'ma'n waith calad dwi'm yn deud ond mi fysa bywyd hebddi hi'n gletach byth, bysa?

Dau fygiad o *Horlicks* llefrith-sgim yn ddiweddarach o'n i'n cyfadda 'mhechoda dan y *duvet* yn llofft. O'ddan ni'n ffrindia unwaith eto mewn dau funud.

'Twpsyn twp!' medda Siân. 'Nelen i byth d'adel di!'

'Dwi'n gwbod hynny,' me fi. 'Poeni bysa chdi'n yn hel i allan o'n i!'

A fanna buon ni yn rwdlan a chanŵdlian tan yr oria mân.

'Shwt ma'r stori'n mynd 'te?' medda Siân.

'Ma hi'n dechra dal i fyny efo fi deud gwir,' medda fi'n benisal eto am funud. 'Gesha pwy welish i heno. . .'

. . . O'n i'n dal i frolio wrth yr hogia cymaint o sosialydd o'n i pan weiddodd Connolly ar ryw foi du wrth y bar.

'Randy Santos you old bastard!' mo ag ysgwyd llaw. 'You gotta meet my old comrade here. . .'

'I think we already met,' medda Randy a sbïo'n ddu arna fi.

Nesh i ddim byd ond llyncu 'mhwyri. Tro dwutha gwelish i o o'dd 'na ddau foi bach yn cuddiad tu nôl i'w drowsus o mewn tŷ teras yn Sblot. . .

Fuo'r hogia yn tynnu arna i am weddill y noson, do.

'Dear Landlord!' medda Stan mewn llais fatha Bob Dylan yn 'y nghlust i. 'Please don't put a price on my soul!'

'Talkin' of second-'omes. . .' medda Marx.

'Gron the Rent-boy!' medda Connolly a chwerthin fatha *hyena* am 'y mhen i.

A gwaetha fi'n 'y nannadd gosod NHS, fuo raid i mi gyfadda wrth yr hogia na to'n inna ddim hyd yn o'd Halfway at y Chwyldro.

Ddim Sais oedd Einstein

Dwi'm yn gall. Dwi'n sefyll ar ganol Trafalgar Square ar bnawn chwilboeth o ha, yndw? Os na 'di'r colomennod yn sgimio 'nghlustia fi efo'u hadennydd maen nhw'n yn sboncio fi efo'u cachu. Dwi wrthi'n chwilio am byb ac yn methu'n lân. Sgwn i pwy gafodd y syniad myll bod deryn yn gwllwng ei din ar ych corun moel chi'n lwcus? Lwcus nath o'm landio'n ych ceg chi ella, ia? Sychu'r drybola sgoth efo *Kleenex* a'i adael o ar 'y mhen jest rhag ofn, ia.

O'n i'n ista ar fainc yn trïo ffendio'n ffordd pan ddoth 'na fodan i ista wrth yn ochor i.

'Business, luv?' medda hi wrtha fi.

'No pleasure,' me fi. 'Can you tell me where the Robin Hood is?'

'Are you taking the piss?' medda hi wrtha fi.

'No. I want to go on the piss aye,' me fi.

O'n i wedi gaddo cwarfod Stan Crossroads a Jac Sach yn y pyb 'ma amsar cinio, er dwn i'm sut ddiawl o'n i fod i ffendio fo. Yr ordors gesh i oedd ffendio cofgolofn Nelson a sbïo lle o'dd ei gledda fo'n pwyntio. Ond myn uffar tydi'r gledda fatha llgada'r Mona Lisa 'na yn pwyntio i lefydd gwahanol dibynnu lle 'dach chi'n sefyll! Ma ffendio pyb yn ganol Llundan yn waeth na trïo ffendio'r hogia yn ganol Caerdydd. Peth dwutha ddeudodd Nelson cyn cicio'r bwcad oedd *Kiss me Hardy,* ia? Fyswn i'n cusanu'i draed o rwan hyn tasa'r cew yn dangos ffor' i mi. Trwbwl ydi, ma'r hwran 'ma'n glynyd fatha *Superglue* yna fi.

'OK. You can buy me a drink first,' medda hi. 'And then we'll make wonderful music together.'

Ar funud gwan o'n i wedi gaddo i Siân byswn i'n mynd efo hi i rali *C.N.D.* yn Llundan. O'dd Siân wedi gobeithio byswn i'n setlo lawr yn well ar ôl cael y job 'ma a mewn ffor' mi o'n i. Ond o'dd rhaid i mi gyfadda bo fi wedi mynd i botio'n saith gwaeth a bo fi'n landio mewn mwy o drwbwl nag o'n i wedi neud ers oesoedd. Petha fel 'na sy'n digwydd pan 'dach chi'n sgwennwr—ma Roald Dahl ei hun yn deud. Gesh i ei lyfr o gin Siân ar 'y mhen blwydd—*Boy* oedd ei enw fo.

Hanas o'n hogyn yn Radyr a Llandaff. Digon bôring oedd lot ohono fo, dwi'm yn deud, yn enwedig y lol am y bording sgŵl yn Lloegar, ond oedd gynno fo amball i beth difyr. O'dd o'n deud bod bob sgwennwr dan uffar o straen a'i fod o'n haeddu peint. 'Boy' iawn, ia?

> *'The writer walks out of his workroom in a daze. He wants a drink. He needs it. It happens to be a fact that nearly every writer of fiction in the world drinks more whisky than is good for him. He does it to give himself faith, hope and courage.'*

Pwy 'dw i i ddadla os ydi'r 'Ales of the Unexpected' ei hun yn deud hynna, ia?

Ond, wrth gwrs, toedd nacw ddim yn cytuno efo fo, nag oedd?

'Ti'n gwbod beth sy wedi dy hala di at y botel?'

'Nadw,' me fi er byswn i'n medru llenwi llyfr efo rhesyma. . .

'Dy ddiymadferthedd gwleidyddol di.'

'Ti'n deud gwir,' me fi. O'n i'n dallt y 'dy' a'r 'di'; y ddau air hir yn canol oedd yn rhoid traffath i fi.

'Mae pethe wedi newid 'ddar y saithdege, Gron,' medde hi. 'Sdim amser i ishte ymbytu'n potio bellach—mae'n rhaid gweithredu ar bob ffrynt cyn bod hi'n rhy hwyr.'

Tra oedd hi allan yn Abu Dhabi oedd Siân wedi cael amsar i feddwl. Dyna ydi'r trwbwl efo bod allan yn ganol nialwch am saith mlynadd yn cicio'ch sodla a chwilio am betha i neud. Mwya'n byd sgynnoch chi, mwya'n byd 'dach chi'n teimlo'n euog, dwi'n gwbod yn iawn. A mwya'n y byd o betha sy raid i chi neud wedyn i drïo safio'r byd cyn bo chi'n teimlo'n well. Mwya trwst llestri llawnion, ia? A'r diawl ydi bo fi wedi cael yn sugno fewn iddo fo'n slo bach yn hun.

Dwi'n siwr Dduw bod mam Siân wedi gweld trwydda fi bellach. Hyd yn oed tasa hi'n fodlon siarad efo fi ar ôl y ffiasgo 'ny yn llofft efo George Cooks, dwi'm yn meddwl fysa hi'n 'y ngalw fi'n 'hogyn call' erbyn hyn. Os na sylweddolodd hi bod George yn jynci noson honno, neith hi ddim ama neb byth. A'th o mewn i'r bedrwm yn drewi o dôp, mi syrthiodd ei dun Affgan Gold o ar lawr, chwalu drosd bob man yn ystod y sgrialu, ac os nad oedd hynny'n ddigon mi steddodd Mimw Besda lle ddylia fo ddim a phrancio rownd lle fatha dyn o'i go efo blaen milain nodwydd heroin yn sticio'n ei din o.

Ma hi'n gwbod am y drygs a does 'na ddim posib bod hi ddim yn gwbod am y politics erbyn hyn hefyd. Tydi 'ngwynab i wedi bod o flaen camera yn amlach nag Angela Rippon ac Anna Ford efo'i gilydd, yn cysgu tu allan i *R.A.F.* Llanishen lle ma'n nhw'n gneud boms, yn chwifio placards yn erbyn Hinkley 'C' lle ma'n nhw'n gneud y plwtoniwm ar gyfar y boms, yn protestio yn erbyn y *Severn Barrage* fysa'n lladd adar gyn sicrad â bysa boms yn lladd pobol, yn taflyd cerrig at loris *Steetley* sy'n chwthu mor gynddeiriog yn chwaral y Garth Fach acw nes bo ni'n meddwl yn Radyr bo 'na fom wedi syrthio fan hyn bob dydd, yn dangos posteri *Save the Wales,* yn gweiddi enwa ar Undeb Rygbi Cymru am yrru dynion i Sowth Affrica pan sgynnon ni ddim digon i neud tîm go lew i ni'n hunan. . . Sgin i'm tamad o help ond dwi'n foi sensitif iawn dan y macho imej 'ma. Ma 'nghalon i'n gwaedu drosd y morloi bach 'na sy'n cael eu colbio efo pastyna er mwyn i ferchaid Rhiwbeina gael cotia ffyr.

Ond ma hi'n hawdd cael enw drwg, yndi? Dwi'n siwr Dduw erbyn hyn bod Mr a Mrs Pugh yn meddwl na fi sy'n arwain Siân i neud y giamocs 'ma a finna'n hollol ddiniwad.

Er, dwi'n cyfadda na 'mai i'n hollol oedd y lol 'na efo Cymdeithas yr Iaith. . . Wrthi'n mwydro efo'r boi 'ma yn Clwb Ifor Bach o'n i un noson pan roish i 'nhroed ynddi hi.

'O'n i'n darllan yn *Reader's Digest* am ryw foi ar ei ffarm yn Texas ychydig o flynyddoedd yn-dôl oedd wedi diflannu i nunlla wrth gerdded draws cae. . .' medda fi wedi dal hi.

'Faint o ddyled oedd arno fo i'r banc?' medda'r boi oedd yn edrach fatha 'sa fo'n byta gwellt ei wely.

'Paid â chellwair,' me fi. 'Dwi'n teimlo run peth yn hun yn y bryf-ddinas 'ma. Bob dydd ma 'na dipyn bach chwanag ohona fi'n diflannu. . .'

'Dwi'n hoffi'r ddelwedd,' mo. 'Ma'r iaith yn marw. Dyna wyt ti'n drïo ddeud, 'de?'

Ddim yn hollol be oedd gin i dan sylw, ia, ond mi ddechreuodd y boi grafu 'nhin i.

'Mae pobol yn cymryd sylw o farn ein hawduron,' mo. 'Mae dy gyfrolau *Dyddiadur Dyn Dwad, Blwyddyn Gron, Yr Hunan-Gofi-Ant* a'r *Apocr-Uffar* wedi cael dylanwad dwfn ar *psyche'r* genedl. . .'

O'n i ddim yn cofio sgwennu rei ohonyn nhw ond os oedd y boi'n deud, pwy o'n i i ddadla, ia, ac ymhen wsnos o'n i'n peintio walia'r Swyddfa Gymraeg efo'r bobol enwog 'ma.

'Sut ti'n sbelio *Nick the Prick?*' medda fi wrth John Ogwen.

''Deddf Iaith Newydd' ti fod i beintio,' medda fo. 'A

'Blue Peter' sy 'ma rwan eniwê!'

Gesh i warad â'r hwran ar Trafalgar Square drw smalio bod AIDS arna fi. Ond oedd 'na ryw grinc wedi dechra'n mwydro fi rwan eto drw daeru'n ddu las na Bob Geldof ydi Iesu Grist. Ond yn sydyn dyma fi'n clwad llais yn gweiddi.

'Derc mlaen, w! Ni wedi bod yn y Sherlock Holmes ers awr!'

Sherlock Holmes oedd y pyb, siwr Dduw, ddim Robin Hood. O'n i'n gwbod na ryw *outlaw* Susnag oedd o.

Lwcus bod blas da ar y *Courage* achos mi ddechreuodd Crossroads a Jac Sach fwydro am ryw 'Re-in Carnation' Finna'n meddwl na stwff 'dach chi'n roid ar ych *peaches* o'dd hwnnw, ia?

'Pach! Dim ond unwaith ni yn y byd 'ma,' medda Crossroads. 'Run man gadel yn marc arno fe.'

Ond doedd Jac ddim yn cytuno. O'dd o'n meddwl bo ni'n dŵad yn-dôl fatha rwbath arall. Os 'dach chi'n ddrwg fatha Hitler ne'r Co Meini ne'r Yorkshire Ripper ne rwbath, 'dach chi'n dŵad yn-dôl fatha pry er mwyn i bobol gael ych sgwasho chi dan draed. Ond Esu, ma'n rhaid bod 'na beth uffar o bobol ddrwg wedi bod yn y byd. Meddyliwch faint o forgrug sy 'na jest mewn un nyth, ia? Dallt dim ar betha fel hyn. Dwi'n meddwl gna i drïo bod yn dda o hyn ymlaen—ella ca i fwy o frêns gynno Fo tro nesa.

Lwc mul oedd hi bo fi wedi taro ar Crossroads a Jac Sach o gwbwl. Oedd petha'n edrach yn ddigon du am lysh peth cynta bora 'ma. O'dd y bys yn cychwyn am hannar awr wedi chwech ac oedd gin i ben fatha swejan. Nesh i ddim gorffan lyshio tan hannar nos a doedd 'y mhen mowr i ddim wedi cael tshans i shrincio, nag oedd? Oedd raid i Grŵp Heddwch Rhiwbeina fynd i Bontypridd os gwelwch yn dda am na fedar y Cymoedd ciami 'na lenwi'u bys eu hunan. A doedd gynnon ni ddim car, nag oedd? Am ryw reswm neu'i gilydd, doedd Twm Talsarn byth wedi dŵad â'r Ford gwyn yn-dôl a doedd y carbon-etor byth wedi cyrraedd o ffatri BL yn y Midlands. Stori din, ia?

'Paid â becso,' me Siân. 'Gewn ni lifft 'da Ben-a-Lun.'

'Grêt,' me fi'n sbeitlyd.

'Sdim ishe bod fel'na,' medda hi. 'Wy'n siwr bydd rhai o'r 'hogia' 'no. . .'

'Pwy?' me fi.

'Sa i'n gwbod. Ond welest ti Marx yn Merthyr on' do fe?'

Ond pwy oedd ar y bys? Neb. Stori 'mywyd i. Oedd gin i ddewis mynd efo Siân i'r cefn at Adran Merchaid UC-CAC a gwrando arnyn nhw'n lladd ar ryw Kenneth Becar. (Ma raid bo fo'n pobi dim byd ond bara gwyn ne rwbath). Ne mi fedrwn fynd i'r ffrynt at Ben Bach a Bleddyn Blaenor. . .

'Mae'r synthesis rhwng Cristnogaeth a Sosialaeth yn gythgam o rymus yn yr America-Ladin twel,' medda Bleddyn gyntad byth gyrhaeddon ni'r M4 a setlo lawr i siarad.

'O, odi. Ma cyfraniad Gutiarrez wedi bod yn aruthrol. . .' medda Ben Bach.

Mama Mia, ia! Ond ma rwbath reit ffeind yn Bleddyn— fel bysach chi'n ddisgwl gin flaenor, a mi nath ei ora, chwara teg, i 'nhynnu fi mewn i'r sgwrs.

'Ti wedi clywed am 'Ddiwinyddiaeth Rhyddhad', do Gron?'

'Be 'di hwnnw?' me fi. 'Gair Cymraeg am *Syrup O' Ffigs?*'

Nath o chwerthin yn braf chwarae teg iddo fo. Blaenor ffasiwn newydd sy'n medru cymyd jôc a dau beint a hanner cystal â neb, ia. Sa ddim byd yn sych dduwiol ynddo fo. Er, fysa fiw iddo fo fod efo fi chwaith a finna'n ei gofio fo'n gneud sbredar yn yr Ely pan oedd o'n coleg.

Fydda i ddim yn meindio mynd am drip ar bys a setlish i lawr yn 'y myd bach yn hun, do? Fydda i'n smalio na Hobo dwi ar y Lonesome Trail, ddim yn gwbod lle ma 'mhryd nesa fi a ballu. O'dd 'na dâp o Bruce y Bos yn canu *This Gun's For Hire* a *Tougher than the Rest* a ballu ac o'n i'n OK nes bashon ni Chepstow (Dwi'm yn gwbod pam bo nhw'n galw fo'n Cas Gwent: ma 'na gae rasio grêt yno!) Y pechod mwya yn 'y marn i oedd bomio heibio a hitha'n ddwrnod y Welsh Derby yno. Newbury, Bath, Hereford, Ludlow. . . maen nhw i gyd o fewn cyrraedd y Sowth 'ma.

'Enwch bump cae rasio sy heb y llythrenne R.A.C.E. ynddyn nhw. . .!' medda Ben Bach yn dechra ar ei lol eto. Gwbod geiria ma'r boi yna—'di o'm yn gwbod gwerth dim byd.

Prin oeddan ni drosd y Bont Hofran nad oeddan ni'n stopio am syrfis.

'Shwt ni'n stopo mor glou?' medda Ben.

'Dwn i ddim,' me fi. 'Er mwyn dŵad drosd y sioc bo ni'n Lloegar siwr o fod.'

O'dd hi'n rhy gynnar am beint felly be oedd y pwynt? Ond yn sydyn wrth i'r bys 'rafu dyma fi'n gweld y ddau beth del 'ma yn bys Gaerdydd o'dd wedi cyrraedd yn barod: Crossroads a'r Sach a'u penna yn y *Morning Star* a'r *Guardian!* O'dd y dwrnod wedi gwella drwyddo'n barod!

O'n i wrthi'n mwydro efo Stan yn Gymraeg yn y Sherlock Holmes pan ddaeth y Sach yn-dôl o'r bog a throi ata fi cyn troi'r sgwrs yn Saesneg.

'He's from Cefneithin,' mo am Stan. 'And *I'm* from Llanelli just down the road. *You're* from the back of fuckin' beyond but you understand each other and I don't.'

O'n i'm yn siwr iawn be o'dd y Sach yn drïo ddeud ond 'aru o wenu drw'i locsun hir ar ôl deud, felly o'dd hi'n olreit. Hwrgi ydi Jac. O'dd o'n arfar byw efo ryw fodan yn Bridgend nes cath o ddigon ar yr ogla mwg ar ei gwynt hi a symud i'r bedrwm nesa at ei merch hi sy'n *seventeen.*

O'n i'n gweld y *C.N.D.* 'ma'n beth da deud gwir. Gafon ni dair awr i lyshio amsar cinio achos bod yr oron-daith yn cymyd oria i symud drw Llundan ac wrth ei chynffon hi oedd Hogia Ni fod i fynd. O'dd 'na filiyna o bobol yno o bob part o'r Butan Fawr (chwadal Bob Blaid Bach). Powb yn cario'i faner ei hun. Nath Bleddyn Blaenor ofyn i fi helpu i gario fflag 'Tangnefeddwyr Tabernacl Efail Isa' ond ddeudish i bo fi ddim yn teimlo'n deilwng ac esh i rannu baich 'Barnsley Boilermakers Against the Bomb' bob hyn-a-hyn. Dim ond dilyn y fflag o'ch blaen chi ac oeddach chi'n cael *guided tour* drw ganol Llundan i Hide Park.

Rwla'n agos i dŷ'r Cwîn, ddoth 'na ryw Arab draw ata fi i holi.

'Chwat i CHI.N.D.?' mo.

'No boms, aye,' me fi.

'Chwat?' mo.

'C(ancel) N(uclear) D(umps) aye,' me fi. 'Ydw i'n iawn Stan?'

'Wyt—yn yr ysbryd 'ta beth!' medda Stan.

Cofio gwylltio efo Ben Bach a'i *Trivial Pursuit* un noson.

'What do the letters USSR stand for?' mo.

'United States of Soviet Russia!' me fi.

Ond gesh i 'ngwrthod, do, gin Ben a'r cardyn. Dwi'n mynd i sgwennu atyn nhw i ddeud hefyd. Dwi'n bengalad fatha mul pan dwi'n gwbod bo fi'n iawn.

'Dyma ni,' medda Stan. 'Y Cysegr Sancteiddiolaf—Buckingham Palace!'

'Yli,' medda John Tŷ Nain wrtha fi ar ganol sgwennu

brawddega Welsh yn ysgol fach. 'Os ti'n treuglio tŷ'r cwîn, ti'n rhegi. . .'

'Pan oudd fi a mam yn Chundan euson ni i Fuckinham Palas. . .' medda fi'n darllan brawddeg John o'i draethawd Welsh o.

'Ti wedi deud *Fuck!*' medda John.

Co dre iawn oedd John, ond chwara teg mi oedd ei Nain o'n Susnag.

'Ddim *Fuck* ti fod ddeud, John,' medda fi. *'Ffwc*, ia.'

O'dd powb ar yr oron-daith 'ma yn trïo hwrjo'u papura i rwbath arall. O'dd boi *Militant* yn trïo hwrjo'i bapur i boi *Morning Star* a boi *Radio Active Times* yn trïo fflogio'i bapur bog i boi *Marxism Today*. Powb yn pregethu wrth ei gilydd a pobol Llundan yn bôrd yn eu ceir yn disgwl i ni i gyd fynd heibio. Chwara teg i Siân acw, oedd hi o leia'n trïo tynnu sycyr newydd fatha fi mewn i'r gêm.

'Be ti'n feddwl ymbytu De Affrica?' medda hi ryw noson yn fuan ar ôl yn mis mêl ni.

'Newydd fod i ffwr' ydan ni!' me fi.

O'dd yr Algarve 'na fatha *honeymoon* yn yr efail, ia. O'dd hi'n boeth ond oedd hi'n chwthu fatha megin. Dyna ydi'r trwbwl efo rochor yna i Sbaen medda Siân. Gwyntoedd cry yn chwthu mewn o'r Iwerddon.

'Be ti'n wilia?' medda Siân.

'Holides 'de,' me fi, ond ddim am hynny oedd hi'n sôn.

'Sôn am y system Apartheid odw i. So ti wedi clywed am orthrwm y gwyn ar y du?'

'Do siwr Dduw,' me fi. 'Ku Klux Klan a ballu.'

'Wel mae'n bryd i ni neud rhwbeth ymbytu fe.'

'Be ti'n ddisgwl i mi neud?' me fi.

'Wel, so ni'n mynd i brynu dim o'u cynnyrch nhw i

ddechre.'

'Be maen nhw'n werthu?'

'Orenne *Outspan,* grawnwin *Cape,* aur a diamwntie. . .'

'Dwi byth yn byta ffrwytha,' me fi.

'Nag wyt er mowr cywilydd i ti.'

'Yr unig ddeimond brynish i rioed oedd Dybl-Deimond. A dwi'm balchach o'r piso hwnnw ers i mi ddechra ar y *Brains*. . . Wyt ti wedi tshecio aur dy fodrwy brodas, wyt?'

'Nos yfory mae'r grŵp yn mynd i siopa. Ni'n mynd i lanhau'r archfarchnad o holl gynnyrch De Affrica. . .' medda Siân yn 'y nghlust i.

O'dd hi'n swnio fatha 'sa hi'n Iesu Grist yn clirio'r deml. O'dd ei llgada hi'n perlio a jest na ddeudwn i 'mod i hofn hi pan oedd hi fel hyn.

'Be newch chi efo'r holl stwff?' me fi.

'Mynd â fe at y til a gweud bo ni ddim yn moyn e!'

Myll. Tro cynta'n 'y mywyd i fi glwad am neb yn mynd i siopa i *beidio* prynu petha.

'Ti'n moyn helpu'r dyn du ne beth?' medda Siân wrtha fi.

'Yli,' medda fi yn dechra cael y gwyllt. 'Dyn du oedd yn ffrind gora fi yn Awstralia! O'dd Joni Abo a fi yn rhannu cwt dec-chairs ar Bondi Beach am wyth mis a nath o ddim cwyno unwaith bo fi'n drewi er bod cedors 'y ngheseilia fi'n gagla chwysd yn amal iawn. Oeddan ni fatha cwlwm coed i chdi gael dallt, 'de! "Go back to Wagga Wagga, you and your fuckin' Pom!" medda'r Okkers gwyllt 'na wrthon ni. "Go back to your penal colony in Botany Bay you fuckin' sheep-shaggers!" medda fi yn-dôl. Paid â phregethu wrtha fi del! Pwy oedd yn mêts i yn Ffrainc pan o'n i'n pigo grêps, y? Hogia du Portiwgal, siwr Dduw! Hogia Puerto Guinea—ryw gongol o Affrica ro'dd y Portiwgeese wedi rhoid eu bacha budur arni hi fatha roth y Sais ei facha ar Gymru.

Dwi'n gwbod yn iawn pwy 'di slefs Ewrop heddiw—dwi 'di bod yn un yn hun! Sdim isho chdi edliw dim byd i fi, yli—ma'r dyn du a fi'n dallt yn gilydd yn iawn!'

'OK!' medda Siân. 'Wy'n parchu dy brofiade di. Ti'n nes at y pridd na fi mewn llawer ffordd.'

O'n i ddim yn siwr sut i gymyd hynny, a ddechreuish eto jest rhag ofn.

'Pwy oedd dy fêts di yn Abu Dhabi, sgwn i? Seuson a mwy o Seuson—pobol sy ofn taro llygad ar ddyn du jest rhag ofn iddyn nhw ddal rwbath!'

'OK. Ti wedi gneud dy bwynt,' medda hi wrtha fi. 'Mwy o reswm byth i ti'n helpu ni os oes ffrindie 'da ti. . .'

O'n i fatha'r boi 'nw gafodd ugian peint o *S.A.*—o'dd gin i ddim troed i sefyll arni, nag oedd? Er bo fi'n gwbod na chwara plant oedd y lol 'ma chwadal byw efo'r hogia a'u helpu nhw go iawn, gytunish i i neud rwbath, do?

'Ma hyn gymaint o help i'r dyn du ag ydi asprin at gansar,' me fi.

'Wel,' medda Siân. 'Fydde Bishan Bandage ddim yn cytuno 'da ti. . .'

Ddreifish i lowr i Roath un noson i nôl ryw 'stwff' gin Mr Bandage.

'Helo,' medda fi pan ddoth y boi 'ma i'r drws yn gwisgo tyrban. 'I'm Siân Arianrhod's husband.'

'Shwmai?' medda'r boi ac ysgwyd yn llaw fi heb wenu. 'Tonight we hit *Asdas* Coryton. Tomorrow we do *Tescos* Gellihirion, and then it's the big one—*Carrefour* Caerphilly. . .'

O'dd golwg sarrug ar y boi ag o'n i dipyn bach o'i ofn o. Os oedd o fel hyn efo'i ffrindia, 'swn i ddim yn licio'i groesi fo, ia. Dyma fo'n rhoid parsal o rwbath yn y bŵt a dyma fi'n dechra poeni be oedd o. Erbyn i fi gyrraedd Gabalfa o'n i'n swp sâl, ac o'n i'n poeni f'enaid yr holl ffordd yn-dôl i *Tesco*. O'n i'n dreifio rownd fatha gôg ers misoedd ddim yn poeni bysa neb byth yn ffendio bo fi heb basio 'nhest, ond o'n i'n cachu brics bob tro welwn i gar plisman noson honno. Siwr bod hi'n amlwg wrth 'y ngwynab i bo 'na fom yn bŵt! O'dd bob bymp a thwll yn lôn yn chwalu'n nerfa fi'n racs—sdim isho lot o esgus ar *Semtex* cyn ych chwythu chi'n racs jibidêrs! Un peth ydi herio'ch gwraig am chwara plant—nesh i ddim deud bo fi isho codi'r stêcs, naddo?

'Dyma nhw'r pamffledi!' medda ryw fodan pan gyrhaeddish i *Tesco* ac agor y bŵt. Dim ond hynny bach oeddan nhw'n diwadd! Diolch i Dduw am hynny! O'n i'n teimlo fatha mynd i mewn i'r siop a phrynu potal o *Asti Spumante* a dathlu yn y fan a'r lle, ia. Ond mi sefodd 'na ryw Gari Smiles ar ben bocs fala a dechra deud y drefn am Sowth Affrica wrth y siopwyr. Mi rannon ni bamffledi a nelu am y stondin ffrwytha tu fewn a llenwi'n basgedi efo stwff.

'Are these from South Africa?' medda fi wrth y boi ar y til.

'Yeah—but don't worry, the blacks don't touch 'em. It's all mechanical nowadays, see.'

O'dd Siân yn deud bod 'na genod bach ar y til yn *Tescos* yn Werddon wedi bod ar streic ers blwyddyn nes bod eu bos nhw'n stopio cadw stwff o Sowth Affrica. Gin y genod yna gyts, ia, a dipyn bach mwy rhwng eu clustia hefyd na'r cedor 'na ar y til yn Gellihirion.

'Ar wahân i benna-rwd fel 'na, dydi'r Cymry ddim yn hilio,' medda fi wrth yr hogia yn y Flora ryw noson.

'Tisho bet?' medda Dai Bach Llanferres. O'dd o wedi mynd efo Bishan Bandage i'r Steddfod lle buon nhw'n chwilio am le 'Gwely a Brecwast'. O'dd Bishan wedi methu cael lle ac yn meddwl bod y dre'n llawn dop efo steddfodwyr pybyr nes i Dai fynd rownd yr un llefydd yn union chwartar awr wedyn a chael cynnig gwely yn bob un. A dim ond *Cape Coloured* ydi Bishan. Be uffar fysan nhw wedi neud tasa fo'n ddu dwi'm yn gwbod, os na fysan nhw wedi ei hongian o ar eu sein *Vacancies* gerfydd ei gwd am fod mor hy â phwshad ei lwc.

O'dd ymbelydra'r haul yn yn peltio ni'n ddidrugaredd wrth i ni fynd drw giatia Hide Park. Mynd i 'mhocad i chwilio am daffi a be sy 'na ond grepsan o Sowth Affrica 'di sychu. Oedd hi wedi crebachu'n hyll a doedd 'na ddim cerrig ynddi hi. Atgoffa fi lot o'r amsar pan oedd y pwerdy niwclear rhwng 'y nghlunia fi ar streic, ia. Ma rwbath reit braf mewn gweithredu—ar bob ystyr.

'Ti'n nabod y fodins 'cw ar y llwyfan?' medda Bleddyn Blaenor. 'Joan Ruddock a Glenys Kinnock, achan.'

'Kinnock?' me fi.

'Ia—gwraig Neil, achan.'

O'n i wedi cwarfod Neil unwaith a mi fuodd yn ddigon powld wrtha i—ond stori arall ydi honno.

'Cymraes lân loyw o Gaergybi, achan,' medda Bledd. 'Ddim bod hi byth yn siarad e. Ma'i mab hi'n stydio Sbaeneg yn coleg. Stiffnyr o ieithgi. Ond ti'n meddwl bod e'n siarad gair o Gymraeg?'

Os na chewch chi blwc cwrw ar ôl *Courage* chewch chi byth, na chewch? O'dd y Glenys 'ma wrthi'n siarad a dyma fi'n dechra gweiddi 'Cymraeg! Cymraeg!' drosd y parc.

'Taw Gogs, wir Dduw!' medda Siân. Ma hi'n swnio'n union fatha'i mam weithia.

'Twt!' medda Luned Bengoch. 'Dangos ni lan!'

'Rali wrth-niwclear yw hon!' medda Ben Bach.

'Solidarity, mun!' medda rwbath arall.

'Aye. Show some tolerance—you narrow-minded bloody Nashi!'

'Sdim hiwmor 'da rhein!' medda Stan a wincio arna fi. 'Maen nhw'n cymryd eu hunen ormod o ddifri.'

'Bihafia dy hun!' medda Siân yn stowt.

'Be sy?' medda fi. 'Ydi gweiddi 'Cymraeg' yn gymaint

o bechod, yndi?'

'Ma 'na fan a lle i bob dim,' medda'r Bengoch.

'Ddim Sais oedd Einstein, cofia!' medda Stan.

'Just leave politics outta this!' medda ryw grybiban o hipi.

'Just leave me outta politics!' me fi a phwdu'n lân.

Gyda'r nos ar ôl cyrraedd Caerdydd aeth criw ohonon ni i Glwb Ifor Bach i drïo'i lenwi fo. Y syniad oedd cael tacsi lawr i Bute nes mlaen i ryw noson 'Solidarity Central America.' Dwi wedi ffendio nad oes 'na ddim diwadd ar y gweithredu 'ma. Ma fo dipyn bach fatha heroin—unwaith 'dach chi wedi dechra, neith o mo'ch gwllwng chi o'i grafanga. O'dd Siân isho mynd jest cyn i ni gyrradd.

'Dwi mewn rownd fan hyn yli,' medda fi wrthi a deud byswn i'n gweld hi wedyn.

'Lysh hyn, lysh llall!' medda Siân. 'Beth ymbytu cefnogi Nicaragua!'

'Ti'n newid dy Nicar wyth gwaith yn dydd,' me fi. 'Dwn i'm be wyt ti isho syportio un arall!'

Unwaith dwi drosd y deg peint 'ma, dwi fatha tasa 'na ddarn o Fferat Bach wedi cael 'Carnation' tu mewn i mi. Symudodd run o 'nhraed i o'r clwb drw nos, naddo. Dwn i'm os ydi cymysgu *Courage* a *Bruins* yn gneud deinameit ne be, ond mi chwthodd 'y mrêns i cyn bo hir ac o'n i'n dyheu am fynd adra. O'n i ar fin mynd i ffonio tacsi pan gyrhaeddodd Twm Talsarn yn hwyr fel arfar o rwla.

'Sori am y car,' mo. 'Dwi 'di bod yn 'y ngwely efo ffliw ers wsnos.'

'Well na bod yn dy wely efo hwran yndi!' me fi. (Dwi'n siwr Dduw bod yn jôcs i'n mynd yn waeth wrth i mi fynd yn hŷn).

'Ma'r car tu allan os tisho fo,' medda Twm.

'Sa i'n siwr dylet ti,' medda Stan.

'Pam lai?' medda fi. 'Blydi garej bia fo eniwê!'

Mwya sydyn dyma'r ddau foi 'ma yn dechra pannu ei gilydd ar ganol llawr, y naill yn deud na *Dinas* oedd y sôp-opra waetha'n y byd a'r llall yn taeru na *Pobol y Cwm* oedd y gwaetha yn yr Iwnifyrs.

''Na beth sy gal am weithio ar y cyfrynge, twel,' medda Stan wrth iddyn nhw gario'r boi *Dinas* allan ar stretjer. 'Ma'n gwment o stres iste ar dy din drw dydd!'

Dwi'n cofio dim byd am y siwrna adra yn y Ffordyn, felly ma'n rhaid bo fi wedi dreifio'n iawn. Ond pan esh i draw at y tŷ tua dau o'r gloch bora—Iesu Grist! Be welish i ond dau ddyn du yn cerddad i fyny'r dreif o'u car efo rhaffa!

O'n i'n cael drych-iolaetha uffernol o Siân wedi'i chlymu—a gwaeth—yn tŷ. Sgin i ddim byd yn erbyn dynion duon ond dda gin i ddim lladron a rêpists pa liw bynnag ydyn nhw. Nesh i ddim byd ond troi ar yn sowdwl a ffonio'r cops o'r ciosg ar gongol a'i bomio hi at ffenast gegin i stagio arnyn nhw drw'r cyrtans lês. Mi welwn fod Siân yn dal yn fyw o leia—diolch, o'n i'n meddwl, i'r gyllath fara oedd hi'n ddal yn ei llaw. O'n i ar fin smasho'r drws lawr pan gyrhaeddodd y cops. Dwi'm yn ama nad ydyn nhw'n rhoid syrfis da ar diawl i ryw swancs fatha Radyr 'ma—oeddan nhw acw mewn cachiad Nico cyn i mi gael tshans i roid ffôn lawr jest iawn. A chyn i chi ddeud Jac Robinson oeddan ni wedi byrstio drw drws cefn i'w dal nhw yn y fan a'r lle. . .

Ond be welson ni ond un dyn du yn tolldi dau bwys o *Tate and Lyle* i mewn i jygiad o orinj jiws a'r llall yn clymu gitâr a drwm a sax efo'i gilydd mewn anfarth o focs te. Oedd Siân wrthi'n torri brechdana banana yn hapus braf nes i ni dorri ar ei thraws hi mor bowld.

'Beth yffarn sy'n mynd mlân 'ma?' medda Siân wedi cael sioc. Oedd llgada'r dynion duon fatha soseri'n eu penna nhw.

Mi sefish i a'r ddau gop yn stond fatha *Three Stooges* heb ddeud gair o'n penna.

'This,' medda Siân o'r diwadd, 'is Diego and this is Huan—from Bluefields, Nicaragua. They're staying the night—but the band will be on the road again at six in the the morning.'

'Hi man!' medda'r ddau efo'i gilydd mewn Saesneg perffaith. Sut oedd hi'n disgwl i fi wbod? O'n i wedi cael ar ddallt na rhei brown yn siarad Sbanish sgynnyn nhw yn Nicar-agua. . .

'This is my delinquent of a husband. It seems the police have escorted him home.'

'You've left your lights on sir,' medda'r cop fenga wrtha fi.

'Iesu Grist, yes!' me fi. 'I'll go and turn them off now, aye.'

'Excuse me sir,' medda fo wrth i mi nelu am y drws. 'Have you been drinking?'

Gwae yn y Gwaelod
(Cynddaredd Gogo Goch)

NOS Iau oedd hi. Ddim ar chwara bach mae rhywun yn anghofio'r noson gath o'i fradychu.

'Ma 'da fi bwyllgor Eisteddfod yr Urdd Taf Elai heno,' medda Siân amser swpar jest cyn y power-cyt.

'Well gin i chdi na fi,' me fi.

'Trwbwl yw, ma cyfarfod y Grŵp Heddwch 'da ni 'fyd, twel.'

O'dd o bownd o ddigwydd. O'dd hi wedi mwydro'i phen gymaint efo'r Gweithredu 'ma, o'dd hi bownd Dduw o ddybl-bwcio ryw dro. O'dd Tony O' Malley yn deud wrtha fi bo 'na bobol yn Werddon sy wedi cael eu gweld mewn dau le ar yr un pryd. Nath o ddim deud sawl peint o *Guinness* gafodd y bobol welodd nhw ond os fedrwch chi brofi bo chi wedi neud o, gewch chi'ch gneud yn sant gin y Pôp. Sut ma Sant Siân-o-Radyr yn swnio? Dwi'n meddwl ei nominetio hi deud gwir.

'Wrth gwrs,' medda hi, 'allet ti wastod fynd i un ohonyn nhw yn yn lle i. . .'

Aeth 'y nhe fi lawr ffordd rong a gesh i bwl reit hegar o besychu. Oedd y fodan 'ma o ddifri, oedd? Un peth dwi jest ddim yn fodlon neud yn y byd 'ma ydi wastio'n amsar ar bwyllgora. Dwi'm yn deud dim a dwi'm yn gwrando, felly be 'di'r iws, ia?

''Na i gyd sy raid i ti neud yw mynd â neges lan i Waelod-y-Garth i fi. . .'

'Pwy oedd dy was di llynadd?' me fi a thanio cannwyll i roid gola ar y matar.

'Ne ma croeso i ti fynd i gwarfod yr Urdd drosta i. . .'

Oedd hon yn gwbod sut i droi'r sgriws, doedd? Sgin i ddim tamad o help ond ma ogla'r Urdd yn ddigon i mi. Dwi'n meddwl bod o rwbath i neud efo'r *Cymru'r Plant* owt-o-dêt 'na oeddan ni'n gael yn rysgol fach stalwm. Miloedd ar filoedd o sgwennu, amball i lun ciami, croswyrd ar ei hannar ac ogla fatha piso cath ar y papur.

'Plîs, miss, ga i fynd i'r offis efo papur?' medda John Tŷ Nain. O'dd hwn yn esgus reit dda bob amsar i ddojo lesns *Cymru'r Plant*. O'dd Miss Wilkes yn fîn uffernol efo papur lle chwech—dau ddarn 'ddar y rôl yn clas cyn cychwyn—byth ers i'r ast wirion 'na, Sheila Llefrith, iwsho rôl cyfa a blocio'r bog pan oedd y bîb arni'n Standard Three. Pan ddoth John yn-dôl o'r jeriw ac ista wrth ei ddesg efo dim byd i neud ddechreuodd Miss Wilkes ama bo 'na ddrwg yn y caws.

'Lle mae'ch *Cymru'r Plant* chi, John?'

'O'dd gin i ddim digon o bapur, miss.'

Y Garth ydi'r mynydd ucha o gwmpas ffor' hyn felly o'dd hi ddim yn anodd ei ffendio fo. 'Di o'n ddim byd ond bloryn yn ymyl mynyddoedd y Gogledd 'cw ond ma 'na ryw dynfa uffernol ato fo. Maen nhw'n deud bod powb sy'n gweithio ar y mast-media yn Gaerdydd yn byw yn y Bermuda Triangle: Creigiau—Pentyrch—Gwaelod-y-Garth, ia. Anhygoel, dwi'n gwbod, ond wedyn ma powb yn Llanbabo—Clwt-y-Bont—Dinorwig ar y dôl, yndi?

'Paid â chodi dy drwyn,' medda Siân. 'Yn y dafarn mae'r grŵp yn cwrdd ti'n gwbod!'

Ran amla fyswn i wedi cael y *Metro* i fynd yno a fysa Siân wedi cael lifft gin Luned Bengoch i'r Urdd ond o'n i'n diw yn cwrt unrhyw ddwrnod, do'n, ar ôl chwthu gormod o lysh mewn i'r bag. Doedd Siân ddim wedi gadael imi dwtsho'r car ers y noson honno a ro'n i reit bigog yn gylch y peth deud y gwir.

'Be ti'n feddwl colli'n leishans?' me fi. 'Sgin i ddim

leishans i golli!'

'Gei di fwy o ddirwy byth, 'te!' me Siân. 'Pam se ti'm yn gweud 'tho i bo ti heb baso?'

Ofn bysa hi'n chwerthin am 'y mhen i o'n i, taswn i'n onast efo fi'n hun. Does 'na neb yn licio cyfadda, nag oes, bo fo wedi methu'r test ddeuddag gwaith?

Gymish i drên i Taff's Well a cherddad i'r Gwaelod o fanno. Gwaelod, myn uffar! O'dd isho rhaffa a tampons i ddringo llethra'r afon i fyny o Taff's Well. O'n i wedi ffagio'n lân cyn cyrraedd hannar ffordd. Lawr yn gwaelod 'cw oedd gin yr hen Sant Taff ffynnon i fendio pobol. Siwr bod gynno fo ddigon o gwsmeriaid, myn diawl.

Ond y peth mwya calad oedd trïo cofio negas Siân.

'Canolfan y Dechnoleg Arall. Ar y dde jest cyn cyrraedd Corris Isa ar y ffordd o Fachynlleth. Wyth o'r gloch o Market Road Ponty bore dydd Sadwrn.'

Dyma be o'n i fod i ddeud wrth Bent Bergen pan welwn i o. Llond blydi ceg go iawn a fuesh i'n ei ail-ddeud o fatha côr adrodd wrtha'n hun bob cam o'r ffordd i'r pyb 'ma.

Pan gyrhaeddish i, oedd hi fatha bedd. O'dd 'na lampa meinars dros lle yn bob man ond ma raid bod yr hogia i gyd ar shifft yn pwll-glo Nant Carw ne rwbath. O'dd 'na uffar o neb yno.

'Peint o *H.B.*,' me fi. 'Where's the Peace Group?'

'Haven't got any pea-soup pal,' mo. 'Just what you see on the bar.'

O Iesu! Do'n i ddim yn mynd i ddechra ar y mwydro yna eto, nag o'n? Gauish i 'ngheg Cofi ac ista'n y gongol i ddisgwl. Ddoth 'na ddau bons i fewn a dechra malu am eu gwaith.

'Busy?'

'Aye. Been on 'Bubbly Cum' all week. You?'

'Just come back from Bettsy with 'Our Yak'—filming Dai Jones jumpin' Swallow Falls in a barrel. Split *my* fuckin' sides anyway!'

Ddoth 'na gang o fodins i mewn wedyn mewn Wellingtons gwyrdd a dechra rhannu cnau efo'r ddau gedor. Eisteddon nhw i lawr ag yfed *Pimms* ag oeddan nhw i gyd yn swnio fatha tasan nhw yn dŵad o'r un ardal â'r Cwîn. Ddoth 'na don ar ôl ton ohonyn nhw i mewn ag ista o 'nghwmpas i. O'n i'n teimlo fatha Gwynfor Evans yn Llanyboddar wedi'i syrowndio gin Saeson. O'dd 'na un fodan yn cwyno bod hi'n methu cael digon o dail colomennod i roid ar ei slotj. Tasa cachu tarw'n neud tro oedd 'na ddigonadd yn fan hyn, myn uffar. O'dd 'na rwbath arall yn taeru'n ddu las bo 'na dwll yn yr awyr uwchben y North Pole am bod pobol yn lladd pryfaid efo sbrê a ballu. Os oedd 'na dwll yn rwla roedd y boi yna yn siarad drwyddo fo, ia.

'Excuse me,' medda fi wedi cael digon. 'Are you anything to do with the Peace?'

'Chick-peas?' medda'r fodan. 'Absolutely!'

'Who is Bent Bergen?' me fi. 'I got a message about the other technology. . .'

'A!' medda'r fodan. 'Where are you affiliated?'

Be oedd hon yn batro?

'There's a trip on Saturday,' medda fi.

'Right. Yeah. The on-going alt-tech teach-in in Mak. Are you the organizer?'

Duw a 'ngwaredo fi! O'n i'n methu denig rhag hon, ia? Neuthon nhw ffys fowr ohona fi, prynu *Pimms* i fi a ballu a finna jest â marw isho mynd.

'Shalom!' medda ryw foi'n gwisgo mwclis a dal ei law i fyny fatha Indian.

'Goronwy!' medda fi a gneud run peth.

'O!' medda'r boi. 'I thought it was 'hedwk' in Welsh.'

Gneud i chi feddwl weithia ydi o werth trïo achub y byd 'ma, yndi? Os na petha fel hyn sy'n llenwi'ch pybs chi. O'dd hi'n amlwg bod Bent ddim am droi fyny. Ofynnish i am ei adres o a'i throi hi.

Ma'r rhan fwya o bentrefi yn dilyn lôn a strydoedd, yndyn, ond ma Gwaelod-y-Garth yn sbredio i fyny'r mynydd fatha dwsina o steshons Wyddfa ar ben ei gilydd. 'Cebl-car fysa'n handi,' medda fi wrtha'n hun wrth straffaglu chwilio am 'Cloud Cuckoo Cottage' yn ganol y tarth. O'dd hi'n dywyll bitsh erbyn hyn a doedd 'na ddim un creadur byw o gwmpas i ofyn lle ro'n i. O'r diwadd, dyma'r lôn yn troi tua 90° fatha pedol a mi welish i sein yn pwyntio at y tŷ. Drw'r cefn buo raid i mi fynd drosd ryw ffens hôm-mêd lle buo ond y dim i mi adal 'y nhrugaredda ar weiran-bigog. Lawr â fi ar hyd y grisia chwaral 'ma at ddrws cefn Bent Bergen.

O'dd y lle fatha bol buwch, doedd? Dim golwg o Bent. Synnu dim—nabod yn lwc i. Ond o'n i wedi cael llond bol ar y malu cachu yma. Grŵp 'heddwch' myn uffar! O'n i'n dyheu am fynd yn ôl i Radyr. Toes 'na ddim lot i ddeud dros fanno ond oedd rwbath yn well na'r Tibet myll yma fan hyn. Dyma fi'n tynnu mat cwrw a beiro o 'mhocad yn barod i sgwennu negas arno fo. . .

'First-turning as you enter Bottom Corris. . .'

Damia! Fedra i ddim gweld be dwi'n neud yn y niwl. Tanio matshan i roid gola ar y matar.

'Right boys! Get him!' medda rwbath tu nôl i'r perthi. Gesh i 'nallu am oes gin ola'r dortsh.

'Bent?' me fi. 'Is that you?'

'Ti wedi cael cop tro 'ma 'ngwash i!' medda rywun yn cerddad tuag ata fi a rhoid hand-cyffs am 'y ngarddyrna fi.

'Twm Talsarn, y con' dwl!'

Oedd o wedi 'nychryn i am funud. Dwi'n casáu *practical jokes,* ia, ond o'n i yn falch na Twm oedd o! O'n i'n dechra meddwl am funud be ddiawl oedd yn digwydd!

'Do 'laen Twm, y cedor gwirion!' me fi. 'Tynna nhw i

ffwr', nei di?'

Nath Twm ddim byd ond sbïo i mewn i fyw'n llgada fi a gwenu'n gam.

'Take him to the car boys. At long last. We've got Meibion Glyndŵr!'

* * * * * *

O'n i'n ista ar gadar mewn rŵm efo dim ond un bylb moel yn ei goleuo hi, efo 'nwylo wedi clymu tu nôl 'y nghefn. Ers faint o'n i wedi bod yno, doedd gin i ddim syniad. O'n i'n teimlo fatha cadach llestri wedi'i bannu'n twb golchi a'i dynnu nôl a blaen ddwsina o weithia drw mangl. Pan agorish i gil yn llygad o'dd Twm wrthi'n sgwennu rwbath ar ei ddesg. O'dd o'n gwisgo het Trilby ar ei ben a hen facintosh fudur at ei draed fatha fydda gin yr hen go yn ei lunia de-mob stalwm. Gymish i arna 'mod i'n dal wedi pasio allan pan ddechreuodd o ddarllan ei sgript yn uchal i mewn i dêp-recorder bach yn ei law. Oedd o'n swnio'n union fatha rwbath allan o'r *Untouchables*, myn diawl!

'Roeddwn wedi bod yn dilyn Goronwy Jones ers rhai misoedd bellach. Siawns llwyr oedd i mi ei weld yn cerdded lawr Westgate Street ryw fore ym mis Tachwedd '88 yn cario rhywbeth tebyg i 'minature F.A.Cup' dan ei fraich. Cefais wybod nes ymlaen mai gweddillion ei gyfaill Gwyn Farrant-Pritchard o Gaernarfon oedd cynnwys yr wrn. ('Fferat bach' i'w gyd-feddwon). Roedd wyneb Jones yn gyfarwydd ac roedd hyn-a-hyn o fform ar y ffeil. Dim byd concrit. Cysylltiadau ag eithafwyr adnabyddus. Cilmeri. 'Workers Army of the Welsh Republic'. Trip rygbi i Ddulyn yn 1984. Protest Cymdeithas yr Iaith tu allan i Currys *Caernarfon 1985. Hwyliodd o fewn can milltir i lannau Libya ar ei ffordd i Awstralia yn 1980. Roedd golwg dipyn o hen*

lwynog arno. Penderfynais ei ddilyn. Roedd yn werth ryw ddiwrnod neu ddau.

'Roeddwn wedi bod yn hofran o gwmpas Caerdydd ers rhai wythnosau yn chwilio am lîd. Ddechrau mis Rhagfyr roedd hi'n naw mlynedd oddi ar y tanau cynta ym Mhenfro a Phen Llŷn ac roeddem yn disgwyl trwbwl. Beth oedd busnes Jones yng Nghaerdydd? Roedd wedi cogio gwasgaru llwch ei ddiweddar ffrind ar y Maes Cenedlaethol. Defod baganaidd a distracter *o bosib i dynnu sylw dyn oddi ar y trywydd. . .*

'Dilynais Jones am dridiau. Gwnaeth ei orau i'm diflasu. Bu'n cerdded fel adyn ar gyfeiliorn o gwmpas y ddinas am hydoedd. Bu yn y New Ely, y Conway, ac S4C heb fod ganddo unrhyw fusnes amlwg yn yr un o'r tri lle. Ni siaradodd â neb ar wahân i Harri Begar Dall a Jo Jynci—dau unigolyn pathetig a hollol ddiniwed ar yr Hayes. Roedd y diwrnodau cynnar hyn yn y ddinas yn hanfodol. Fel pob terfysgwr da, gwnaeth Jones ei orau gydag amynedd enfawr i guddio ôl ei draed a thoddi i'r amgylchfyd lle buasai gweithredwyr llai ymroddedig wedi chwilio am eu tebyg yng Nghlwb Ifor Bach neu'r Halfway. Erbyn y trydydd dydd, roeddwn yn gwybod fy mod ar drywydd rhywbeth arbennig ac ni chefais fy siomi. . .

'Bu Jones yn Tesco *am amser hir i feddwl mai dim ond bocs o fatsus a brynodd yno. Gwnaeth sioe fowr o'r ffaith mai i Harri Begar Dall gael tanio'r stwmps roedd wedi'u casglu yn y gwterydd yr oedd y fflachiadau. Ond tawn i'n smecs! Sylwais yn sydyn mai blwch o* England's Glory *oedd ganddo—yr union fatsen a welid ar fathodynau* Taniwch Dros Gymru *y Gweriniaethwyr yn 1980-82!*

'Gwyddwn ym mêr fy esgyrn fod cysylltiad rhwng y bachgen rhyfedd hwn a'r ymgyrch losgi. Roedd yn loetran yn rhy hir ar ben ei hun mewn tafarndai di-gysur i fod yn ddyn normal. Ac wedyn yn Boots *y fferyllydd cefais y cadarnhad mawr, y cliw tyngedfennol a'i datgelodd yng ngwir oleuni ei weithredoedd anllad. Tawn i byth o'r fan!*

Tynnais ei lun yn prynu paced dwsin o Durex Delay—*union declyn atal-cenhedlu y llosgwyr!*

'Mater o surveillance *cyson oedd hi wedyn a disgwyl i Jones ei grogi ei hun. Tybiais ar un adeg mai yn y Gogledd y bwriadai ymosod nesaf. Fe'i dilynais i mewn i fws Cymru Cenedlaethol ac eistedd y tu ôl iddo yn y sedd gefn. Tybiais ar adeg arall ei fod wedi sylwi bod ganddo gynffon gan iddo adael y bws ym Merthyr ac yntau wedi prynu tocyn yr holl ffordd i Gaernarfon. Ymgais arall i guddio'i gamau. Awn ar fy llw mewn llys ei fod wedi ei hyfforddi gan neb llai na Gadaffi ei hun!*

'Ond roedd popeth yn gwneud synnwyr fel y gwelais pan gyfarfu â'r eithafwr adnabyddus Philip Watkins (Marx Merthyr i'w gyd-saboteurs) yn nyth gwiberod y Lamb ym Merthyr Tydfil.

'Mae Jones yn eithafwr ymroddedig a pheryglus. Mae'n gyfan-gwbl ddigyfaddawd a di-wyro yn ei ymgyrch filain a dichellgar yn erbyn y mewnfudo. Ni fydd yn hir cyn iddo ladd rhywun. Gwraig, plentyn, person anabl: nid oes waeth ganddo. Mae'n amlwg wedi'i hyfforddi i fod yn hollol unplyg a di-ildio. Nid yw'n meddwl ddwywaith cyn gweithredu mewn gwaed oer. Bûm yn ymlafnio yn y swydd hon ers llawer lleuad bellach—yr wyf wedi gweld pob math o Feibion y Fall yn taro ym mhob rhan o'r byd—ond fe'm syfrdanwyd gan y modd y bu'r Jones hwn mor fedrus â threfnu priodas o fewn ychydig wythnosau a sefydlu cyfyr iddo'i hun. Nid gormodiaith yw honni mai dyma sleeper *mwyaf dieflig yr ynysoedd hyn. Yr wyf yn argyhoeddedig bellach mai ef yw Rhys Gethin—yr ymennydd y tu ôl i'r cyfan!*

'Ychydig a wyddai ef fy mod yn ei wylio o'r car ar yr ochor arall i'r lôn yn Station Road Radyr un bore ym mis Chwefror cyn iddo ef a'i wraig fynd i brynu tronsiau i Peacocks *Canton. Sylwais arno yn llygadrythu wrth weld Barry John, Vincent Kane a Betty George yn brasgamu heibio'i* Fetro *o fewn munudau i'w gilydd. Tybiwn imi weld*

gorffwylldra yn tanio yn ei lygiad. Gwneuthum ymchwiliadau sydyn i weld a oedd tai haf gan un o'r rhain yn yr ardal. Negatif.

'Nid ar chwarae bach y gellid cael Y Cadno i'r fagl. Penderfynais ymgymeryd â rôl y provocateur *yn ddi-oed gan drefnu cyfarfod ag ef ar y trên i Bontypridd. Teimlwn fel dipyn bach o Richard Harris yn twyllo Sean Connery ar y* Molly McGuires. *Mae'r gwaith yma'n gyffrous iawn ar brydiau a buaswn yn cynghori unrhyw berson ifanc sydd a'i fryd ar yrfa gwir foddhaus i gysylltu â'i Swyddfa Heddlu leol a darllen y taflenni lliwgar a diddorol sydd ar gael heddiw. . .*

'Bûm gyda Jones am fisoedd mewn cyrchfannau eithafwyr adnabyddus yn y ddinas megis Clwb Ifor Bach yr Halfway a'r Flora. Cyfaddefodd ei fod wedi gweld *John Jenkins yn Ifor Bach! Oes raid dywedyd mwy? Hawdd y gallasem fod wedi ei arestio yn y fan a'r lle am roi lloches i Gerald Reynolds y terfysgwr a'r brawychwr ysgeler y mae Interpol ar ei ôl ond penderfynasom mai taw oedd piau hi nes iddo benderfynu llosgi ei fysedd go iawn.*

'Bu bron i chwarae agent provocateur *droi'n chwerw un noson pan geisiais gan Jones fyned a rhoddi ffaglau o dân drwy lythyrdyllau asiantau tai yn Tudor Road, Caerdydd a diwedd arni. Diawl erioed—mae amynedd Job hyd yn oed hen ymgyrchydd hedd fel fi yn pallu ar ôl misoedd bwygilydd o* surveillance *diflas a di-ddiolch! Ond petawn yn byw i fod yn gant ni fyddaf fymryn elwach ai gweithred fwriadol i'm cael oddi ar ei drywydd oedd y cwymp hwnnw i'r afon ym mis Mawrth. Mae'r dyn yma yn actor rhyfeddol. Y canlyniad oedd imi orfod dianc o'r fan a chadw 'mhen i lawr am wythnosau rhag i 'nghwrlid i gael ei chwythu.*

'Doedd dim dwywaith amdani—roedd hyn i gyd yn ychwanegu misoedd lawer at y gwaith oedd o 'mlaen i. Ond diolch i'r drefn, mae pob gwalch ym methu weithiau. Doedd dim tân wedi bod mewn unrhyw le yn agos i Gaerdydd hyd yn hyn, ond roeddwn wedi bod yn cadw llygad ar

Mayfair Morgannwg Ganol yng Ngwaelod-y-Garth ers tro byd. Yn hwyr neu'n hwyrach byddai'r eithafwyr yn troi eu sylw at y garfan gynyddol o ddarlledwyr/teledwyr/cynhyrchwyr sy'n byw yng Ngwynedd er mwyn eu cydwybod ond sy'n berchen ar dai haf yng nghyffiniau'r brifddinas er mwyn eu pocedi. . .'

Mwya sydyn mi welodd Twm bod y syspect yn y gadar yn dadebru a mi geuodd ei geg yn glep. Mi gamodd draw tuag ata fi a mi ddechreuish inna gachu brics unwaith eto. . . O! Iesu Gwyn toedd o rioed yn mynd i ddechra 'nghroeshoelio fi eto byth!

'Be 'di rhein?' medda fo wrtha fi neithiwr.

'Jonis,' me fi.

'Dydi dynion priod ddim yn iwsho jonis!'

'Mi ydw i,' me fi.

Pan ma'ch gwraig chi wedi bod yn Abu Dhabi am saith mlynadd a chitha ar y lôn ers deuddag, does 'na ddim rhy ofalus i fod efo'r blydi AIDS 'ma, nag oes? A deud y gwir yn onast wrthach chi, ma'i blaen hi'n yltra-sensitif gin i a fedra i ddim diodda twtshad dim byd heb dipyn o brotection. . .

'*Durex Delay* mae'r arsonists yn iwsho!'

'O ia?' me fi. 'Dyna ma'r Dyn Dwad yn iwsho hefyd, yli.'

A dyma Twm yn cael y gwyllt. Dyma fo'n nodio ar y Giant Haystacks 'ma tu nôl i mi i droi'r *double-wrist-lock* yn drebal.

'Aaaa!!' me fi. 'Piga ar rywun dy seis dy hun y cont!'

Tair peltan ar draws 'y ngwynab gin Twm am fod yn rhy barod 'y nhafod. O'n i'n teimlo'n hun yn berwi tu fewn a dychmygu'n hun yn troi'n Hulk unrhyw funud i dorri'n rhydd o'r rhaffa 'ma a'u waldio nhw ill dau yn dipia efo'r gadar 'ma. Be uffar oeddan nhw'n feddwl oeddan nhw'n neud?

'Cop wyt ti, ia?' medda fi wrth Twm.

'Meindia dy fusnes,' mo. 'Fi sy'n gofyn y cwestiyna fan hyn. . .'

'O'n i'n meddwl bo chdi'n fêt i mi,' me fi.

'Meddwl nath y boi 'nw gachodd yn ei drowsus!' medda Twm. Be wyddoch chi be 'di ncb, ia? Go iawn rwan!

'Nesh i ddim byd—wir Dduw i ti!' me fi.

'Jonis! Matsus! Cyllath! Cannwyll!. . .' medda fo a llechio'r petha oedd yn 'y mhocedi fi ar y bwr' fesul un.

O'dd gin i air o eglurhad am y gannwyll a bob dim ond toedd o ddim yn 'y nghoelio fi bo ni wedi cael powyr-cyt yn Radyr noson cynt. . .

'Tynna'r llall boi, mae 'na glycha arni hi,' mo. 'Dwi'n dy nabod di tu chwynab allan, tydw? Dwi'n gwbod bo chdi'n Welsh Extremist!'

'Titha hefyd!' me fi.

A dyma fo'n chwerthin yn 'y ngwynab i am funud cyn newid ei diwn a throi'n gynddeiriog a gafael yn 'y nghrys i mor ryff nes bod y botyma'n fflïo i bob cyfeiriad.

'Be o'ddat ti'n da yn y tŷ 'na?'

'Chwilio am Bent Bergen! Dwi 'di deud a deud wrtha chdi!'

'Tŷ Morus Môn ydi hwnna!!' medda fo fatha taran. 'Fel 'sa ti ddim yn gwbod!'

O'dd gin Morus Môn, y Welsh Nash a'r ffilm star mowr o'r BBC, dŷ ha yn Gaerdydd. Oedd o'n byw yn fanno pan oedd o i ffwrdd o donna gwyllt y môr yn Aberdaron ac yn codi miloedd ar y BBC am hotels a ballu. Gosod y tŷ wedyn i'w fêts erill o'r Gog oedd ar yr un gêm. Bob lwc iddyn nhw ddeuda i. Boi da ydi Morus. Welish i ei lun o yn ysgwyd llaw efo R.S.Thomas ar flaen *Y Cymro* wsnos dwutha.

'Cyfadda!' medda Twm a dechra 'mhannu fi fatha pynshbag yn yn stumog a'n senna. 'Cyfadda! Cyfadda!! Cyfadda!!!'

Iacha croen, croen cachgi, ia? O'n i'n meddwl na'r peth calla i neud oedd ffeintio a dyna be nesh i tan rwan. . .

'Gest ti gyci-beis braf 'y ngwashi?' medda Twm. 'Syrpreis bach neis i chdi i frecwast. 'Dan ni 'di ffendio hwn!'

'Be?' medda fi yn sbïo ar ryw bowdwr gwyn mewn pwrs du.

'Yr heroin, 'de'r ffŵl!'

'Be ti'n fwydro?' me fi.

'Lle pathetic i guddiad o—dan sêt car!'

Dyma fi'n cofio'n sydyn bod y Ford gwyn gin Twm am hydoedd. Dyna oedd gêm y diawl, ia—yn ffrêmio fi!

'Ma fforensic yn deud bo 'na olion o'r llwch drosd bob man yn dy dŷ di!'

Dyma fo'n cymyd pinshad o'r powdwr a'i ddal o wrth 'y nhrwyn i. O'n i'n meddwl am funud bod y basdad yn mynd i 'mhwmpio fi efo dôp fatha neuthon nhw i Popeye Doyle yn *French Connection II*, ond chwara teg i ddiawl, dim ond isho cynnig bargan o'dd o.

'Enwa weddill Meibion Glyndŵr, a mi anghofiwn ni bob dim am dŷ Morus Môn a soniwn ni ddim gair am y cyffuria!'

Un peth amdana fi. Nesh i rioed dwtsiad drygs. Duw a ŵyr, gesh i ddigon o jans, ia, ond ella bo fi'n lwcus mewn ffor' bo fi'n alci. I be'r ewch chi i bwytsho efo petha peryg os oes gynnoch chi lysh?

O'dd George Cooks yn smocio dôp ers pan oedd o'n bymthag. O'dd tad George yn byw yn Scotland a'i fam o'n dre a mae o'n deud na nath o rioed wenu yn ei fywyd nes cath o'i ddrag cynta o hash. Ma alcohol yn ei neud o'n paranoid, ond mae o'n fflïo fatha *Caledonian Express* efo Affgan Gold. Dwi'm yn deud na chesh i ddrag ne ddwy gynno fo i drïo, ond os nad o'n i'n chwdu mherfadd ar y mwg, oedd 'na ddarna bach o resin chwilboeth yn llosgi drw'r *Rizla* a thrw 'nghrys i nes o'dd 'y mol bach i'n greithia byw.

Ara deg ar diawl fuesh i'n sylweddoli bod Ben Bach ar dôp tan ryw noson mewn parti. O'n i wrthi'n helpu'n hun i boteli *Stella Artois* yn y Ben-a-Lun-dŷ yn Creigia pan ddoth o draw i sibrwd yn 'y nghlust i. . .

'Ti'n ffansïo dipyn o *goke?*' mo.

'Na, ddim diolch,' me fi'n sbïo'n wirion arno fo. 'Ma gin i lagyr, yli. . .'

Yn y gegin dyma fo'n rhoid gwelltyn i mi fatha 'swn i'n hogyn bach.

'Rho fe lan dy drwyn fel hyn!' mo.

'I be?' me fi.

'I ffroeni'r *coke* siwr Dduw!' mo.

O'dd 'na ryw bowdwr gwyn ar soser ar bwr' a dyma fo'n dechra sniffio efo un ffroen a rhoid ei fys ar y ffroen arall.

'Mm!' medda fo. 'So ti'n gwbod dy eni nes bo ti wedi trial. . . Cwsg Goronwy Owen!'

Ddyn bach! O'n i'n nabod y boi ers tua naw mis a to'dd o byth yn gwbod yn enw fi. . .!

Ond gyntad byth cymish i beth, dyma 'nhrwyn i'n cosi mor uffernol nes imi dishan fatha ffŵl drosd y lle a gyrru shrapnel o fflem drosd y gegin. Yn waeth na dim, mi nesh i am ben soser Ben Bach nes i'r llwch gwyn gael ei chwthu i abargofiant.

'Coc y gath!' medda Ben—tro cynta i mi glwad o'n rhegi go iawn. 'Ti wedi wasto gwerth can punt, yr yffarn!'

'Does wnelo'r Dyn Dwad ddim byd â dôp,' medda fi wrth Twm Talsarn. 'Ma powb yn gwbod hynny.'

O'n i'n cŵl fatha ciwcymbyr a mi ro'dd Twm yn gweld hynny hefyd.

'Ga i chdi off y *breathalyser* hefyd os tisho,' mo.

Fysa hynny wedi bod werth ei gael, dwi'm yn deud, ond be newch chi, ia?

'Twm,' me fi, 'waeth i chdi heb a thrïo 'mhrynu fi. Cris-croes tân poeth—marw'n y fan 'ma—tydw i'n gwbod ffyc-ôl!'

Oedd y bargeinio drosodd. Oedd y waldio drosodd. Trïo 'nghracio fi nath o nesa. Dyma fo'n halio 'ngwallt i mor hegar nes doth 'na fwnshad o fwng o'i wreiddia. Dyma fo'n sodro'i drwyn ar 'y nhrwyn i nes o'n i'n gweld ei wynt garlic o yn dew rownd yn ffroena. . .

'Ddim dy dad ydi dy dad, ti'n gwbod hynny ma'n siwr, twyt?' mo. 'Ma dy frawd a dy chwaer run ffunud yn union ond cochyn India wyt ti, de? Sbïa ar y brychni codog 'na ar dy ffycin gwynab llwyd di! Iesu Grist ti'n hyll! Ond dyna fo, be arall fysa rywun yn ddisgwl gin fasdad Twm Coc Aur, 'de?'

Twm Coc Aur oedd stalwyn cymdeithas yn dre 'cw. Oedd gynno fo fwy o blant na cartra Bontnewydd. Bardd o'dd o ag o'dd gynno fo locsun mowr coch—ymysg petha erill, ia. Os oedd gynnoch chi wallt coch yn dre 'cw oeddach chi'n cael ych pryfocio bob siâp na fo oedd ych tad chi. O'dd o ddim yn wir, siwr Dduw, ond ma bownd o fod rwbath bach yng nghefn ych meddwl chi, does? Be wydda Twm Talsarn am betha mor breifat â hyn, dyna be o'n i isho wbod. . .

'A Pegi Wyn. . .' mo. 'Wel, be ddeuda i? Ma 'nghalon i'n gwaedu dros Pegi Wyn!' mo.

'Gad Pegi Wyn allan o hyn!' me fi.

'Fyswn i'n medru tshopio dy fôls di ffwr' am be nest ti i Pegi Wyn, yli, y ffwcar bach di-egwyddor!'

Trwbwl ydi, o'n i wedi deud bob math o gyfrinacha wrth Twm, fel byddwch chi wrth ych mêts, ia? Ond o'n i rioed wedi deud wrth neb be ddigwyddodd yn fanna.

Brenda, fi, a Pegi Wyn—yn cyfrinach ni o'dd hi. . . O'dd hyn yn wirioneddol sinistyr, ia.

'Sdim rhyfadd bod yr Arglwydd wedi dy gosbi di a dy nadu di gael min!' mo a gyrru'r hoelan adra. 'Basdad ran dy stad a basdad ran dy natur. Dy fam yn hwran a dy wraig yn AC/DC. Ma biti gin i drostach chdi'r cwdrags pathetig!'

Sôn am deimlo'n giami, was bach. O'dd y boi 'ma wrthi'n blingo'n enaid i'n fyw. O'dd o wedi chwipio 'modolaeth i'n grybibion a thaflyd halan ar y briwia. Cwbwl oedd gin i ar ôl i gynnig oedd peidio dangos 'mod i'n dipia tu fewn.

Ond laswn i feddwl, laswn? Cwbwl oedd hyn oedd 'y ngwanio i fi ar gyfar stej nesa'r blydi interogeshon. Clec ar ei fysadd a mi ddoth Haystacks yn-dôl. Dyma fo'n tynnu'n sgidia a'n sanna fi a phan welish i'r polyn oedd gynno fo ar lawr, dyna hynny o wallt oedd gin i ar ôl ar 'y mhen yn codi. O'dd hi'n amlwg bo fo'n mynd i golbio gwadna 'nhraed i fatha neuthon nhw i Steve McQueen—dwi'm yn cofio ym mha ffilm.

'Ma Cecil yn ddyn ffeind yn y bôn,' medda Twm. 'Ma gynno fo dri o blant bach delia welist ti rioed a mae o'n meddwl y byd ohonyn nhw. . .'

Dyma Haystacks yn codi efail bedoli o'i fag. O! Iesu Gwyn! Be o'dd o'n mynd i neud nesa? Dwi'n cofio Dustin Hoffman yn *Marathon Man* pan oedd y Doctor Death uffernol 'nw yn tynnu'i ddannadd o i gyd a fynta'n fyw. Tro nesa fydd *Amnesty International* yn gofyn am fags, mi ro i'n hael, ia. Dwi'n gwbod be 'di *torture* erbyn hyn.

'Ond un peth fedar Cecil mo'i ddiodda ydi pobol sy'n deud clwydda. Cwbwl s'arno fo isho ydi ychydig o enwa a mae o fel oen. . .'

Dyma Haystacks yn dechra waldio sach o flawd efo gordd nes oedd o'n bowndian. Taro'r postyn, mwn!

'Fyswn i'n cynnig ffag i chdi,' medda Twm. 'Ond

dwi'n gwbod bo chdi ddim yn smocio. 'Dwi'm isho dy frifo di Gron,' mo a dechra rhoid o-bach i 'nhalcian i. ''Dan ni wedi yfad gormod o beintia efo'n gilydd i hynny, do boi? Isho dy helpu di ydw i siwr. . .'

A mwya sydyn dyma fo'n dechra beichio crïo. O'dd ei ddagra fo'n powlio lawr ei focha fo fatha *monsoon,* ac oedd o'n udo ac ochneidio fatha 'nifail. Sôn am *repertoire,* ia? Ar stej S4C ddylsa'r boi 'ma fod. Yn Theatr Gwynedd—ne yn Denbi, ia.

'Be sy, Twm?' me fi. 'Sgin ti bopo?'

'Plîs helpa fi, Gron. . . ! Plîs helpa fi!' mo.

Sut medrwn i helpu fo? Tasa 'macha fi ddim yn sownd tu nôl i 'nghefn i fyswn i'n medru sychu'i ddagra fo—ne dynnu ei llgada fo ne rwbath. To'n i'n da i ddim i neb fel hyn. Ma'n rhaid cyfadda bo fi wedi bod yn gweddïo ers oria. . .

Ni fethodd gweddi daer erioed â chyrraedd hyd y ne, chwadal Taid Nefyn. Trwbwl ydi bod rwbath yn digwydd iddyn nhw ar ffordd nôl lawr! Ond 'na fo, o'n i wedi bod yn meddwl am yr angel hwnnw ddoth i ddaffod rhaffa yr Apostol Paul yn jêl stalwm. . . A Rarglwydd! Os nad o'n i'n teimlo'r cwlwm 'ma'n rhoid chydig. . . Cadw'r cew 'ma'n siarad Gron bach, do 'laen!

'Dwi yn y job 'ma ers deng mlynadd,' medda Twm pan 'rafodd y cafodydd o ddagra. 'A dwi byth wedi dal dim byd ond annwyd! Dwi'n gweld Meibion Glyndŵr yn 'y nghwsg ond dydyn nhw byth yno pan dwi'n deffro! Helpa fi Gron—dwi'n despret!' mo. 'Fedra i ddim mynd ymlaen ddim chwanag. Dwi di cyrraedd pen yn ffycin tennyn, dwi'n deud y gwir wrtha chdi. . . Dwi'n gwbod bo chdi ddim byd i neud efo'r llosgi. *Circumstantial* ydi bob dim yn d'erbyn di. Jest gad i ni helpu'n gilydd, ia? Waeth i ni heb â byw os na fedrwn ni neud cyn lleiad â hynny, 'na waeth?'

'Pam ti'n neud y job 'ma, Twm,' medda fi yn dal i dynnu ar y rhaff fel slecs.

'Pam *bod* yr hogia'n mynd i'r *forces* 'de? Cael 'y nhemtio 'de Gron? Gweld gobaith am fwy o leiff yn camp na fysa 'na ar dôl am wn i. Oes gin ti unrhyw amgyffrad gymaint o wewyr enaid ydi bod yn ddi-waith ar ôl ymlafnio am dair blynadd am dy B.Sc.?'

'Pam na roi di gora iddi 'ta?' me fi. ''Di o ddim i weld yn gneud dim lles i chdi.'

'Ma isho meddwl ychydig bach am yr hen bobol 'cw, does? Ma Mam yn cadw bed an brecfast, yli. Oes gin ti syniad faint o ddrwg ma'r tana 'ma'n neud i'r diwydiant ymwelwyr, oes?'

O'dd y rhaff yn llacio'n slo bach ond mi fyswn i wrthi am oria eto ar y rêt hyn. Trwbwl oedd, o'n i wedi mynd i deimlo'n gysglyd braf wrth iddo fo fwytho 'ngwynab a 'ngwallt i fel hyn.

'Reit 'ta, Gron. . . Dwi'n barod am yr enwa,' medda fo, ac ista i lawr efo'i bapur a'i bensal O.H.M.S.

O'n i'n teimlo run fath yn union â taswn i wedi cael yn hypnoteisio a gwaetha fi'n 'y nannadd, o'n i'n dechra rhaffu enwa. . .

'Jack Kennedy. . .' me fi.

'A! Gwyddal!' mo a dechra gwenu.

'Lyn Johnson. . .'

'Grêt!' mo a dechra sgwennu fel diawl.

'Richard Nixon, Ronald Reagan, George Bush. . .'

'Y basdad!' mo. 'Mi fyddi di'n canu fel cana'r aderyn erbyn i Cecil orffan efo chdi! Ti'n blydi ffŵl o foi, ti'n gwbod hynny twyt, y ffycin Gogo Goch uffar!'

Gogo Goch?! O'dd neb wedi 'ngalw fi'n hynna ers Higher Grade. Fydda rei o genod Bethal yn mynd rownd yr iard yn gweiddi hynny arna fi. Y peth gwaetha ellwch chi neud ydi dangos bod ots gynnoch chi—mi wnân yn saith gwaeth wedyn. Cyn bo hir, mi roedd pob fodan yn rysgol wrthi'n 'y nhormentio fi. Oeddan nhw'n dechra efo'r enw lle myll 'na—'Llanfairpwllgwyngyllgogerych-wyrndrobwyllllantysilio—GOGO GOCH!!'—meddan nhw lond 'y nghlustia fi nes o'n i jest â crïo fatha babi.

O'n i wedi cael llonydd rwan ers pymthang mlynadd ac o'n i'n meddwl bo fi wedi cael gwarad â fo am byth tan i'r cedor yma ddechra sbeio arna fi! Chydig wydda fo ond mi roedd o wedi mynd un cam bach yn rhy bell, ia. Oedd o'n amlwg ddim wedi cael y stori i gyd tro 'ma. . .

Dwi'n foi distaw, ia, a gyma i lot ond ar ôl blynyddoedd o'r pryfôc 'ma, mi snapish i un dwrnod yn lesn art. O'n i wrthi'n gneud llun o cei'r Abar efo paent powdwr pan ddaeth genod clas ni draw i ddechra plagio. Dwn i ddim os oedd o rwbath i neud efo'r animal gliw o'n i wedi bod yn sniffio wrth neud yn joint efo Rhys Rhech Wood am ddyblar cyn mynd i lle art ond mi gesh i'r gwyllt go iawn, ia. Mi ddechreuish daflyd bob dim oedd i gael atyn nhw. Ddoth Arthur Art draw i drïo 'nhrin i ond mi galliodd a mi aeth ynta i 'mochal dan byrdda wrth i'r *typhoon* eu taro nhw. Oedd *palettes* yn sbinio fatha ieirdŵr drw'r awyr. Oedd brwshis yn cael eu fflichio fatha *poison-darts*. Oedd bocsus o baent yn fflïo fatha enfys bowdwr i bob man a photia jam llawn dŵr yn smashio fatha boms g'lyb ar y lloria. Oedd ffrystreshon blynyddoedd yn troi'n uffar o fiwriel seicadelic ar walia rŵm art!

'Well i chi gau'ch cega'r ffwcin hwrod uffar!' me fi a mi neuthon—am byth!

'O'n i'm yn gwbod bo gynnoch chdi dempar,' medda Rwth Dew wedyn.

'Sgin i ddim,' me fi. 'Dim ond pan dwi wedi gwylltio.'

'*Detention* bob nos Iau am flwyddyn!' medda Arthur Art.

'Paid byth â ngalw fi'n hynna eto!' medda fi wrth

Twm.

'Pam, be nei di?' medda fo a phwyri i ganol 'y ngwynab i a galw'i anifail Haystacks draw.

'Beryg i mi wylltio,' me fi. 'A fysat ti'm yn yn licio fi pan dwi 'di gwylltio. . .'

'Gogo Goch ap Twm Coc Aur!' mo yn methu madda iddo fo'i hun. 'Gogo Goch! Mu-u-cs!! Gogo Go-och!!'

Ond peth nesa wydda fo oedd 'na ddyn cynddeiriog wedi byrstio'n rhydd o'r rhaffa, wedi codi'r gadar a'i waldio fo ar draws ei ben fatha John Wayne. Ond yn wahanol i gadeiria salŵn, nath hon ddim malu, dim ond gyrru uffar o wayw i fyny 'mhenelin i wrth i Twm gael ei lorio fatha lledan. Dyma Haystacks yn rhuthro amdana fi fatha byffalo cocwyllt. Jest nad o'n i'n gweld yn siâp yn hun fysa yn y brics yn y wal rôl iddo fo roid y *body-check* i mi. Ond ceffyl da ydi cachu brics: mi sefish a 'nghefn at y drws coch fatha Matador efo tarw i drïo'i ddenu fo ata fi—cyn symud o'r ffordd munud dwutha ac agor yr adwy. Peth dwutha glywish i oedd sgrechiada uffernol deugian stôn o gnawd yn syrthio'n glep lawr grisiau i'r twllwch cyn ei g'leuo hi allan ffor' arall.

Ond O! Mam bach. Be 'di'r iws? O'n i ar ben to un o'r llefydd ucha yn Gaerdydd ac o'n i'n gweld y docia i gyd o dana fi. Oeddan nhw wrthi'n chwalu tai o gwmpas yn bob man i neud lle i fwy byth o *Yuppies*. Ond o'n i'n teimlo'n benysgafn i gyd a roish i'r gora i sbïo. Gemini ydw i, ia, ddim blydi Vertigo! Rhedag draw i ben pella'r to i weld oedd 'na risia. Dim golwg o ddim. Ac O! Iesu Gwyn. Be oedd ar yn sodla fi eto ond y ffycin cawr 'na! O'dd o ddim gwaeth i weld ond dwi'n siwr Dduw bod o'n sôr!

Be o'n i'n mynd i neud? Fysa Bwtsh Cassidy wedi neidio lawr i'r afon, ond diolch i Dduw doedd 'na run. Ond mi ro'dd 'na graen yn symud yn slo bach ar hyd gwynab y bilding. . . To'dd 'na ddim byd arall amdani. Mewn â fi i'w ddannadd o yn teimlo fatha Jona'n mynd i geg morfil. Diolch i'r grâs, dim ond practeisho oedd dreifar yr horwth, ond gath o sioc farwol pan welodd o ddyn noeth blaw am ei drôns yn camu allan o'r dannadd ar ddiawdd ei drei-ryn o!

O'dd gin i ddim syniad faint o'r gloch oedd hi ond oedd hi'n teimlo fatha'r bora ar ôl noson cynt. Nath un neu ddau sbïo'n wirion arna fi yn naturiol, ond oedd y rhan fwya yn chwilio am y camera—wedi hen arfar gweld Welshis gwirion yn gneud ffilmia lawr ffordd hyn. Dyma fi'n nelu am gaffi Tony O'Malley yn James Street, gwbod bo fo yno yn torri brechdana am chwech bob bore.

'Jesus Nelly! What's the state?' medda Tony pan welodd o fi.

'Long story, Tony!' me fi a gofyn am fenthyg dillad a deg niwc i ffonio'r wraig. O'dd honno isho gwbod bob dim ar unwaith ond cwbwl ddeudish i oedd bo fi'n fyw ac iach jest rhag ofn iddyn nhw roid três ar y côl.

Gesh i banad a brechdan gin Tony a gesh i gip ar y *Western Mail.* Pan sbïish i ar y bejan flaen mi welish 'mod i ddau ddwrnod ar ei hôl hi! Mi sglaffish i'r frechdan fatha dyn gwyllt wedyn. O'n i bownd o fod yn llwgu, do'n? A be feddyliach chi oedd y stori flaen? O'dd Bent Bergen wedi cael ei restio am fynd â llong *Green-peace* yn rhy agos i ryw gemical-plant sy'n gwllwng ei gachu i'r môr ar y Costa Blanca. Ella bod golwg fatha lloia Llŷn arnyn nhw, ia, ond ma hi'n amlwg bod y Grwpia Heddwch 'ma'n beryg bywyd.

Y Co ar ffo!
(Kafka di fy mhlentyn tlws. . .)

Dyma fi'n deffro'n sydyn am bedwar o'r gloch bora jest â marw isho gwagiad. O'dd y botal *Johnny Walker* 'na yfish i cyn mynd i 'ngwely neithiwr wedi 'nghnocio fi allan yn braf, ond rwan oedd rhaid talu'r pris, doedd, a risgio codi i fynd i'r pisdy. Ma 'na oleuada ar y stryd tu allan drw nos a ma 'na ddigon o ola i weld lle dwi'n mynd ond y job ydi cael heibio'r Securi Co 'na ar ben grisia. Am ryw reswm mae o'n licio sefyll fatha statiw tu allan i'r lle chwech am hydoedd yn chwara efo'i gerrig ne be bynnag sgynno fo yn ei bocad. . .

Dwi wedi bod yn byw fatha yrban-gorila ers wsnos yn cysgu'n ryff yn fan hyn. O'n i'n nabod *Howells Department Store* fatha cefn yn llaw achos fuesh i'n gweithio yn y lle carpedi yno am sbel trip dwutha. Cystal lle â nunlla o'n i'n meddwl i roid 'y mhen i lawr a chadw allan o'r ffordd am dipyn.

Fuesh i'n cicio'n sodla o gwmpas dre drw dydd ar ôl denig 'rwth Twm Talsarn a'r Haystacks 'na. O'n i'n gwbod nad oedd fiw i mi fynd adra. Gesh i fenthyg balaclafa gin John Henry Bee i guddiad y mop o wallt cyrls 'ma sgin i. Nath o gynnig joch o feths i fi hefyd ond nesh i wrthod hwnnw. Ond erbyn tua pump o'n i'n dyfaru na fyswn i wedi gymyd o. O'n i ar 'y nghythlwng a jest â marw isho peint. Allan mewn bilding gwag efo papura newydd drostyn bydd yr alcis yn cysgu ond oedd y gaea wedi penderfynu dŵad yn gynnar 'leni a finna wedi mynd yn sofft dan y *duvet* yn Radyr. O'n i'n ffansio rwbath chydig mwy clyd na murddun deud gwir, ia.

Un peth amdana fi—dwi 'di sylwi—os ydi hi'n mynd i'r pen arna fi dwi'n dueddol o gael ryw sbyrt sydyn o brên-wêf. Esh i mewn i *Howells* jest cyn iddyn nhw gau a nelu am y lle gwlau fyny grisia. Esh i drw'r lle bwyd a rhoid dau bacad o frechdana samon an' ciwcymbyr dan 'y nghesal. Dim ond eu llechio nhw maen nhw ar ddiwadd y dwrnod os ydyn nhw heb werthu eniwê. Bechod wastio, yndi? Godish i bedwar can bach o *Guinness* o'r off-leishans a ffwrdd â fi am llofft.

Be nesh i ond cuddiad tu nôl i'r *antique-pine headboard* 'ma a chadw 'mhen i lawr nes i bawb fynd adra ac i'r lle dwllu. Y brechdana samon a'r *Guinness* 'na oedd y pryd gora dwi rioed wedi gael. Fuesh i'n bownsian wedyn ar wahanol wlau i weld pa un oedd gora gin i. Dipyn o hwyl oedd hynny deud gwir—ryw selibreshon bach bo fi wedi ffendio lle am y nos—achos yn y gongol tu nôl i fatresi fysa rhaid i fi gysgu, allan o olwg y Securi Co.

Fuo jest i mi gael ffit farwol echnos pan gerddodd y gârd allan reit o mlaen i yn yr off-leishans. . . O'n i'n meddwl bod o bownd o fod wedi 'ngweld i, ond dwi'n meddwl bo fo'n cysgu ar ei draed wir Dduw fatha'r Zombies 'na yn y Voodoo Islands. Dynion rhyfadd ydi *nightwatchmen*. Job mwya unig yn y byd meddan nhw—ar ben ych hun am tua deg awr bob nos—a wedyn ma hi'n amsar gwely. Bownd o'ch gneud chi'n myll, yndi? Ma gin hwn yn fan hyn ei *routine*. Taswn i wedi medru dal 'y nŵr tan bump mi fysa wedi mynd i'r *Electrical Department* i sbïo ar fideos budur a chwara efo fo'i hun. Ond ma natur yn galw a ma'n rhaid i mi fynd rwan hyn. Bora fory mi fydd ryw swancs o rwla yn prynu *Replica Ming Vase* yn llawn o *Genuine Welsh Urine*.

Lawr i'r *Delicatessen* wedyn i hel 'y mol. *Midnight Feast*, ia? O'n i wedi nabio peth agor tynia a pheth agor poteli o'r *Hardware* a buan o'n i'n-dôl yn 'y nghwt yn byta fatha lord. Ffesant mewn tun oedd hi heno a photal o *Asti Spumante* i olchi fo lawr. Dyma fi'n cofio'n sydyn am Meic Warwick, Cymro oedd yn gweithio yma run pryd â fi stalwm. Ddoth o mewn i'r cantîn un dwrnod wedi gwirioni'n lân bo fo wedi gweld ei hîro. O'n i ddim yn gwbod pwy oedd Saunders Lewis ar y pryd ond oedd hi'n amlwg bo fo reit enwog yn ôl y ffys oedd Meic yn neud.

'Be ddeudodd o wrthat ti?' me fi.

'Wel,' medda Meic. 'Gofynnodd e i fi am hanner pwys o ffa coffi. . .'

'Ydych chi'n moyn eu chwalu nhw?' medda Meic.

'Na ddim diolch,' medda Saunders. 'Maen nhw'n cadw'n well heb eu chwalu.'

A hyd y dydd heddiw ma Meic Warwick wrthi'n pendroni tybad be oedd ei hîro fo'n drïo'i ddeud wrtho fo yn ei ddrama fyrra, 'Y Ffa Coffi'.

Dwi wedi ffendio wedyn na Saunders Lewis oedd y boi cynta i losgi llefydd yn Nghymru 'ma. Sgin i mond diolch yn fowr iddo fo, ia! Dyna lle ro'n i hannar can mlynadd ar ôl iddo fo ddechra'i giamocs yn cael bai ar gam am losgi tai ha! Sut uffar o'n i'n manijo bod yn y wôrs mor amal? Pam bo nhw wastad yn pigo arna fi? Pan ma'ch mêt gora chi yn y Sowth yn eich bradychu chi, yn hannar ych lladd chi a'ch trin chi fel lwmp o faw, 'dach chi bownd o golli dipyn bach o ffydd yn y ddynoliaeth, yndach? Ac ar yr oria twlla yn ganol nos pan oedd êl y noson cynt yn dechra colli'i effaith o'n i'n dechra ama hwrach na cop oedd Siân hyd yn oed. Bruce Kent *(C.N.D.)* Gerry Reynolds (Y Gweriniaethwyr) Bent Bergen *(Greenpeace)* John Ogwen (Cymdeithas yr Iaith) a rwan finna (Alias Meibion Glyndŵr). Gneud i chi feddwl, yndi? Oedd powb o'dd hi'n gneud efo nhw fatha tasan nhw'n landio yn clinc! Deud gwir wrthach chi o'dd gin i uffar o Percy Cushion Complex a gymodd hi amsar hir i fi ddŵad drosti.

O'n i'n pasio'r amsar rêl boi, cofiwch. Cwbwl oedd rhaid i mi neud oedd neud siwr bo fi'n codi cyn bod

Howells yn agor (cloc larwm o'r *Jewellery Dept)* a hongian o gwmpas nes o'dd hi'n saff smalio na cwsmar o'n i. Prowla rownd dre wedyn drw dydd—ofn mynd ar gyfyl Ifor Bach, ia, a sefyll o hirbell yn sbïo ar yr hogia'n mynd i fewn i'r Halfway. Ond cadw'n glir, gwbod bysa'r slobs yno yn disgwl amdana fi. Teimlo fatha Serpico yn New York stalwm—dim ffrind ar ôl yn y byd. Sbïo mewn i dai ar Cowbridge Road a'i gweld hi'n braf ar ferchaid yn cael stag ar *Neighbours* yn pnawn a gneud petha cyffredin bob-dydd fatha dystio wrth eu pwysa a ballu. Fyswn i wedi rhoid y byd am gael 'y nwylo ar *Hoover* ne lenwi twb golchi *Hotpoint Automatic*, byswn? Dydi rhywun ddim yn gwbod ei eni, nadi? Fyswn i'n cyfri 'mendithion yn Radyr o hyn ymlaen! Beth rhyfadd, ond ma Gweithredu drosd yr Achos ac Achub y Byd yn betha digon difyr i gymharu efo ista am oria ar y ffownten yn Cathays Park yn disgwl am ryw dwrist sy'n ddigon dwl i daflyd deg niwc i fewn. . .

Lle arall cawn i fags i ffonio adra at Siân?

'Gron?!'

'Dwi'n OK. Ti'n OK?'

'Odw, ond gwranda. . .'

'Ffonia i di eto del—hwyl rwan!'

Os 'dach chi'm yn ffonio am fwy na deng eiliad, 'sgynnyn nhw ddim gobaith rhoid três ar y côl. Ma gofyn i yrban-gorila chwara'n saff, docs?

Dyrnodia 'di gwaetha—dim mags i neud dim. Dim byd i fyta os nag oes rhywun yn gadael crystia i'r colomennod yn caffi Hayes Island. Gwrando ar fiwsig y byscyrs yn yr arcêds, nabio deg niwc o'u hetia nhw pan maen nhw'n newid tant ar eu gitâr. Darllan *Men Only* yn *Smiths* nes iddyn nhw 'ngyrru fi allan am loetran. Sbïo ar y nags ar S.I.S. yn Joe Coral a damio bob tro dwi'n pigo winar. Arglwydd! O'n i'n cyfri byswn i £92.53 i fyny wsnos yma tasa gin i fagan goch i fetio! Ond cwbwl fedra i neud ydi ista a sbïo a meddwl be fyswn i'n licio neud pan dwi'n fowr. O'dd hyn i gyd yn digwydd i fi go iawn?

Nesh i bwshad yn lwc un noson a mynd â Harri Begar Dall i mewn i *Howells* am sesiwn o lysh am ddim. Hael yw *Howells* ar bwrs y wlad, ia? Ond ma'r basdad yn chwrnu, dydi, ac os na fysa'r Securi Co yn clwad hynny ar ei rownds o'n i'n meddwl bysa fo'n saff Dduw o glwad ogla'r diawl drewllyd. Ond nath o ddim. O'dd blewyn *Harris Tweed* da ar Harri a finna ers i ni rowlio'n chwil i lawr i'r *Haberdashery* gefn nos, ond gesh i draffath ar diawl ei ddeffro fo yn bora, ia. Gesh i 'nal gin ryw gwsmar yn neidio i fyny ag i lawr ar y fatras tu nôl i'r hedbôrd wrth drïo styrian y sglyfath o'i drwmgwsg.

'Can I help you Madame?' medda fi ar ôl dŵad allan o 'no.

'I'm looking for a divan,' medda hi a sbïo'n wirion arna fi.

'Certainly Madame!' medda fi. 'They're all personally tested by the staff in this store.'

Un peth nesh i fanijo neud drw hyn i gyd oedd cario mlaen i weithio ar yn stori. Nabio beiros a dipyn o bapur ffwl's cap o'r *Stationery Dept*. a nelu am Victoria Park a sgwennu yn y tŷ bach twt 'na sgynnyn nhw ar ben y sleid. Ddoth 'na foi bach i mewn un bore a thynnu'i dafod arna fi.

'Mam!' mo. 'There's a man in there doin' 'is 'omework!'

O'dd hi'n dipyn o strygl cario mlaen i sgwennu yn yr awyr iach dwi'm yn deud, ond Arglwydd! oedd y co T.Roland Hughes 'nw o Lanberis wedi sgwennu hannar dwsin o nofela mewn cadair freichia yn ôl Miss Wilkes. Felly pwy o'n i i gwyno, ia? Fanno o'n i'n ista ar y fainc yn parc yn chwthu llwch pocad 'ddar yr hannar porc pei o'n i wedi'i chadw ers neithiwr pan welish i bod rwbath wedi gadael ei *Echo* ar ôl. O'n i'n falch o gael stag i weld be oedd yn digwydd yn y byd. Ond be oedd ar bejan flaen siwr Dduw ond llun o'r hogyn, ia!

HAVE YOU SEEN THIS MAN? medda'r *headline*. Roish i ddim tshans i neb 'y ngweld i, mond ei g'leuo hi i'r coed am weddill y pnawn a gwasgu'r *Echo* 'n bêl a'i roid o yn y bun.

Ond sut byswn i'm mynd allan o *Howells* ar fora Sul a nhwtha ddim yn agor? O'n i wedi bod yn poeni dipyn bach am hyn—ddim yn ffansïo aros i mewn drw dydd heb stretsho 'nghoesa, ia. Ella bo fi'n meddwl dipyn bach gormod am y peth bora dydd Sadwrn wrth fynd allan a 'mhen yn y cymyla. . .

'Jones?' medda rwbath wrtha fi wrth imi basio powdrach a sent drewllyd yr *Estée Lauder* 'na. 'What are you doing here?'

Pwy oedd o ond y boi dwutha yn y byd o'n i isho'i weld. Ambrose blydi Huxley—'y mos i trip dwutha—y basdad mwya yn y byd i gyd.

'Working aye,' me fi yn methu meddwl pam arall fyswn i yn ffasiwn le mor gynnar.

'You're not *still* in the same old rut, are you?'

'Suppose so,' medda fi a chodi'n sgwydda.

'Well, I'm the Chief Carpet and Flooring Consultant for the whole of *Allied Axminster* now, you know. I've got the ideal refresher course for no-hopers like you.'

'Nice to see you,' me fi. 'Gotta go now.'

'No, no, no!' mo. 'You've got my permission to do some training this morning. . .'

O'dd o'n 'y mwlio i run fath yn union ag oedd o ddeng mlynadd yn-dôl a dyma fo'n dechra 'ngwthiad i nôl tuag at y storws yn y cefn. . .

'Now, what do you know about *Scotch-guarding?*' mo a gafael yn 'y mraich i a 'nhynnu fi efo fo.

'I know everything there is to know about Scotch!' me fi a dechra ei miglo hi allan o drws ffrynt.

'Jones!' mo a dechra gwylltio bo fi'm yn gwrando arno

fo. 'Jones! Jones!!'

O'dd o'n gweiddi fatha ffŵl ar yn ôl i wrth i fi ddechra'i heglu hi lawr lôn. Dyma 'na ryw gopar ar yr Hayes yn sylwi arnon ni.

'There's just no taming these North Walians you know!' medda Huxley wrtho fo.

Ac yn sydyn dyma'r copar yn rhoid dau a dau efo'i gilydd. Jones? Gwallt coch? North Walian? Dyma fo'n tynnu llun allan o'i bocad a stagio arno fo. . .

'Goronwy Jones!' mo. 'Goronwy Jones!! I want a word with you!'

Mi g'leuish i hi o 'no fatha melltan a dyna lle'r oedd dau foi yn rhedag ar yn ôl i lawr lôn. Un mewn bo-tei a'r llall o'r Bo Street Runners, ia? O'dd y copar reit ffit dwi'n meddwl ond dw inna fatha milgi hefyd pan dwi'n cachu plancia. Ffwr-â-fi fatha bom am Queen Street lle bysa 'na ddigon o bobol gobeithio i guddiad yn eu canol nhw. Ond do'n i ddim yn sbïo lle o'n i'n mynd, nag o'n, a dyma fi'n crashio i mewn i foi oedd yn cario bara i fewn i'r *Great British Burger*. O'n i jest â chrïo mewn ffrystreshon wrth i'r copar gyrradd a 'nal i. O'dd o'n ifanc uffernol ac o'dd o'n glên i gyd. Fatha Dixon of Dock Green heb y rhincla.

'Time you went home sir!' medda fo wrtha fi. 'Your wife's worried sick about you.'

Ma siwr bod golwg od ar diawl arna fi yn crafu 'mhen yn fanna a miloedd o golomennod o 'nghwmpas i yn byta'r rôls oedd wedi syrthio ar lawr.

* * * * * *

Ryw groeso adra digon rhyfadd gesh i. Allan â fi o'r cop-car a hannar Radyr allan yn eu gerddi i gael stag iawn arna fi. O'n i'n dechra mynd yn rêl mega-star myn uffar! Yr ail waith i'n llun i fod yn *South Wales Echo* o fewn chydig o fisoedd. Methu dallt. O'n i wedi manijo byw yn ddi-sôn-amdana yn dre 'cw ers deng mlynadd ond gyntad byth dwi'n-dôl yn Gaerdydd dwi mewn ryw ddŵr poeth bob gafal. Sdim rhyfadd bo nhw'n galw'r lle yn Media City, nag oes?

'Gogs bach! Ble ti wedi bod, w?' medda Siân.

Ar wahân i'r ffôn-côls byrrach na byr gafodd hi gin i, doedd gynni hi ddim clem lle buesh i am wsnos. Dyma fi'n trïo gwasgu holl saga'r ddwy stori ddwutha i mewn i bum munud iddi hi. Ond o'dd hi'n amlwg wrth ei gwynab hi bod hi'm yn coelio gair o'n i'n ddeud.

'Nage ddo' geso i 'ngeni!' medda Siân.

'Dwi'n deud y gwir yn onast wrtha chdi!' me fi.

'O ie?' medda Siân yn dechra mynd yn coci. 'Shwt so ti'n jael 'te?'

'Dwi'm yn gwbod, nadw!' me fi. 'O'n i'n disgwl iddyn nhw roid 'y macha fi mewn handcyffs yn syth bin!'

'Ti wedi bod 'da menyw on' dwyt ti?' medda Siân.

'Iesu Grist, naddo!' me fi. 'Does 'na ddim llawar o fodins yn aros yn *Howells* dros nos, sti!'

'Hwrgi!'

'A!' medda fi yn cofio'n sydyn. 'Welist ti mo'n llun i yn papur?'

'Do!' medda hi. 'Fi ofynnodd iddyn nhw ddodi fe 'na! O'n i'n meddwl bo ti ar goll ne wedi colli dy gof ne rwbeth on'd o'n i? O'n i'm yn gwbod beth i feddwl.'

Aethon ni i mewn i'r tŷ lle roedd Ben-a-Lun yn gwitiad amdanon ni. Sna ddim byd yn newid, nag oes?

'Last seen in the Gwaelod-y-Garth Inn!' medda Ben Bach yn darllan y papur. 'Ma'n rhaid bod yr *H.B.* 'na'n stwff cryf, w!'

Er nad oedd hi mond deg yn bora mi sglaffish lond desgil o *lasagne verdi* a llond bocs o *Parmesan*. To'n i'm wedi cael pryd poeth ers dwn i'm pa bryd a mi ro'dd hyd yn o'd bwyd fejiterian yn tastio'n grêt. Wrth bod 'y mol i mor llawn a Ben-a-Lun mor bôring mi syrthish i gysgu ar y *Chesterfield* am oria.

Pan ddeffrish i, o'dd yr annwyl gyfeillion wedi'i g'leuo hi, ond pan deimlish i bocad 'y nghesal, yr Arglwydd!—toedd yn straeon i wedi diflannu hefyd!

'Paid â becso,' medda Siân. 'Ma dy waith di 'da Dadi.'

'Be uffar mae *o* isho bysnesu?' me fi.

'Ni'n moyn mynd at wraidd y busnes hyn Gogs,' medda hi. 'Ma Dadi'n moyn gweld cwment o fanylion â gall e.'

O'n i'n teimlo fatha tasa rhywun wedi dwyn 'y nyddiadur i. O'n i wedi meddwl croesi rei petha allan, d'on?

'Sa i'n dyall pam bo ti'n moyn jengyd bant fel'na,' medda Siân eto. 'Os ti'n moyn amser bant i sgwennu jyst gwêd wrtho i.'

Fysach chi'n meddwl bo fi wedi bod ar yn holides ha, myn uffar!

'Yli. Trïa ddallt!' me fi yn dechra colli mynadd. 'Dwi 'di cael yn leinio'n ddu las a 'nhrin fatha baw!'

Dyma fi'n dangos 'y nghleisia iddi. Oeddan nhw wedi brownio erbyn hynny, a dwi'n siwr Dduw bod hi'n meddwl na baw *o'dd* o. Ddigon posib 'mod i'n fudur hefyd. Maen nhw yn gwerthu *Bathroom Suites* yn *Howells* 'cw ond digon ciami ydi'u plymio nhw.

'Stori yw stori, Gogs!' medda hi. 'Ti'n mynd â'r busnes ysgol brofiad hyn yn rhy bell.'

'Fysa hi wedi mynd yn bellach byth 'swn i'm 'di denig!' me fi.

'Chest ti mo dy resto o gwbwl—wy'n gwbod 'ny!' medda hi.

'O naddo?' me fi. 'Be nath Twm Talsarn, 'da?'

'Gwêd y gwir nawr,' medda hi. 'So fe i gal, odi fe?'

Roedd Seimon fab Jona yn nabod Prif-Gopyn y De 'ma'n iawn. Wedi cael amal i orinj-jiws efo fo yn y Masons Arms Rhiwbeina a ballu. O'dd o wedi bod drw'n straeon i efo crib-mân ac wedi holi'r Copyn tu chwynab allan. Mi gafodd ei sicrhau nad oes 'na ddim ffasiwn foi â Thomas Williams-Parry o Dal-y-sarn yn gweithio i Heddlu De Cymru na'r un heddlu arall yn yr ynysoedd 'ma.

'Ma 'na ffasiwn beth â heddlu cudd sti!' medda fi wrth Siân. To'n i wedi gweld un byw yn Cilmeri ryw dro.

Ond doedd waeth heb ddim. To'dd yr Ysgrifennydd Adra ei hun wedi deud wrth y Prif Gopyn ar y ffôn nad oedd MI5/MI6 ddim yn gweithio ar y tai ha ar hyn o bryd. O'dd gynnyn nhw lond eu dwylo efo ryw sbeis o Rysha oedd wedi dŵad i Lundan i drïo nabio cyfrinacha *Economic Miracle* Margaret Thatcher.

''Drych Gogs. Ma'r gêm drosodd,' medda Siân. 'Ni wedi ffono *Howells* a ma'r fenyw yn y *Delicatessen* yn cyfadde bo nhw i lawr £224.85 ar y til wthnos dwetha, ond maen nhw gymaint â 'ny mas unrhyw wthnos. So Maths y cashiyrs fel o'dd e pan o'dd y 'sgolion yn dysgu têbls.'

'Ffycin hel!' me fi yn teimlo 'mod i'n rhan o ryw infestigeshon arall eto byth. 'Lle ti'n feddwl 'di fan hyn—Nazi Germany?'

'Tro nesa ti'n moyn llonydd, gna ffafar â fi, nei di? Bwca miwn yng Nghanolfan Breswyl Cyngor y Celfyddyde yn Llanystumdwy!'

Gyn bellad ag o'dd Siân yn y cwestiwn oedd y stori yn gorffan yn fanna, ond dim ond dechra oedd hi yng ngolwg Seimon fab Jona! Mi ddoth i mewn acw noson wedyn yn wyllt i gyd, a'i ddwylo fo'n crynu fatha jeli wrth iddo fo ddal yn straeon i. Be o'n i wedi neud i bechu yn ei erbyn o rwan, tybad?

'Newy' gael seminar yn y Gymdeithas Lenyddol!' mo. 'Netho i ddim dyall eu harwyddocâd nhw tan heno!'

'Beth sy'n bod, Dadi?' medda Siân o'dd yn paratoi i fynd allan.

'Ma Bowen Barn yn gweud taw symboledd y'n nhw!' medda fo a dŵad draw i ista wrth yn ochr i. 'Y'ch chi wedi bod yn darllen Kafka?' mo a sbïo i fyw'n llgada fi.

'Y?' me fi.

'Chi wedi newid ych arddull. . .' mo.

'Sori am hynny,' me fi. ''Di'm yn hawdd sgwennu'n dwt ar ych glin yn parc, wchi.'

'Mae'r ddwy stori hyn yn dangos cymhlethdod erledigeth go arw,' mo. 'Chi'n uniaethu gyda chyflwr y genedl. Chi'n gaeth. Chi dan warchae. Chi'n cael ych sarhau. Chi ar ffo. Chi'n cael ych erlid am ych daliade. Chi *yw* Cymru Sydd!'

Ma 'na rei gwell na'r boi yma yn seilam, dwi'n deud wrthach chi!

'Glywsoch chi be nath Twm Talsarn i mi?' me fi i drïo cael ei draed o'n-dôl ar y ddaear.

'Do achan! Ma 'da chi ddychymyg rhyfeddol!'

'Dychymyg o ddiawl!' medda fi. 'Fedra i ddim dychmygu dim byd mwy uffernol!'

'Reit, af i 'te,' medda Siân. 'Ne fydda i'n hwyr i'r Grŵp Heddwch. . .'

'Cofia fi atyn nhw!' me fi.

A dyna lle ro'n i, ar ben yn hun bach, efo'r mwydryn yma!

'Mae'r Gymdeithas yn hoff iawn o'ch defnydd chi o *Howells Department Store* fel symbol,' mo. 'Am unweth yn ych bywyd chi wedi curo'r system. Chi sy'n byw ar eu cefne nhw! 'Na beth sda chi, yndefe?'

'Ia, ia,' me fi. Rwbath i gau'i geg o.

'So Sylvia a finne'n cyd-weld â'ch gwleidyddieth chi a Siân,' mo, 'ond sdim gwadu nad oes 'da chi weledigeth lenyddol!'

O'dd hwyr glas gin i weld o'n mynd. O'n i jest â marw isho gweld ffilm James Bond ar y teli.

'Ife i'r teledu chi wedi sgwennu rhain?' mo.

'Wel ia, siwr Dduw,' me fi. 'Dwi'm yn sgwennu er mwyn yn iechyd, nadw?'

'Falle byddech chi'n foddlon darllen rhywfaint rhagor

o'ch straeon i'r Gymdeithas 'co ryw dro. . .' mo.

'Ylwch,' me fi wedi cael llond bol ar y mwydro 'ma. 'Ma'n hen bryd i chi gael gwbod rwbath. . .'

Pan sgwennish i *Dyddiadur Dyn Dwad* stalwm mi gesh i lythyr twrna gin un boi yn deud 'mod i'n ei hen-llibio fo. O'dd o'n gofyn am ganpunt yn syth bin ne mi fysa'n yn siwio fi am rwbath debyg i be gath gwraig Jack the Ripper gin *Private Eye.* 'Sgwennish i lythyr byr yn-dôl ato fo, a dim magan o bres, ia. Dwi 'di sylwi pa mor effeithiol ydi chwe gair bach fatha 'Rho dy ben yn dy din!' weithia. Chlywish i ddim byd gin y crinc byth wedyn. Ond Duw a ŵyr be neutha'r Pughiaid 'ma pan fysan nhw'n gweld y petha uffernol o'n i wedi sgwennu amdanyn nhw!

''Dach chi wedi gweld be ddeudodd Twm Talsarn am Siân, do?' me fi.

'Odw. . .' medda Seimon yn swil.

'Peidiwch â deud dim byd wrthi hi nes i mi gael gair efo hi,' me fi. 'Ond dydi hynny'n ddim byd yn ymyl rei o'r petha erill dwi 'di sgwennu. Dwi 'di hen-llibio powb yn Gaerdydd 'ma jest. Sori de, ond ma gin i ofn 'mod i wedi'ch hen-llibio *chi* braidd hefyd. . .'

'Peidiwch â becso,' medda Seimon a chydiad yn 'y mraich i. 'Wy'n foddlon aberthu llawer am y fraint o gal ymddangos yn y Nofel Fawr!'

A dyma fo'n wincio arna fi fatha tasa fo'n rhannu ryw sîcret mowr. Ella bod o'n Flaenor, ia. Ella bod o'n y Masons a'r Mafia ag S4C, ond os o'dd o'n meddwl bo fi'n mynd i sgwennu nofal iddo fo, uffar o gachiad geutha fo!

'Reit 'te,' mo a sbïo ar ei watsh. 'Ma'n bryd i fi gymryd yn dabled. . . Wela i chi 'to!'

A ffwr' a fo o 'ngolwg i. Arglwydd! Ma raid bod y *Beta-Blockers* 'na'n betha cry. Tasa rhywun wedi rhoid un i Hitler yn 1939 dwi'n siwr Dduw na fysa 'na ddim Ail Ryfal Byd! Taswn i'n byw i fod yn gant a thair wna i byth ddallt y byd 'ma. Un dwrnod 'dach chi'n griminal on ddy ryn a'r dwrnod nesa 'dach chi'n rêl hîro. Dwn i ddim be i ddeud wir Dduw os nad matar o sut 'dach chi'n sbïo arni ydi o. Gwyn y gwêl y frân ei chriw, ia?

O'r diwadd mi gesh i jans i stagio ar James Bond. Ond o'n i wedi llwyr ymlâdd rhwng bob dim. Dwi wedi deud rioed nad ydi George Lazenby ddim patsh ar Sean Connery a mi syrthish i gysgu ryw gwsg troi-a-throsi anesmwyth ar ganol *On Her Majesty's Secret Service,* do? Ar ôl wyth dwrnod a naw noson ar y lôn, mi ddechreuish chwsu fatha mochyn a theimlo'n rhyfadd i gyd. Ar ôl cael 'y nhrin fatha ci, mi fuesh i'n sâl fathag un. Mi gysgish ac mi gysgish ac mi gysgish. Ac yn y lle swllt a naw ym mhictiwrs 'y mrêns, mi gesh hunlla seicadelic. . .

Ffw Jung a Freud Reis

'Pack all your troubles in an old kit-bag,' chwadal yr hen go. Ella na Dan-yr-Ogof o'dd o ne Ystrad Fyllte—rwla i fyny yn Powys eniwê, ddigon pell o Gaerdydd i'r ffarmwrs fod yn siarad Cymraeg. O'dd Siân wedi pacio brechdana caws gafr a fflasg o de riwbob ac oeddan ni wedi cerddad am filltiroedd drosd y mynyddoedd. O'n i wedi prynu pâr o sgidia dringo ail-law yn sêl-o-wyrc yn cwt Scouts yn Radyr ac yn smalio rêl llanc bo fi'n dringo Grib Goch fyny pâs 'na. Ond o'dd gin Siân ddim byd gwell am ei thraed na phâr o sandals Iesu Grist o Abu Dhabi.

'Ti'n ferw bach,' medda Siân a newid y cadach ar 'y nhalcian i.

'Dwi'n ffycin rhewi cont!' medda fi yn gwingo mewn bath o chwys a waldio'r naill ochor i 'ngwynab ar y gobennydd bob yn ail.

Un munud o'n i'n sbïo ar yr afon yn llechio'i hun yn un gafod wen lawr y ceunant a'r munud nesa o'dd 'na ddim golwg o Siân! Ras wyllt at y dibyn i weld os o'dd 'na *Peter Storm All Weather Mac* yn nofio yn y pwll yn y gwaelod. A bore trannoeth cafwyd hi yn nyfroedd oer yr afon, ia? Ma merchaid sy'n disgwl yn gneud petha gwirion uffernol weithia. . .

'Siân!' medda fi. 'Lle uffar wyt ti?'

'Lawr man hyn!' medda ryw lais bach o rwla. O'dd hi wedi llithro lawr ryw dwll yn y ddaear. *Pot-hole,* ia?

'Gwitia am funud bach!' me fi. 'Ddo i lawr ar d'ôl di!'

'Na! Na! Na!' medda hi fatha rwbath myll. 'Sdim pwynt i ti sinco i'r un lefel â fi, w!'

Prin o'dd 'na le i mi wthio i fewn drw'r hollt yn y graig. Duw a ŵyr sut oedd Siân wedi mynd drwyddo fo efo'i bol hi. Oeddan ni mewn ogof fowr ac oedd yn lleisia ni'n datseinio drosd y lle fatha Connolly yn canu'r 'Foggy Dew' yn yr Ely stalwm. A Iesu Grist, o'n i'n oer! O'n i'n gwisgo dwy bwlofer Aran, cagŵl, anorac a *Peter Storm Wax-Coated Weathershield* ond oedd Siân wedi tynnu amdani ac oedd hi'n noeth lymun wrth yn ochor i.

'Wy'n moyn e nawr!' medda hi ac ista ar Stalag Might efo'i choesa ar led.

'Be ti'n feddwl sgin i—hôspeip?' medda fi.

Sut oedd hi'n disgwl i mi gyrraedd y nod a'r lwmp 'na o'i blaen hi?

'Wel, ble ma'r Kama Sutra?' medda Siân yn dal cardyn cwestiyna *Trivial Pursuit* ar ei glin.

'Draw draw yn China a thiroedd Japan?' medda fi. A dyma chwerthin Ben-a-Lun yn diasbowndian rownd yr ogof yn un eco-eco-eco i fanno ac yn-dôl. O'dd 'y macha fi fatha lympia o rew a fedrwn i byth bythoedd dynnu 'mhidlan o 'malog hyd yn oed taswn i'n medru daffod y sip.

'Zip w! Zip! ZZip! ZZZip!' medda Ben Bach. 'Zoo! Zebra! Zimbabwe! Zangalero! Zap! Who invented the Zip Fastener? How many steps up the Eiffel Tower?'

'I am climbing Jacob's ladder!' medda Côr Meibion Treorci, a dyma fi'n troi 'mhen i ochor arall y gobennydd.

'Mae dy ffrindie di wedi dod i dy weld di,' medda Siân. A dyna lle roedd Ben-a-Lun yn gwenu fatha giatiau arna fi.

'Name five teams in the Football League with the letter 'x' in them!' medda Ben.

'Wrexham, Halifax, Essex, Middlesex a Sussex!' me fi a dyma Ben Bach yn cael ffit a dechra piso i 'ngheg i.

'Gêm o brag?' medda Siân ar ôl i mi foddi.

'Dwi misho mynd â dy bres di del,' me fi.

O'n i wedi dringo at geg yr ogof a wedi sticio 'mhen allan o'r twll ond oedd yn sgwydda fi'n cau'n glir a'i ddilyn o.

'Os oes 'na ffordd i mewn i dwll ma 'na ffordd allan!' medda fi yn trïo cael y fodrwy 'ma 'ddar 'y mys. Ond oedd Ffred yr Hed wedi'i sodro hi'n sownd efo fflam poxy-acetalyne yn y metalwork room.

'Gotsan wirion!' medda fi yn dechra gwylltio efo Siân am yn landio ni yn y cach fel hyn. 'Oedd 'na ffor' haws o gael gwarad â fo na hyn!'

'Clôs-troffobia sy'n siarad rwan,' medda Siân. 'Rho dy ben rhwng dy goese ac anadla'n ddwfwn!'

Pwy oedd hi'n feddwl ydw i? Jane Fondle? Agor-offobia, ofn cael dy gau allan. Clôs-troffobia, ofn cael dy gau fewn. Be tasa'r *ddau* arnoch chi? Lle uffar 'dach chi fod i fynd wedyn?

'Bobol ar y ddaear! Merchaid ar y môr!' medda Nain Nefyn.

Be oedd *hi* yn da fan hyn?

'Dwi'n gant a naw!' medda hi, 'ond mi ro i ddau dro am un i chi'r cnafon!'

A welsoch chi hen ffon fy Nain? Ma hi'n gneud bî-lein am le'r hen bobol yn Maesincla ddau ddwrnod yr wythnos i'r hen fod 'cw gael brêc. Mi oedd 'na fwr' snwcer braf yno a mi gododd Nain ar ôl te ddeg a chnocio brêc o *eighty-nine* at ei gilydd cyn cinio.

'Ma hi'n frenin i ti, Tysh!' medda Jacob Ellis.

'Hy!' medda Bella. 'Sa i wedi cael lot o bractis 'ddar i ni adel Brynawelon.'

Ond dyma Siân yn cipio'r sialc glas odd' arni a dechra'i rwbio fo ar flaen 'y nghoes ganol i.

'Paid cyw! Paid cyw! Paid cyw!' me fi ond oedd hi'n rhy fyddar bost i gymryd sylw o jôc giami.

''Na ti!' medda hi ar ôl yn hambygio fi. 'Fyddi di'n well nawr!'

'Fedra i ddim diodda te riwbob!' me fi.

'Ma fe'n dda at asthma,' medda hitha.

O'dd y 'mrest i'n gwichian fatha consart-tina ac o'n i'n methu'n glir â chael 'y ngwynt. O'dd yr aer yn yr ogof 'ma'n waeth na'n llofft i'n Caeathro stalwm.

'Be sydd i frecwast mam?'

'Llygod o'r trap a myshrwms 'ddar y wal!' medda hitha a rowlio *Rizla* rownd dail Carn-yr-Ebol.

Ond be oedd wedi digwydd i dre 'ta? O'dd y Maes yn edrach fatha tasa 'na fom wedi taro'r lle. O'dd Statiw Lloyd George yn sticio allan o'r tywod fatha'r Statue of Liberty ar *Planet of the Apes*. Oedd Bob Blaid Bach wrthi'n llifio coesa'r arwydd The End is Nye sydd o flaen capel Saesneg, ac oedd Sam Cei yn mynd o gwmpas efo'i reiffl yn saethu'r Saeson gath eu brifo gin y bom. 'Bechod eu gweld nhw'n diodda!' mo.

Oedd Bishan Bandage wrthi'n deirectio'r traffic ar y sebra-crosin, ond o'dd 'na ddim ceir. O'dd yr hen go yn ei alotment yn Twthill yn gwarchod ei letys rhag yr ym-belydra. O'dd o'n dobio penna malwod efo mwrthwl—a gwynab Twm Coc Aur ar bob un ohonyn nhw. Dynnodd o'i ffês-masg i ffwrdd yn ddigon hir i weiddi, 'Ma slyg-pelets yn llygru'r ddaear—dwi'n gwrthod eu hiwsho nhw ar egwyddor!' O'dd yr hogia'n yfad peintia o Stron-tiwm 90 tu allan i Black Boy.

'Strong stuff this insurance!' medda Fferat Bach oedd wedi atgyfodi am y dwrnod i yfad peint o wenwyn. Ond wrth iddo fo yfad roedd bob dropyn yn piso allan drw'r tylla yn ei sgerbwd o. Aeth Siân i ben dybl-decar *Crosville* i siarad efo George Cooks.

'Fysa ots gynnoch chi beidio galw Gron yn Gogo Goch?' medda hi. 'Does 'na neb yn gneud yn Gaerdydd, wchi.'

Mi chwerthodd powb o'n i rioed wedi nabod am 'y mhen i, ac ro'n i'n teimlo fatha crïo.

Siân? O'n i'n gwbod yn iawn na fysa Siân byth wedi 'nhwyllo fi. Tasa hi'n gwbod ei bod hi'n disgwl pan brodon ni mi fysa wedi rhoid ei chardia plastig i gyd ar y bwr' a wedi gadael i mi ddewis naill ffor' ne llall.

'Lle ceuthoch chi'ch gwraig, Mr Jones?' medda'r boi *Halifax*.

'Mewn bazaar yn Abu Dhabi,' me fi a dal i dryforio drw'r pentwr dillad *Oxfam* am dei oedd ddim yn gipar. 'Fedra i ddim fforddio dim ond petha ail-law!'

'Mae e'n gwbod ych bod chi 'ma!' medda Siân wrth yr Outlaws oedd yn sefyll fatha barn uwch 'y mhen i.

''Y ngwash i,' medda Sylvia a rhoid ei llaw drw 'ngwallt i.

'Mae e wedi tywallt ei enaid miwn i'w ymdrech lenyddol chweld,' medda Seimon fab Jona wrth y postman o'dd newydd gyrraedd efo llythyr poison-pen yn llawn hen-syniada bod Siân yn sex-maniac:

Bod hi'n cyboli efo Shake Farouq yn Abu Dhabi rhwng 9.30 a 9.45 bob nos Sadwrn pan oedd o i fod i gael brêc o'i harem.

Bod hi'n cyboli efo'r harem ar ôl i Shake Farouq orffan efo nhw.

Bod hi'n grwpi i Côr Godre'r Garth.

Bod hi'n conciwbein i Bwyllgor Gwaith Plaid Cymru yn Rhaeadr Gwae unwaith y mis.

Bod hi'n rhoid *relief-massage* i ffigura'r cyfrifiad 1981 ar ran Cymdeithas yr Iaith, ac i aeloda'u senedd nhw ar ôl cynnwrf bob protest ddi-drais. Ac yn y blaen.

Ac yn y blaen. Rhif yr emyn 567. Ac yn y blaen.

'Wyddwn i rioed na coc tarw oedd Tafod y Ddraig!' medda Sylvia wrth ei gŵr.

'Smo ni'n gneud canu maswedd Beirdd yr Uchelwyr tan tymor nesa!' medda'r gŵr wrth Sylvia.

Pwy yw Sylvia? Beth yw ei merch hi?

'Tydi Sei a finna ddim yn graig,' medda Sylvie. (Oeddan nhw'n Graig yr Oesoedd 'sa chi'n gofyn i mi!) 'Ond chi fydd pia bob dim ar yn hola ni os cymrwch chi'r slym fach fawlyd yma'n wraig. . .'

Anlwcus fuo hi, OK! O'dd hi wedi mynd i hwrio'n uffernol ers i'r sgethwr 'nw ei gadal hi a mynd yn Dalai Lama i Upper Volta: saith mlynadd ar wastad ei chefn yn Affrica, Arabia, caea tatws Red Roses ac ar y tar efo *Auf Wiedersehen Pet*. Ond anlwcus fuo hi i gael copsan yn ei mis dwutha yn Abu Dhabi, OK?

'Dyna pam doth hi adra, siwr Dduw!' medda Joni Wili 'mrawd. 'Hŵr ddŵr yn chwilio am ŵr! Hŵr ddŵr yn chwilio am ŵr!'

'Dim ots,' medda fi wrth Siân fatha'r Merthyr ym Merthyr Tydfil. 'Nawn ni smalio na fi ydi'i dad o.'

'Weithith hynny ddim!' medda Siân. 'Mae'r babi'n ddu bitsh!'

Bishan Bandage? Joni Abo? Paco Puerto Guinea? Y blydi Nicaraguans 'na? Desmond Tutu?—na fysa byth!

'Sdim ond un peth amdani,' medda Siân. 'Fydd rhaid imi gal morthyliad.'

'Dwi'n erbyn morthyliad!' me fi ar ôl gweld be nath yr hen go i'r malwod 'na yn Twthill.

'So fe ddim byd i 'neud â ti!'

'Fi ydi dy ŵr di!'

''Y nghorff i yw e!' medda Siân, a chodi'i sgert a thynnu deg pâr o nicyrs a dangos y crachod cnwch mwya uffernol welodd neb ribed yn berwi o grawn a phenna dynod ar hyd ei siani hi.

'Sache bach!' medda Greg Peck wedi'i wisgo fatha Doctor Durex. 'Jyst rhag ofon!'

'Blydi rôl-rifyrsal ydi hyn!' medda Brenda'n chwaer. 'Pegi Wyn ti wedi briodi, siwr Dduw, ddim ffycin Siân!'

. . . Dwi'n ista mewn coridor drafftlyd yn y *C & A* yn Fangor. Ma'n rhaid 'na fi ydw i ne fysa'n enw fi ddim ar 'y nghrys-tî fi.

Dyma fo'r llofrudd!' medda ryw foi efo pen Lone Ranger a chorff Twm Talsarn, cyn diflannu drw'r wal.

Sŵn babi'n crïo. Torri dy gortyn, chwip ar dy din, dechra gofidia, a golwg ar y diawl bach fatha lwmp o flybyr rhinclyd piws. Pwy uffar ddeudodd fod babis yn ddel?

'Cael clec nath Pegi Wyn, ia?' medda John Tŷ Nain.

'Dwn i'm,' me fi. 'Ga i fenthyg dy rybyr inc di?'

Rybyr biti iwsho neuthon ni ddim. *Featherline— Gossamer — Blackshadow — Mates — Durex Delay.* Plên-sîld-enfilop o'r *Caernarfon & Denbigh.* Cofio'r hogia yn chwthu nhw fatha balwns yn lesn English stalwm? The ball I kicked while playing in the. I'm forever blowing byb. Ma 'na hogyn debyg i fi ond ddim fi ydi o yn chwthu bybls yn rar' efo'i dad. Bob bybl yn byrstio—bob amsar run fath. Ond byrstio lond ei lygad o. Sebon yn llosgi llygad y basdad bach. Basdad? Basdad?? 'Dwi misho dy fasdad di!!' me fi'n gas.

'Pam na fysa'r hwran wirion yn mynd ar y pil?' medda cefndar yng nghyfrath chwaer i 'nhad.

Nyrs. Coesa fatha balwns ych-â-fi na fyswn wir Dduw if you were the only girl in the world fatha caws Danish Blue ma'r faricos feins dyna pam na fysa Pegi chwyddo'ch ffera chi i gyd yn dew fatha casgenni eniwê ar ôl dau neu dri o blant sbïa Ann Louise gwraig Fferat Bach be wyddoch chi sut siâp ar ôl yr yndw ficar gnaf siwr Dduw yn glaf ne'n iach bendithia'n awr y ddeuddyn hyn here comes the bride forty inches wide a'u hannar nhw'n disgwl eniwê cyn priodi mewn gwyn malu cachu. . . Be o'dd hi'n ddisgwl i *mi* neud? O'dd 'na ddim byd ond morthyliad amdani!

'Na l.' medda rwbath.

'Mm?' me fi.

'Na ladd!' mo.

Nadi, nadi, nadi! Ddim os ti'n cael gwarad â fo'n ddigon buan. 24 weeks 'di o, ia? Ti'n lladd bob tro ti'n dŵad, wyt?

'Ych dy gymydog, godineb, lladrata!' mo.

'Be 'di 'ych'?' me fi. 'Be 'di 'godineb'?'

Ma powb wedi nabio rwbath ryw dro siwr Dduw!

'Na ladd!' mo.

Cau dy geg y basdad! Ffwcia o 'ma! Ti'n gwbod dim amdani. Meddylia faint o bobol fysa'n diodda tasa Pegi'm yn cael morthyliad.

Ei thad hi co-*Crosville* strôc tasa fo'n clwad.

Ei mam hi sterics—i Denbi ar ei phen mewn dau gachiad nabod hi.

Hi ella hemrij wrth roi gene-dig.

Ella mongol.

Ella sbastic.

Ella hydro-ceffyl.

Well fel hyn!

Sugno - fo - allan -fatha - I - scream - allan - o - gornet - Cadwaladers - Cricciath - eis - crîm - gora'n - y - byd - byta - efo - llwy - bren - achos - fedra - i'm - diodda - weffers - ond - be - tasa - na - splinter - yn - mynd - i - mewn - i - nhafod - i - be - tasa - na -gyllath - yn - mynd - i - fyny'i - siani - hi - dim - byd - i - neud - efo - fi - OK?

'Dydi Pegi ddim isho aborshyn!' medda Brenda.

'Hy!' medda fi mewn llais fatha brawd Sam Cei. 'Fydd rhaid iddi hi godi'n gynt i 'nal i!'

'Y coc oen!' medda Brenda. 'Y cachwr! Gwadu dy gyfrifoldab!' medda hi a Geiriadur Mawr yn styc yn ei thagall hi.

Ei sgôr hi hyd yn hyn oedd Babis 9, Morthyliad 0. Blydi cwningod, ia?

'Fydda i ddim yn credu mewn berth-control!' medda Jim Bara Saim.

Dwi'n byta *magic mushrooms* efo George Cooks yn Croesor. Fysa Bob Owan yn troi yn ei fedd. Dwi'n fflotio'n slo bach allan o'r sypyn o gnawd 'ma sgin i. Dwi 'di parcio dan y seilin wrth y bylb moel i gnesu, a dwi'n sbio lawr ar Goronwy Z. Jones yn y doc lawr yn fancw.

'Gosoded ei goc dan y *guillotine!*' medda Gwenan Lesi o ben yr Empire State Building wrth ganu deuawd efo Jumping Judge Jeffries.

'Can punt y mis mewn ffeifars wedi hiwsho,' medda Jim Bara Saim wrth 'y nrws ffrynt i yn Radyr. 'Ne mi ddeuda i'r hanas i gyd wrth y *Sun.*' Blydi-bradwr-Brenda wedi spragio wrth ei gŵr! Mi saethish i o efo bwleti arian y Lone Ranger. Chafodd o mo'i ladd ond roedd 'na dylla lond ei stori fo.

'Cadach g'lyb ar ei dalcian o,' medda Sylvia Pugh. 'Ddaw hynny â'i wres o lawr.'

Pwy oedd hi i sbïo'i lawr arna fi? Blydi alci. Toedd hi wedi hitio'r botal yn hegar ar diawl yn 1979 pan gafodd hi'i siomi gin y Datganoli. Fuo hi mewn a bob dim yn sychu allan. Ond does 'na neb yn deud. Ma powb yn siarad am y peth ond ddim yn ei chlyw hi. Ma hi'n dal wrthi hefyd ar y slei. Ma hi'n potio'n hollol agorad ond does 'na neb yn ei gweld hi. 'Only the good die young,' medda golygydd *Y Dinesydd*.

'Ma'n hen bryd iddo fe ddod mas ohoni nawr,' medda Seimon fab Jona a golwg boenus arno fo.

O'dd o wedi cael ei ddal byth ar gefn yr hwran 'na yn Riverside? Hartan ar y job, dyna be gafodd o. A toedd holl *Pacemakers* a *Betablockers* y greadigaeth yn da i ddim byd iddo fo wedyn. Fuo rhaid iddo fo roid gora i'w waith, a'i sêt fowr a'i masonic loj a'r cwbwl oll i gyd. A Seimon fab Jona a adawodd ei rwydau a chychod ei dad ac a aeth dros y dŵr i fyw. Mi sgwennodd hunangofiant, *O Lisvane i Lisbon*. Ond ar wahân i be o'dd rhwng cloria'r llyfr do'dd neb yn gwbod dim. 'Mas erbyn Steddfod Cwm Rhymni, Mrs Pugh.' Blydi *slow-coaches* ydi'r Cyngor Llyfra 'na, ia?

'Shwt ti'n twmlo, bach?' me Siân.

'Rhyfadd,' me fi.

'Sa i'n synnu dim,' medda hi. 'Ti wedi bod miwn twymyn ers tridie.'

'O'n i'n meddwl bo fi wedi bod yn rwla,' me fi.

'Ti'n moyn rhwbeth i yfed?'

'Peint fysa'n dda!'

'Cer o 'na di!' medda Siân a dŵad a jygiad o sudd oren i mi. Mi yfish o i gyd ar ei dalcian ond oedd 'y nhu mewn i'n dal fatha corcyn. Be ti'n feddwl wyt ti Gron bach con', sbynj?

'Wyt ti'n moyn rhwbeth bach i fyta?'

'Wst ti be,' medda fi yn sylweddoli'n sydyn bo fi wedi bod yn slimio ers tridia. 'Fyswn i'n medru claddu Chink o Llandaff, sti.'

'Foo Yung a Fried Rice?' medda Siân a rhoid ei chôt.

'Yn ffefret i,' me fi.

'Neis cal ti'n ôl ar dir y byw,' medda Siân. 'Ti wedi bod yn mwydro cofia. . .'

'Goelia i,' me fi.

Dyma Siân yn codi goriada'r car 'ddar y biwro yn barod i nôl y bwyd, ond jest cyn mynd dyma hi'n troi rownd a gofyn:

'O! Gyda llaw. Pwy yw Pegi Wyn?'

Does dim pris ar ryddid

'Ma'r stori wedi bywiogi drwyddi!' medda'r Lone Ranger wrtha fi pan esh i draw i drafod y bwndal newydd o waith o'n i wedi bostio iddo fo.

'Bywiogi, myn uffar! Fuo jest iawn i mi gael yn lladd lawr yn y docia 'na sti,' me fi.

O'n i'n dechra meddwl bo 'na ryw jincs arna fi, ryw fath o Wembley Voodoo ne rwbath.

'Mi rwyt ti yn y wôrs braidd, twyt?' medda fo a dechra piffian chwerthin.

O'n i'm yn licio'i agwedd o o gwbwl a mi ddechreuish i grinjan braidd. Mwya'n y byd o'n i'n meddwl am y peth, y fi o'dd yn ei chanol hi eto. Dyma lle'r o'n i'n cael yn hambygio bob siâp gin bob math o bobol i roid cnawd ar esgyrn y straeon 'ma, a'r cwbwl o'dd o'n neud o'dd ista ar ei din yn eu troi nhw'n ddrama.

'*Ffw Jung a Freud Reis* dwi 'di galw'r stori ddwutha 'ma,' medda fo a thynnu pejan wedi'i phrintio allan o ryw brosesydd geiria. Y fo o'dd yn meddwl am y teitla myll 'ma, rhag ofn i chi feddwl bod o unrhyw beth i neud efo fi. O'dd o'n meddwl bo fo'n glyfar, ond o'dd hi'n amlwg na fedra'r con' dwl ddim sbelio Chinese.

'Stori braidd yn rhyfadd ydi hon. . .' mo.

'Hunlla o'dd hi, ia,' me fi.

'Ia—dwi'n dallt hynny,' medda'r boi. 'Ddim yn dallt yr arwyddocâd ydw i bob amsar.'

'Y?'

'Be 'di hystyr hi?'

'Does 'na ddim ystyr i hunlla,' me fi. 'Ma bob dim yn

digwydd ar draws ei gilydd fatha 'sa chdi ar *L.S.D.*'

Ond doedd 'na ddim taw ar y boi, nag o'dd? O'dd o'n mynnu mynd i pherfadd hi bob gafal.

'Dwi'n medru dehongli rhanna ohoni,' mo, 'ond ma 'na rei delwedda sy tu hwnt i mi. Oes 'na rwbath ti'm wedi'i ddeud wrthan ni?'

'Lle ti'n feddwl wyt ti, seiat holi?' me fi.

'Meddwl am y gwyliwr dwi,' mo. 'Ma gofyn iddyn *nhw* ddallt, does?'

Nesh i ddim byd ond ista'n fanna fatha statiw heb ddeud gair o 'mhen.

'Wel?' mo.

'Dwi 'di deud cwbwl dwi isho ddeud,' me fi.

'OK,' medda fo ymhen hir a hwyr. 'Sgwenna be tisho. Dy stori di ydi hi.'

Stori myn uffar! Blaw am yr hogia yn yr Halfway, doedd 'na neb yn y byd mowr crwn yn coelio be o'dd wedi digwydd. Fesul dipyn mi nesh i fadda iddyn nhw am droi'n ddosbarth canol. Pwy o'n i i siarad, ia? Ro'dd gin inna o leia un goes i mewn yn y brwas yn hun (heb sôn am 'y nghoes ganol!). O'n i'n dal i fynd i'r Halfway bob hyn-a-hyn pan fydda gin Stan Crossroads bum munud i sbario rhwng glôbtrotio a phan fydda gin Marx Merthyr ddim seminar efo Dai Lectix a Peris Troica.

'The ruling class is on the run, see!' medda Marx. 'Afraid of their own shadows they are. Sendin' spies like that to chase innocents abroad.'

'Pam o'dd o'n pigo arna fi?' me fi.

'Wel, they're all speculators see,' medda Marx. 'Gambling with people's lives is their style, in' it? Whare teg nawr—ro'dd 2¾ million to one chance taw ti o'dd Meibion Glyndŵr!'

O'dd Stan yn meddwl na wedi denig o Denbi'r slobs o'dd Twm a bod ei frên o'n dal yn y ffôrs hyd yn oed os oedd ei gorff o ddim.

'Once a cop, always a cop,' medda Stan.

'Old coppers never die,' medda Marx. 'Their hearts just miss a beat!'

Hwyl iawn, ia? Dyna pam o'dd hi'n sioc mor ddiawledig i'n system i, mynd lawr i'r Halfway un nos Ferchar i chwilio am yr hogia a gweld bod y lle wedi cau lawr a sgaffaldia am a welach chi wedi'u gosod ar hyd lle!

'*Brains* are doin' it up over the summer, pal,' medda rwbath wrtha fi.

'What?' me fi. 'They're not going to ruin this one as well?'

Pan ma'n nhw'n newid pyb ma'n nhw'n chwalu cymdeithas. Ydyn nhw'n dallt hynny, yndyn?

Adra yn Radyr fuesh i'n talu'n ddrud am yn Ffw Jung. Y cwbwl gesh i am wsnosa oedd 'y mhryfocio ar gownt Pegi Wyn. Doedd waeth i mi heb â deud wrthi na dŵr dan bont oedd o—o'dd hi'n gwbod yn well, doedd?

'Ma hi'n amlwg yn dal yn dy freuddwydion di 'ta beth. . .' medda Siân. 'Pwy o'dd hi? Dere mlân, gwêd wrtho i. Sdim ots 'da fi—ond licen i gal gwbod!'

'Gad lonydd i rywun, nei di?' me fi.

'Mas â fe!' medda hitha'n ddidrugaredd. 'Ni'n nabod yn gilydd ddigon da erbyn hyn.'

'O! OK 'ta,' me fi yn diwadd, gweld tshans i daro bargan. 'Os ca i stag ar dy 'Letters from America' di!'

Ac mi geuodd ei cheg yn glep, do. To'n i'm wedi sôn gair ers misoedd ond 'one-way love' neu beidio, o'n i jest â thorri 'mol isho gwbod pa fath o swît-nythings roedd yr ast Gwenan 'na yn eu gyrru at 'y ngwraig i. Ond fysach chi'n meddwl wir Dduw 'mod i wedi sathru ar ryw fath o dir sanctaidd. Ches i ddim byd ond parch ci am ddyrnodia wedyn, naddo?

'Sdim ots 'da fi weitho i ti gal sgwennu,' medda hi. 'Ond ffordd wy'n gweld hi ti'n gwitho am y nesa peth i ddim!'

'Ma gwraig tŷ yn werth o leia bymthang mil y flwyddyn!' me fi i ddangos 'mod inna'n talu'n ffor' hefyd.

'Lle glywest ti 'ny?' medda hi.

'Yn *Vogue,*' me fi.

'O gwd,' medda hi. 'Wy'n falch bod dy ymwybyddiaeth di'n cynyddu. Ma'n bryd i ti daclo'r bos 'na sda ti nawr 'te!'

Fedrwch chi ddim ennill, na fedrwch? To'dd yr UCCAC 'na wedi bod yn ben nacw eto, yn hwrjo'r athrawon i streicio am fwy o fags. O'dd hi mewn mŵd militant uffernol a toedd gin i fowr o ddewis ond gwrando arni.

'Dwi'm yn fodlon efo'r pres dwi'n gael,' me fi wrth y Lone Ranger ac yn teimlo rêl Oliver Twisted yn gofyn am fwy.

'O, wela i. Dyna sy'n dy gorddi di, ia? Wel, ma S4C yn talu rêt y *Writers Guild* i chdi—nesh i'n saff o hynny. . .' mo.

'Pam *ti'n* cael mil a hannar am bob un a finna mond dau gant?' me fi yn llawn plwc cwrw.

'Wel,' medda fo ar ôl pendroni am dipyn. 'Gin i ma'r ddawn i roid siâp ar y stwff, 'de boi! Mewn meritocrasi 'dan ni'n byw Gron. Ma'r saer yn ennill mwy na'r torrwr coed, tydi?'

'Pam na chymi di'r mags i gyd a gorffan efo hi?' medda fi'n sorllyd. 'Dwn i'm be wyt ti isho fi o gwbwl!'

Dyna ydi'r trwbwl efo fi rioed. Fedra i ddim dal yn coci am fwy na chwinciad chwannan cyn i mi ddechra pwdu.

'Ond Gron bach!' mo. 'Fyswn i'n da i ddim byd hebdda chdi! Chdi ydi'r cymeriad! I chdi ma petha'n digwydd!'

'Ia—dwi 'di sylwi!' me fi.

Ydw i'n edrach yn wirion, yndw? O'n i wedi cael llond bol ar bobol yn hwrjo fel hyn o'r blaen. Gna hyn, gna llall. Ond doeddan nhw fawr o'i neud o'u hunan chwaith. Disgwl i mygins fan hyn godi crachod, a finna'n amal yn ddigon dwl i neud o. Cofio'r Cen Cachu Mul 'nw yn dŵad i fyw i dre o Port pan o'n i'n rysgol ag isho i John Tŷ Nain a finna brynu lysh iddo fo yn *Tesco*.

'Doswch 'laen, hogia. Doswch!' medda'r cew mewn croen. ''Dach chi'n edrach yn fwy *mature*. 'Dach *chi'n* edrach yn *eighteen!*'

A'r hogia'n llancia dima yn chwyddo wrth iddo fo ffalsio. Dyma ni'n yn ei gymyd o ar ei air ag yn mynd, ia. A'r Tes-Co wrth y drws yn yn dal ni, a'r *Strongbow* yn troi yn 'Strong Arm of the Law', ia.

'Dwi'n ffed-yp ar gael yn iwsho!' medda fi wrth y Masked Man. 'Ma'n iawn i chdi: Tonto fan hyn sy'n cael yr agro!'

Dwi'n meddwl bo fo wedi sylweddoli erbyn hyn 'mod i'n ddyn perig pan dwi 'di gwylltio a dyma fo i'w ddrôr i nôl rwbath. Blydi Derringer, mwn!

'Yli. Dwi wedi sicrhau grant i chdi gin Cyngor y Celfyddyda. . .' mo.

'Be?' me fi.

''Dan ni'n mynd i gyhoeddi nofal i gyd-redag efo'r gyfres deledu.'

'Be 'di pwynt neud nofal?' me fi. 'Ches i mond niwc a mag am yr un ddwutha.'

'Sut ma pum mil o bunna'n swnio?' mo.

'Arglwydd!' me fi.

'Cadw fo dan dy het 'de, achos dwi 'di gorod deud chydig bach o glwydda i gael hyn i chdi.'

'Ddeuda i'm gair o 'mhen!' me fi.

'Hannar rwan a hannar wrth gyhoeddi'r gwaith. Dyna ydi'r dîl, yli. Felly gora po gynta gorffennwn ni'r job 'de?'

Maen nhw i gyd run fath, dydyn? Taeru'n ddu las bod hi'n fain arnyn nhw ond pan ma hi'n mynd i'r pwsh, ma 'na wastad rwbath bach ar ôl yng ngwaelod y sach, does?

Dwi'n cofio'r tro cynta esh i draw i gwyno. O'dd y boi 'ma o'r *Observer Colour Supplement* wedi bod draw yn yn holi fi tu chwynab allan ac isho tynnu'n llun i wrth 'y nesg *M.F.I.* ar gyfar ryw bejan. *A Room Of My Own,* ia?

'Any idea how much?' medda fi ar ôl dwrnod cyfa o'r malu cachu mwya welsoch chi rioed.

'Oh, that's alright mate,' mo. 'No charge!'

Sdim rhyfadd bod y Rupert Maxwell 'na'n fillion-blydi-naire! Craffti 'dyn nhw 'de? Os ydyn *nhw'n* dŵad atoch chi does dim rhaid iddyn nhw fforcio magan goch y delyn, nag oes? Dwi wedi callio ers hynny, ia, a mi ddeudish wrth y *Times Literary Supplement* lle i stwffio'u papur.

'Be ti'n gneud peth fel 'na?' medda'r Lone Ranger. 'Troi dy drwyn ar gyhoeddusrwydd am ddim!'

'Ella bo fo am ddim i chdi, 'de cwd,' medda fi. 'Ond dwi'n gorod chwsu chwartia yn atab eu blydi cwestiyna nhw, yli!'

Dyma fi'n troi ar yn sowdwl a'i chychwyn hi am adra.

'O gyda llaw,' medda'r Lone Ranger. 'Ma'r S4Cheques cynta wedi cyrradd. . .'

Dyma fo'n ystyn amlen wen i mi: 'GORONWY JONES, c/o FFILMIAU RHONECH, SGWÂR MOUNT-STUART, Y DOCIAU, CAERDYDD'. Roedd yr 'S4C' mewn coch, glas a gwyrdd lyfli, a ma'r hen fod wedi'i fframio hi a'i chadw hi ar seidbord rŵm ffrynt wrth ochor y systifficet gafodd yr hen go gin cownsul am '26 years faithful service' a'r fedal pŵl gafodd Joni Wili pan 'nillodd Hole in the Wall y *Caernarfon and District League.*

O'dd y pum mil Cyngor y Clefyda 'ma'n temting hefyd, ma rhaid mi ddeud.

'Ia—ond pwy sy'n mynd i sgwennu'r nofal 'ma?' me fi'n gwbod yn iawn na toes 'na'm byd i gael am ddim.

'Ti wedi'i sgwennu hi'n barod!' medda'r Lone Ranger a sodro'n straeon i i gyd efo'i gilydd.

O'dd hyn yn swnio'n well bob eiliad! O'n i'n mynd i gael chwe mis i'n rhyddhau fi o 'ngwaith arferol i sgwennu nofal. Ond os o'n i wedi'i sgwennu hi'n barod o'n i'n mynd i gael pum mil am ffyc-ôl!

'Ma'n nhw i gyd yn neud o, siwr Dduw,' medda'r Lone Ranger. Dwi'n gwbod am un llenor o fri a'th i Katmandu ar eu corn nhw ym 1968! Fanno buodd o'n smocio dôp a chwara merch ryw Duchess of Canterbury am chwe mis tra oedd ei nofal gachu o'n gorwadd yn braf yn drôr.'

'Duw! 'Sa ti'n meddwl bysat ti'n medru trystio llenorion, bysat?' me fi.

'Gron bach, ti'n gwbod dim byd amdani!' mo. 'Ti'n gwbod be 'di'r ddiweddara, twyt? Derbyn grant, 'de; cymryd arnyn bo nhw wedi sgwennu'u campwaith ar brosesydd geiria—a thaeru'n ddu las bo 'na firws wedi'i byta hi!'

'Arglwydd!' me fi.

'Rhwng bob dim 'de, does 'na ddim rhyfadd yn byd nad oes neb byth wedi sgwennu'r 'Nofal Fowr'!'

O'dd hyn i gyd yn agoriad llygad i mi, ia, ac o'n i'n teimlo'n euog braidd 'mod i'n gymaint o rogar bob tamad â'r sgwennwrs mowr 'ma. Ond o'dd 'na un peth yn 'y mhoeni fi'n waeth—os ydi bywyd yn mynd yn ei flaen, pryd uffar ma nofal yn dŵad i ben?

'Does 'na ddim problem, nag oes?' medda'r Lone Ranger. 'Lle ti'n mynd heno?'

'I'r Flora,' me fi.

'Reit, cychwynna'n fanno 'ta a gweld sut eith hi. . .'

Diolch i Dduw am y Flora. Mi esh i i 'nghragan yn uffernol ar ôl cael 'y mradychu gin Twm Talsarn. O'dd yn holl fyd i wedi bwrw'i din drosd ei ben, doedd? O'n i wedi colli'n ffydd yn y ddynoliaeth. Do'n i'm yn dallt be o'dd yn digwydd. Cwbwl o'n i'n wbod oedd y bysa ysbryd Twm Talsarn yn 'y nilyn i i bob twll a chongol 'holl ddyddiau fy mywyd', chwadal Miss Foulkes. Gesh i'r un freuddwyd am wsnosa 'mod i ar yn ffordd i mewn i *gas-chamber* yn Belsen. Dyna lle'r oedd Twm Talsarn yn 'y mhwnio fi yn 'y nghefn efo picwarch a tu nôl iddo fo roedd 'na ffwc o Jyrman mowr hyll yn bygwth sticio beionèt i fyny'i din o os na fysa fo'n gneud siâp arni. O'n i'n deffro'n chwys lafar bob nos am hydoedd a blaw 'mod i wedi taro ar yr hogia yn y Flora fyswn i wedi bod yn agos iawn at fynd drosd y dibyn dwi'n meddwl.

'Shwmai bachan?' medda Jero Jones y Dysgwr pan esh i mewn i'r Flora nos Ferchar.

'Shwt ma'r sgwennu'n mynd?' medda Glen Peck. Glen sy'n sgwennu'r niws i'r BBC a mae o bob amsar yn gofyn i mi am yn straeon tra bydd Jero Jones yn siarad am opera efo Dai Bach Llanferres.

'Not playing tennis tonight, then?' medda Pat O'Mara. O'dd o'n tynnu arna i yn uffernol ers i mi gyfadda un noson bo Siân wedi 'nenu fi i Glwb Tennis Radyr i stwytho 'nghymala yn ystod yr ha chwilboeth 'na. Ond o'n i'm yn meindio hynny. Dim ond ffrindia neith draffath tynnu'ch coes chi, ia?

'No—too wet tonight aye!' me fi a chodi 'mheint i ddangos 'y nghwrw.

'Get away with you! Got you under the thumb that one!' medda Pat.

Ond chwara teg i Siân mi roth hi'r gora i drïo'n llusgo fi wysg 'y nhin i'r holl brotestio 'na. Mi sobron nhw i gyd drwyddyn dwi'n meddwl pan gafodd Bent Larsen ddeng mlynadd gin llys yn Sbaen am neud bôls ohoni a blocio'u peipiau siwrij nhw nes o'dd 'na fwy o gachu na rioed yn mynd i glustia'r lagyr-lowts wrth iddyn nhw drochi yn Benidorm. Gêm fudur ydi peintio'r byd yn wyrdd 'ma, fatha gwelodd Bob Blaid Bach wrth ddal yr êrosol ffor' rong wrth beintio seins stalwm.

Blaw am Siân fyswn i ddim wedi taro ar hogia'r Flora o gwbwl. Mi welodd 'mod i a 'mhen yn 'y mhlu a mi drefnodd be o'dd hi'n feddwl o'dd yn trît i mi. . . Mi gesh fynd i watshad rygbi efo Ben Bach. To'n i'm wedi bod i weld y diawl gêm ers pan esh i weld ryw Smelling Sevens efo Marx Merthyr ganol ha dwutha. O'dd 'na dîm o'r enw 'Crawshays XV' yn chwara a dwi'n cofio Marx yn deud bod hogia Pen-y-darran yn gneud pererindod bob blwyddyn i biso ar fedd Crawshay, y dyn glo drwg 'nw, am be nath o i'r wêr ym Merthyr stalwm. . .

'Iesu, bôring ydi rygbi, ia?' medda fi wrth Ben Bach.

'It's not rugby, it's thugby!' medda ryw wag wrth weld dau labwst yn pannu'i gilydd ar ganol cae.

'Dwi'n nabod y llais 'na,' medda fi wrth Ben Bach. A phan welish i'r cap John Lennon am ei ben o o'n i'n gwbod na fo oedd o!

'Jero Jones y Dysgwr!' me fi wrth fo.

'Hope so anyway!' medda Jero.

To'n i'm 'di weld o ers deng mlynadd! Un o'n mêts penna fi yn yr Ely stalwm! Oedd o wedi symud o'r Heath i'r Flora am bod y Barbican yn well yno.

'Y?' me fi.

'A! Rydw i'n llwyrymwrthodwr nawr!' mo heb faglu unwaith.

Ond T.T. ne beidio, o'n i wrth y modd 'mod i wedi ffendio mwy o'r hogia, do'n?

Gesh i lifft adra gin Ben Bach, er bysan ni'n debycach o beth uffar o gael lifft-*off* ffor' oedd o'n dreifio!

'Beth am gal ryw bump sydyn yn y Three Horseshoes,' medda Ben wrth fynd rownd rowndabowt Gabalfa ar ddwy olwyn. 'Peint gore o *S.A.* i'r Gogledd o Western Avenue.'

Cedor gwirion ydi Ben Bach, ei lygaid o bob amsar yn

fwy na'i fol o. Ma fo'n mwydro cymaint am *specific gravity* cwrw nes bo fo'n anghofio am *cupid capacity* ei stumog. Meddwl bod o'n glyfar efo'i B.A. Basdad Ansbaradigaethus, ia? Ac ar yr ail beint oeddan ni pan ddechreuodd o gwyno bod y reis gath o efo'i mît-bôl stiff-ado yn Sorbet the Greek amser cinio wedi blocio'i smôl-intestin o, pan ddoth 'na ryw fylliwr efo rosèt mowr melyn i mewn yn gofyn i ni fotio iddo fo yn lecsiwn cownsul.

'Good evening! I'm Hugh Hornblower!' mo.

Mi ofynnodd Ben Bach rêl llanc be oedd ei bolisïa fo a'r atab gath o oedd: 'Pafin-clir-di-gachu-cŵn, syr!'

'O, I see,' medda Ben. 'You're a Liberal!'

Cyn iddo fo droi ar ei sowdwl i ddechra mwydro'r hogia agosa atan ni dyma fi'n gofyn os oedd o wedi trwsio'r pafin tu allan i'r Mason's Arms yn Rhiwbeina. Blaw bod Donna Bronna Balŵns wedi baglu ar slab rhydd a tynnu sylw dreifar y bys 'nw, fysa 'nhraed i'n dal yn rhydd, bysan?

Chydig wyddwn i ar y pryd ond dyna'r frawddeg ddyfara sgwennish i rioed!

Trwbwl efo cael offis yn tŷ ydi'ch bod chi'n gorod gadal ych gwaith ar hyd lle yn bob man. O'n i wedi mynd allan am beint un noson ac wedi gadal yn stori ar ei hannar ar y ddesg 'cw. Dwi'm yn deud bod Siân yn mynd drw 'mhetha fi fel rheol, ond ma'n debyg na fedra hyd yn oed santas fatha hi ddim madda i gael stag bach syd ar y bejan ar y ddesg pan a'th hi i mewn i'r stydi i chwilio am ei chopi o'r Cwricwlwm Cenedlaethol. Pan ddesh i adra o'r pyb, oedd hi'n ista ar ei chwrcwd fatha'r Nofelydd Mawr 'nw oedd yn diogi efo'r iogi yn Katmandu stalwm.

'Ti'n dyfaru bo ti wedi priodi, wyt ti?' medda hi

wrtha fi.

'Be ti'n fwydro?' me fi.

'Geso i bip ar y stori. . .'

'Robin busnas, uffar!' medda fi a chipio 'nghopi *Woolworth* odd'arni a'i roid o'n drôr.

Ond, dyna fo, o'n i wedi bod yn disgwl hyn ers oesoedd. Fedrwch chi ddim cuddiad petha rhag ych gwraig yn dragwyddol. Croeso i chi drïo, ia, ond ma hi bownd Dduw o ffendio allan yn diwadd. Y trwbwl efo sgwennu straeon ydi bo 'na rywun yn mynd i'w darllan nhw—a dyna pryd ma petha'n mynd yn flêr 'de. Ond lasa hi feddwl yn Duw, na amdani hi a'r Outlaws a Ben-a-Lun a ballu byswn i'n sgwennu. To'n i ddim yn gwbod am ddim byd arall ers jest i flwyddyn!

'Fel hyn ti'n sgwennu amdana i?' medda Siân.

'Ddim trw'r amsar,' medda fi, 'ond fyny ac i lawr ydan ni—waeth i chdi gyfadda ddim.'

'Sa i'n gweud llai,' medda Siân, 'ond wy ofan meddwl be ti wedi sgwennu i gyd, 'te!'

Y noson honno mi dynnish yr holl sothach o'n i wedi'i sgwennu allan o'r drôr a'i ddangos o i Siân. Mi a'th hitha â'r maniwscript i'w stafall i'w farcio fo allan o ddeg rel sgŵl-marm, ia. Ddoth hi allan tua hannar nos yn sbïo fel y diawl ei hun.

'Wel?' me fi.

'Chwerthes i nes own i'n llefen,' medda hi'n sarcastic a gneud ceg gam.

'Sori os ydw i wedi deud gormod,' me fi.

'Gormod?' medda hi sbïo'n wirion. 'Sa i'n twmlo bo *fi* 'ma o gwbwl!'

A dyma'r dagra'n dechra llifo. Mam bach! Tydw i'n da i ddim byd efo merchaid pan ma'n nhw fel hyn. Wyddwn i ar y ddaear lle i ddechra. Arglwydd bach! Toedd gin i dros gan mil o eiria i neud i fyny amdanyn nhw!

'Y bastard!' medda hi a rhegi'n hyll am yr ail dro yn ystod yn priodas ni. O'n i'n poeni f'enaid tasa hi'n gneud deirgwaith bysa hi'n diflannu i ganol y Llyn-y-Fan dagra 'na oedd yn cronni wrth ei thraed hi.

'Fi yw dy wraig di, Gron!' medda hi drw'r dyfroedd, 'a ti wedi celu shwt gwment wrtho i!'

'OK, OK!' medda fi a dal yn llaw i fyny i ofyn am driws. 'Dwi'n gwbod bod hi'n hen bryd i mi ddeud y cwbwl am Pegi Wyn. . .'

'So ti'n dyall?' medda Siân. 'Sdim ots 'da fi pwy gath sda ti yn y cwpwrt! Sdim ots 'da fi am dy feie di chwaith! Beth sy'n peri lo's i fi yw bo ti'n pallu rhannu dy deimlade 'da fi!'

'Be?' medda fi fatha llo cors.

'O'dd dim amcan 'da fi bo ti'n twmlo cynddrwg â hyn ymbytu'n priodas ni. Pam se ti'm yn gweud? A dyma ni nawr—ma'r byd a'i ŵr yn cal gwbod ymbytu fe!'

'Chdi gath wbod gynta, 'de,' medda fi i drïo ffalsio rhywfaint. 'Wel—ar wahân i'r Lone Ranger.'

Dyma hi'n codi'r nofal a'i hysgwyd hi yn yr awyr.

'Sa i'n ddim byd yn hon ond tipyn o niwsans ar gyrion dy brobleme di!'

'Hei, dal dy ddŵr am funud!' me fi a chymyd y copis *Woolworth* odd' arni. 'Tisho sbectol, d'wad? Y *fi* sy ar gyrion dy fywyd *di*, del!'

'O! Egotistiaeth yr artist! Fi, fi, fi!' medda Siân.

Ond mi 'rafodd y dilyw a mi a'th hi draw at y compact-discs i chwilio am rwbath.

'Wy'n gwbod nawr shwt o'dd Tosca'n teimlo,' medda hi a dyma fi'n gorod gwrando ar ryw Maria Callous yn hefru.

'Be 'di'r sŵn 'ma?' me fi.

'Vissi d'Arte,' medda Siân. 'Cysegrais fy mywyd i gelfyddyd!'

'Women ain't got no brains!' medda Jero Jones y Dysgwr yn y Flora ar ôl clwad am yn helynt i efo nacw.

Ond mwya sydyn, dyma 'na nyrs i fewn i'r bar a dechra stripio o flaen powb. O'n i'n dallt bo nyrsus dan straen dyddia yma, ia, ond o'n i'm yn gwbod bod petha mor ddrwg â hyn chwaith. Pan dynnodd hi ei blows, mi ddechreuodd Jero Jones y Dysgwr ddeud Gweddi'r Arglwydd mewn Gwyddeleg. . . a phan dynnodd hi ei bra, mi roth Pat O'Mara ei sbectol ddarllan a cholli hannar ei beint lawr pocad ei grysbas.

'Wedi myllio ma hi?' me fi.

'Cael ei thalu mae hi, w!' medda Glen Peck. 'So ti wedi gweld *Kiss-o-Gram* o'r blân?'

Oedd rwbath yn gyfarwydd yn y fodan—ran ei gwynab dwi'n feddwl, ddim ei thethi. A phan droiodd hi rownd eto, wrth ista ar lin ryw foi a canu 'Penblwydd Hapus i Chi' wrtho fo, dyma fi'n gweld pwy oedd hi. Tro dwutha gwelish i Martha Morris oedd yn Capal Crwys yn sbïo'n ddu arna fi am gambihafio yn yr hen ddyddia cyn i'r lle droi'n Fosc. Oedd hi'n arfar bod yn ffrindia efo Siân ond bod hi wedi colli nabod arni hi ers iddi briodi ryw Eli Cohen o Lundan.

'Martha?' me fi wrth iddi 'madal.

'Piss-off you peepin' bloody Tom,' medda hi wrtha fi a rhoid ei thrugaredda nôl yn ei bra.

'Martha Morris, ia?'

'Marie Jane Cohen actually, John. What's it to you?'

O'n i'n gwbod ar ei gwynab hi bod hi'n nabod fi, ond cwbwl gesh i oedd hergwd wrth iddi nelu am y drws.

'Get lost, you creep!' medda hi a ffwrdd â hi at ei Sws-o-Gram nesa a welish i byth moni wedyn.

Dynion oedd bai am fwydro Martha medda Siân. Oedd hi wedi cael ei ffordd ac wedi bachu un o'r cyfryng-gŵn yn Papajios stalwm. Cynhyrchydd yn HTV oedd Ellery Gunter-Jones, ond toedd yr hen Gunt wedi'i gadael hi rôl dim am ryw slashan ifanc oedd yn gneud lleisia pypeda ar *Ffalabalam*. Mi landiodd ar ei thraed wedyn mewn cwpwl o fisoedd ac mi brododd y Cohen cefnog 'ma. Y stori oedd eu bod nhw ar eu ffordd i'r Seychelles o Heathrow, ei fod o wedi mynd i'r bog cyn cychwyn ac wedi codi ticad i Los Angeles iddo fo'i hun. Oedd o wedi gwerthu'r tŷ a'r ceir a bob dim yn ei chefn hi ac wedi'i g'leuo hi i rwla yn y Wild West, wydda neb yn iawn lle. Oedd y co Cohen wedi gadal hi ar y clwt, doedd?

'I feddwl bod hogan o Ysgol Sul Moreia yn gorod gneud hynna i gadw'r blaidd o'r drws,' medda fi wrth Ben Bach un noson.

'Wel, 'na fe,' medda Ben. 'Sneb o ni'n gwbod be sy o'n blaene ni, twel. Dibynnu be sy wedi sgwennu yn y Dwyfol Lyfyr Mowr, on' dyw e?'

'Pwy lyfr mowr?' me fi.

'Syniad yw e,' medda Ben. 'Bod y sgript wedi'i sgwennu cyn bo ni'n neud dim byd.'

'Gin pwy 'lly?'

'Wel, gan y Creawdwr, yndefe?'

Un noson tua stop-tap ym mar y Flora oedd y set yn digwydd bod ar *Elinor a'r Sêr*, ryw falu cachu uffernol am sut ma Mars a Pluto a ballu yn gweithio efo'i gilydd yn slei bach i ddeud sut fis sy o'ch blaen chi. Oedd yr hogia yn y bar yn rhy llawn o *S.A.* i sylwi. Welish i nhw'n sbïo ar Cymru yn erbyn Holand ar S4C a meddwl na sylwebaeth Dybl-Dytsh o'dd o.

'Be ti'n feddwl o'r astronomi 'ma?' medda fi wrth Glen Peck a nodio at y teli.

'Bosib bo rhwbeth ynddo fe,' medda fo cyn mynd yn ôl i'r lolfa. 'Ma'r lleuad wedi effeithio ar rheina 'ta beth!'

Pwy ddoth ar y sgrin mwya sydyn ond y Lone Ranger! Ma raid bo fynta yn Antiquarian hefyd.

'Ardderchog!' medda Elinor a dechra ffalsio efo fo ar ôl dangos clip o ffilm. 'Ni wastad yn 'drychid mlân at ych gwaith chi. Beth sda chi ar y gweill ar hyn o bryd?'

Do'dd 'na neb ond fi yn sbïo ar y teli erbyn hyn. Ond ma'n rhaid i mi gyfadda 'mod i'n teimlo rêl llanc wrth ei glwad o'n sôn am 'y nofel a'r gyfres'.

'Ble chi'n cal y syniade 'ma?' medda Elinor a'i bys ar ei gên, a dyma fi'n cochi at 'y nghlustia, gwbod byswn i'n cael mensh unrhyw funud.

'Bla bla. . . llif yr ymwybod. . . bla bla. . . dirgelion y dychymyg. . . bla bla. . . atgofion Proustaidd sy'n llechu yng nghilfachau yr isymwybod. . .'

O'dd hogia Cathays yn iawn! Dybl Dytsh oedd y boi yma *yn* siarad. Dyna lle buo fo'n chwthu'i drympet fatha Louis Armstrong am oria. Ond soniodd o ddim gair amdana fi yn diwadd siot.

'Y cont!' medda fi yn ychal wrth i Elinor ddeud nos dawch.

'Diolch yn fowr!' medda Glen Peck oedd newydd gyrraedd i mewn yn ei ôl.

'Ddim y chdi,' medda fi a nodio at y teli. 'Hwnna!'

'Gwêd rwbeth newydd!' medda Glen.

Ond erbyn hynny oedd rwbath wedi droi o i *Newsnight* ac o'dd Norman Tebbitt wrthi'n mwydro.

Bora wedyn o'n i lawr yn Mountstuart Square ar 'y nghodiad. O'dd rwbath yn deud wrtha fi nad oedd y Lone Ranger yn falch o 'ngweld i. O'dd 'na olwg simsan ar diawl arno fo. O'dd hi'n amlwg bo fo wedi cysgu yng nghoctel cabinet HTV neithiwr.

'Dy enw di fydd ar y nofal siwr Dduw,' medda'r Lone Ranger pan welodd o 'mod i mewn dipyn o stêm.

'Ia?' medda fi.

'Chdi a neb arall!' medda fo. 'Dy waith di ydi o, 'de!'

'Pam na chesh i ddim mensh, 'ta?' me fi.

'Ti 'di bod ar teli dy hun,' medda fo a chodi'i sgwydda. 'Ti'n gwbod fel ma dy feddwl di'n mynd yn blanc dan y goleuada 'na. . .'

O'n i'n gwbod yn iawn. Mi nath *Newyddion Saith* ddeuddag têc ohona fi efo Rocky Regan yn yr ysbyty y tro 'ny ac o'n i'n dal i neud bôls ohoni bob gafal.

'Esgus cachu ydi hynny!' me fi.

'Yli. Yr unig beth dwi'n neud efo'r nofal ydi golygu,' medda fo a dechra dangos y dosier tew 'ma o ffotocopis i mi. . . 'Dwi 'di dechra gweithio ar yr hannar cynta deud gwir,' mo. 'Patsho fyny yma ac acw lle dwi'n teimlo bod y stori'n sigo ychydig, ne roid gair o eglurhad lle dwi'n meddwl bo chdi chydig bach yn astrus. . .'

Dyma fo'n dechra mynd drw'r penoda i gyd i ddangos be o'dd o'n feddwl.

'Cym di *A ghetto nid myfi* er enghraifft. . .' mo.

Oedd sbelio'r boi 'ma'n uffernol! Ella na dim ond CSE Welsh gesh i ond dwi'n gwbod nad oes 'na ddim dybl 't' yn Gymraeg, ia.

'Be dwi wedi neud ydi trïo padio dipyn bach ar y plot. . .'

'Ddim dyna be ddigwyddodd yn y Twmpath Dawns,' me fi.

'Naci, dwi'n gwbod,' mo. 'Romansho dipyn 'de. Plygu rom bach ar y gwir er mwyn y stori!'

Dyma fi'n dechra bodio'n wyllt drw'r pejis a ffendio peth uffar o betha na nesh i mo'u sgwennu o gwbwl! O'n i'n dechra teimlo fatha nesh i ar *Raleigh* Heddwyn Gweinidog ar allt Twthill stalwm—owt o blydi control, ia!

'Be 'di'r *Sblash* 'ma?' medda fi yn sylwi ar stori gyfa na wyddwn i ddim byd amdani.

'O'dd angan rywfaint o gefndir yn fanna,' mo. 'Yn 'y marn i 'de.'

'Be? Sgin i'm hawl i sgwennu be dwi isho?' me fi yn dechra cael panics.

'Oes siwr,' mo a dechra rowlio'i llgada cystal â deud be ma'r con' dwl 'ma'n falu. 'Ond ma pob nofal yn well o'i golygu. Dyna ydi'r drefn heddiw efo bob dim sy'n cael ei gyhoeddi.'

'Sdim rhyfadd bod nhw'n betha mor bôring 'ta!' me fi.

'Proses fel 'na ydi hi, ma gin i ofn,' mo. 'Gei di sgwennu be fyw fynno chdi ond sdim dal be fydd mewn a be fydd allan yn diwadd. Trystia fi Gron,' mo. 'Gad y penderfyniada artistig i bobol sy'n dallt, O.K.?'

Basdad powld, ia? Mi gododd 'y ngwrychyn i go iawn. Does 'na ddim byd yn fowr yndda fi, ia. Dwi'm yn deud bo fi'n *genius* am bo fi'n gneud ryw chydig bach o sgwennu—cwbwl dwi'n neud ydi deud hi fel doth hi ond os nag oes gynnoch chi hawl i ddewis ych geiria, faint o blydi rhyddid sgin ddyn druan ar ôl?

Mi godish uffar o helynt a bygwth bob math o betha. Mi wrandodd y Lone Ranger arna fi efo mynadd Job nes i'w ben mowr o fynd yn drech na fo.

'Iesu Gwyn!' medda fo yn diwadd. 'Dim ond blydi nofal ydi hi!'

'Ella na dim ond nofal ydi hi i chdi, cont!' me fi a dechra dyrnu'r llawysgrif yn yn llaw. 'Ond 'y mywyd i sy'n fan hyn, yli. Sgin i ffyc-ôl arall i ddangos am 1989!'

'OK!' medda'r boi a dal ei ddwylo i fyny i ofyn am driws. 'Cym bwyll. Drafft cynta ydi hwn, 'na i gyd. Sdim rhaid i ni benderfynu dim byd terfynol heddiw.'

'Paid â phoeni mêt,' me fi. 'Dwi 'di penderfynu'n barod. Dwi'm yn sgwennu strôc chwanag i chdi!' Dyma fi'n cipio'r dosier a chodi ar 'y nhraed.

'Ond beth am y gyfres?' mo. 'Beth am y sgript?'

'Ffwcia dy sgript di!' me fi a throi ar yn sowdwl.

'Ond ti wedi seinio contract. . .' medda fo a golwg despret arno fynta am chênj.

'Stwffia dy gontract i fyny dy din!' medda fi wrtho

fo.'I'r siambar bella hefyd!'

Ffwr' â fi lawr y pedwar grisia ac allan i'r stryd ar Mountstuart Square. Feddylish i am gerad i fyny Bute Street a dal trên i Radyr o ganol dre. Ond mi feddylish wedyn. Duw a ŵyr be fysa'n digwydd i mi ar ffor', nabod fi, ia.

'Where to pal?' medda'r dyn yn y tacsi.

'Back to the future!' medda fi.

Sbïodd y boi arna fi fatha taswn i'n myll. Siwr o fod bo fi, ond dyna fo. O'n i wedi cael llond bol ar y mwydro 'ma, cael 'y nhynnu bob siâp. O'dd y gwaith sgwennu 'ma ddim werth o. Gyn belled ag o'n i yn y cwestiwn, oedd y stori yn gorffan yn fanna.

Postsgript
Dim patsh ar Puccini. . .

Ymysg y llythyrau a godais oddi ar y mat wrth gyrraedd y swyddfa un bore Llun, yr oedd cerdyn post o Marbella, Costa del Sol. Y cerdyn hwn oddi wrth Ms Arianrhod oedd yr awgrym cyntaf a gefais ynglŷn ag union leoliad Goronwy Jones. Afraid dweud fy mod ar bigau'r drain ers wythnosau. Roedd gan y dyn berffaith hawl wrth reswm i rodio i ba le bynnag y mynno, ond anystyriol a dweud y lleiaf oedd ei weithred o ddiflannu oddi ar wyneb y ddaear a ninnau ar hanner prosiect y gyfres-cum-nofel. Ac ymhellach na hynny, anghyfrifol ac anghyfreithiol hyd yn oed oedd mynd dros y dŵr gan gario f'unig gopi o'r llawysgrif gydag ef. Yn dechnegol, petai rhywun yn dymuno bod yn bedantig ynglŷn â'r peth, yr oedd y dyn yn llên-leidr.

Bu cryn ddyfalu yng nghymdeithas Gymraeg Caerdydd ar ôl i ddau bwt ymddangos yn rhifyn Nadolig *Y Dinesydd* (Rhifyn dwbwl llawn clod i'r Goruchaf, sef yw hwnnw S4C, ac adolygiad o gynhyrchiad diweddaraf Cwmni Opera Cyncoed, *Mamon L'escaut.)* Cyhoeddwyd bod Ms Siân Arianrhod wedi cael secondiad o *Howells School for Girls* ochr-yn-ochr â'r newydd syfrdanol fod Mr a Mrs S. Pugh Llysfaen, sef ei rhieni, wedi mudo i 'rywle ar Benrhyn Iberia' ar orchymyn BUPA. Bu cryn ddyfalu tybed a oedd cysylltiad rhwng y ddeupeth hyn ond pwysleisiai Ms Arianrhod—gymaint byth ag y gellir mewn gofod mor gyfyng â cherdyn post—mai mater personol rhyngddi hi a'i gŵr oedd yr ymweliad ag Andalucia. (Ynganer 'Andaluthia' chwedl Siân).

Ni soniwyd gair yn *Y Dinesydd* am Goronwy Jones. Mae'n debyg ei fod yn dal islaw sylw—dim ond wedi priodi i mewn i'r dosbarth yr oedd wedi'r cwbwl ac anodd tynnu dyn oddi ar ei Fuchedd B. Barn nifer o'i gyfeillion yn y ddinas sy'n ei adnabod yn dda yw mai 'cachu yn ei drowsus' a wnaeth ynglŷn â'r ffilm *Dyddiadur Dyn Dwad* a ddangosid ar S4C dros y Nadolig. Er mai ychydig iawn oedd a wnelo Goronwy ei hun â'r cynhyrchiad, mae sawl un yn grediniol mai er mwyn osgoi unrhyw helynt posib yn sgil codi'r hen grachod y cymrodd y goes. Mynnai un si ei fod wedi cwrdd â Salman Rushdie yn ddirgel yn yr Aleppo Merchant yng Ngharno, ac mai unig gyngor y gŵr a Islamodd i Gymru i guddio oedd 'Go South, young man!'

Ond go brin mai dianc yn yr ystyr yma oedd ar feddwl Goronwy Jones. Prin y buasai gŵr ar ffo a oedd yn awyddus i gadw yn y dirgel wedi anfon llythyr at Sam Williams, yr hwn a elwir Cei'r Abar, yn brolio fod gan Kevin Keegan, Jimmy Tarbuck a Sean Connery oll filas o fewn tafliad potel *San Miguel* i'w fila ef a Siân.

Na—roedd yn well gennyf gredu mai wedi fy nghymryd i ar fy ngair yr ydoedd ac wedi gwario rhan gyntaf grant Cyngor y Celfyddydau ar dri mis o egwyl gaeafol iddo ef a'i wraig. Er ei bod braidd yn gynnar eto i sôn yn nhermau ail-ddyweddïad a hwythau ond wedi bod yn briod ers llai na blwyddyn, prin y byddai neb yn gomedd iddynt egwyl yn yr haul yn wyneb yr holl helbulon ac anawsterau a wynebasant yn ystod eu hantur draws-ddosbarth fawr ddiweddar.

Pa beth yn hollol yr oedd yr hogyn yn bwriadu'i gyflwyno i Gyngor y Celfyddydau ar ddiwedd ei gyfnod 'i ffwrdd o'i waith arferol' nid oedd gennyf syniad. Y cyfan a wyddwn oedd nad oedd wedi gorffen ei nofel cyn mynd. Gwrthododd gael dim byd i wneud â hi o'r diwrnod y daeth i'r swyddfa drannoeth fy nghyfweliad ar HTV. Bûm mewn cysylltiad â'i gartref droeon yn ystod yr wythnosau canlynol ond gwrthododd hyd yn oed siarad â mi. Eglurais y sefyllfa i'w wraig Siân a'i rhybuddio ynglŷn ag oblygiadau cyfreithiol y cytundebau a arwyddwyd parthed y gyfres a'r nofel fel ei gilydd. Yr oedd hi, fel y buasai rhywun yn disgwyl, yn deall y sefyllfa i'r dim, a bu'n taer erfyn ar ei gŵr i dorchi ei lewys unwaith yn rhagor. Ond, ysywaeth, ofer fu'r ymdrechion oll. 'Stwffia dy job lle rhoth Wmffra'i fawd!' oedd yr unig ymateb a gefais pan lwyddais unwaith i'w gael at y ffôn.

Digon o waith mai yn fwriadaol y dewisodd Ms Arianrhod gerdyn post ac arno lun o ful yn y Sierra Ronda, ond mae Goronwy Jones mor bengaled bob tamaid ag un o'r creaduriaid hynny. Doedd na thwsu na thagu—petaem yn dibynnu arno ef, ni fuasai'r nofel hon erioed wedi gweld golau dydd. I Ms Arianrhod mae'r diolch am ein cael ni oll allan o dwll go ddwfn.

'Mae'n eglur,' meddai wrthyf ar y ffôn o Granada, 'mai'r hyn y dyliwn ei wneud gyda'r llawysgrif yw'r hyn wnaeth Sylvia Plath gyda gwaith Ted Hughes.'

'Beth yn hollol yw hynny?' meddwn innau heb fod yn gwbwl gyfarwydd ag arferion y boetes Americanaidd.

'Mynd â hi mas y bac a'i llosgi hi!'

Llyncais boer am eiliad a oedd megis tragwyddoldeb. Doedd bosib ei bod o ddifrif? Ac eto doedd dim gwadu'r ffaith fod yn y nofel elfen nid ansylweddol o olchi dillad budron yn gyhoeddus. . .

'Ond ma Gogs a finne wedi dod i ddealltwriaeth,' medda hi gan achub, mewn brawddeg, flwyddyn o waith caled rhag mynd yn fflwcs.

Un noswaith loergan ar y traeth ym Marbella a'r sangria'n llifo a'r awel yn chwythu'n gynnes o gyfeiriad mynyddoedd Morocco ar y gorwel, gwnaeth Goronwy a Siân adduned y buasent yn rhoi ail-gynnig arni gan geisio'u gorau i anghofio blwyddyn gythryblus gyntaf eu priodas. Nid oedd yr un o'r ddau yn bychanu'r problemau y byddent yn eu hwynebu ar hyd gweddill y daith, ond cytunwyd y byddai o gymorth petaent yn hollol a chyfan gwbwl onest â'i gilydd o hynny ymlaen. Rhan o'r ysbryd newydd hwnnw yn eu perthynas fuasai bwrw ymlaen, a chyhoeddi'r nofel 'i'r diawl'. Pan ofynnodd Goronwy i'w wraig os mai 'catharsis' oedd chwythu'ch trwyn yn gyhoeddus a'i ddangos i'r byd a'i frawd, cytunodd Siân nad oedd y diffiniad hwnnw mor bell â hynny ohoni.

Agorais y pecyn bach yn eiddgar. Yr oedd arno farc post Gibraltar a gwyddwn yn iawn beth oedd ei gynnwys. Bu'r awdur wrthi'n cymysgu'r tudalennau fel nad oedd dichon bellach didoli ei fersiwn ef oddi wrth fy fersiwn diwygiedig i, ac yn anffodus nid oedd byth wedi'i gorffen chwaith. Ond unwaith yn rhagor, bu awgrymiadau Ms Arianrhod yn dra gwerthfawr.

'Y mae Symffoni Schubert wrth gwrs yn dal yn anorffenedig, a does neb wedi meiddio ymgymryd â'r gwaith o gwpla degfed symffoni Beethoven! Ond mae cynsail i gael gyda 'Turandot' (Pwysleisiodd ar y ffôn yn ddiweddarach fod eisiau dotio'r 't' olaf). Aethpwyd ati i gwblhau rhannau olaf yr opera honno ar ôl marwolaeth Puccini. . .'

Mynn yr arbenigwyr nad yw'r dynwaredwyr yn ddim patsh ar Puccini: mae'n debyg bod Frank Lincoln ac Alwyn Humphreys i'w gweld yn dadansoddi'n selog ar goridorau'r BBC pa beth yn union yw natur y gwahaniaeth rhwng Puc-ci-ni a'i gynffon. Ond, dyffeiaf unrhyw un i ganfod yr union fan ble y codais i'r masgau ar ôl Goronwy Jones. Euthum ati mor gydwybodol â phosib gan gadw'n driw i arddull ac yn wir i deimladau a syniadau yr awdur i'r graddau yr oedd hynny'n berthnasol. Bûm yn dwys ystyried ei gwynion ynghylch penderfyniadau golygyddol ond bernais mai cadw at y cynllun gwreiddiol oedd orau. Yr wyf yn ddiolchgar iawn i Ms Arianhrod am ganiatáu rhwydd hynt imi wneud yr hyn a fynnwn. Yr oedd Goronwy, chwedl hithau, yn hapusach o'r hanner erbyn hyn ynglŷn â'i rhyddhau. Efe o'i ben a'i bastwn ei hunan oedd wedi mynnu mynd i Sbaen: beth, wedi'r cwbwl, oedd yr ots am ddiweddglo nofel ag yntau eisoes wedi setlo ei dynged ei hun?

Yr Epil-og

Roedd y nofel wedi'i chwblhau ac roeddwn wrthi'n sgwennu ail-ddrafft y gyfres pan ffoniodd Ms Arianrhod i ddiolch am yr ail ran o grant Cyngor y Celfyddydau a anfonais i Sbaen.

Nid oes un dim yn sicr yn y busnes sgwennu 'ma: gall gwaith misoedd fynd i'r gwellt mewn amrantiad ac roedd fy meddwl eisoes ar brosiect arall. Ond roeddwn yn falch o'r alwad. Goronwy ei hun ddewisodd deitl y nofel, ond dim ond ar ôl siarad â'i wraig unwaith eto y penderfynais i yn derfynol ar deitl y gyfres.

Roedd hi'n arbennig o hwyliog ac yn llawn o hanesion amdani hi a'i gŵr. Mae'n debyg bod un o weision *Timeshare* wedi amharu ar Mr a Mrs Jones a hwythau'n caru'n dynn yn yr hesg yn Cala Honda.

'Timeshare?' meddai Gron cyn troi nôl at ei orchwyl. 'I'm not sharing my time with anybody, mate!'

Yr un hen hwyl, ac roedd yn rhaid cyfaddef y buasai gennyf chwith mawr ar ôl y ddau ohonynt.

'Am faint 'dach chi am aros yn Sbaen?' meddwn i wrth Siân.

'Ddim yn hir,' medda hitha. 'Wy wedi siarsio Gogs bod yn rhaid iddo fe gadw mewn cysylltiad 'da'i grwt bach yn Gaernarfon.'